COLLECTION JULES VERNE

COLLECTION JULES VERNE
BAND 95

Der Pilot von der Donau

Pawlak Taschenbuch Verlag, Berlin, Herrsching

Nachdruck mit freundlicher Genehmigung des
Verlages A. Hartleben, Inh. Dr. Walter Rob, Wien I.
Die Vorlagen für die Umschlagillustrationen der
Collection Jules Verne sind Jules Verne Bänden,
erschienen im A. Hartleben's Verlag, Wien, entnommen.
Umschlaggestaltung: Bine Cordes, Weyarn
Die Orthographie wurde der heutigen Schreibweise angeglichen.

Gesamtherstellung: Elsnerdruck GmbH, Berlin
Printed in Germany
ISBN: 3-8224-1095-0

Inhalt

Erstes Kapitel

Das Wettangeln in Sigmaringen

Eines Sonnabends, am 5. August 1876, füllte eine große lärmende Menge das Gasthaus »Zum Treffpunkt der Fischer«. Gesang, Geschrei, Gläserklang, Beifallsbezeigungen und schallende Ausrufe mischten sich zu einem Höllenlärm, der in fast regelmäßigen Zwischenräumen von den »Hochs« unterbrochen wurde, womit die Deutschen nun einmal ihrer Begeisterung Ausdruck zu verleihen gewöhnt sind.

Die Fenster des Gastraumes boten einen Ausblick nach der Donau, am Ende der reizenden kleinen Stadt Sigmaringen, der Hauptstadt der preußischen Enklave Hohenzollern-Sigmaringen, die fast unmittelbar am Ursprung jenes großen mitteleuropäischen Stromes liegt.

Der Einladung der Firma über der Haustür folgend, deren Inschrift in schönen gotischen Buchstaben ausgeführt war, hatten sich hier die Mitglieder des »Donaubundes« versammelt, einer internationalen Vereinigung von Fischern, die den verschiedensten Völkerschaften an den Stromufern angehörten.

Eine festliche Zusammenkunft ist ohne ein Trinkgelage ja kaum denkbar, und so trank man denn auch hier das gute Münchner Gebräu und den feurigen Ungarwein aus vollen Schoppen und vollen Gläsern. Geraucht wurde natürlich auch, und der große Raum war ziemlich verdunkelt von den wohlriechenden Wolken, die unaufhörlich aus den langen Pfeifen aufstiegen. Doch wenn die Gäste einander nicht sehen konnten, so konnten sie sich doch hören, wenigstens wenn sie nicht taub waren.

Ruhig und schweigsam bei der Ausübung ihrer Berufstätigkeit, sind die Angelfischer gerade die lautesten Leute, sobald sie ihre Geräte weggelegt haben. Im Erzählen ihrer Großtaten wetteifern sie mit den Jägern, und das will doch viel sagen!

Augenblicklich war man hier am Ende eines kräftigen Frühstücks, das um die Tische des Gasthauses gegen hundert Teilnehmer versammelt hatte, lauter Ritter der Angelrute, scharfe Wächter des Schwimmers und Fanatiker des Angelhakens. Die Tätigkeit am Vormittage hatte, nach den vielen, zwischen den Desserttellern umherstehenden Flaschen zu urteilen, augenscheinlich ihre Kehlen ausgetrocknet. Jetzt war die Reihe an den zahlreichen Likören, die man als Begleiter einer Tasse Kaffee erfunden hat.

Die Uhr wies auf die dritte Nachmittagsstunde, als sich die mehr und mehr erhitzten Tischgäste erhoben. Freilich schwankten einzelne darunter nicht unbedenklich und hätten die Unterstützung ihrer Nachbarn nicht wohl entbehren können. Die meisten standen aber doch sicher auf den Beinen, als brave und tüchtige Habitués solcher langen Tafelfreuden, die sich bei Gelegenheit des Wettbewerbs des Donaubundes jährlich mehrmals wiederholten.

Diese sehr besuchten und festlich gefeierten Wettkämpfe genossen eines großen Rufes längs des Verlaufs des berühmten gelben Stromes, der ja nicht blau ist, wie er in dem bekannten Straußschen Walzer genannt wird. Teilnehmer an dem Wettbewerbe fanden sich hier aus dem Großherzogtum Baden, aus Württemberg, Bayern, Österreich, aus Ungarn, Serbien, Rumänien und selbst aus dem türkischen Vasallenstaaten Bulgarien und aus Bessarabien zusammen.

Die Vereinigung bestand schon seit fünf Jahren und gedieh sichtlich unter der vortrefflichen Leitung ihres Vorsitzenden, des Ungarn Miklesko. Ihre immer zunehmenden Mittel erlaubten es, für die Wettbewerbe ansehnliche Preise auszusetzen, und ihr Banner erglänzte von funkelnden Medaillen, den Preisen der Siege über konkurrierende Vereine. Gründlich unterrichtet über die die Stromfischerei betreffende Gesetzgebung, vertrat ihr Direktor die Bundesmitglieder gegenüber dem Staate und einzelnen Personen und verteidigte ihre Rechte mit jener Zähigkeit, man könnte sagen, jener professionellen Starrköpfigkeit, die dem Zweihänder eigen ist, den seine Instinkte als Angelfischer würdig machen, als besondere Klasse der Menschheit betrachtet zu werden.

Der heute beendigte Wettkampf war der zweite des Jahres 1876 gewesen. Früh um fünf hatten die Teilnehmer die Stadt verlassen und sich etwas stromabwärts von Sigmaringen an das linke Ufer der Donau begeben. Sie trugen die Uniform des Bundes: eine kurze, die Bewegungen in keiner Weise hemmende Bluse, die Beinkleider in den Schäften der starksohligen Stiefel und eine weiße Mütze mit breitem Schirm. Natürlich besaßen sie die vollständige Sammlung aller im »Handbuche des gerechten Anglers« aufgezählten Hilfsmittel: Stangen, lange Ruten, kleine Hamen, Schwimmer, Senkblei, Schrot jeden Kalibers für das Garn, Blei, künstliche Fliegen, Schnürchen, Florentiner Roßhaar usw. Die gefangenen Fische – wenn es solche überhaupt gab – waren rechtmäßiges Eigentum des Fischers, von denen sich jeder seinen Platz nach Belieben wählen konnte.

Punkt sechs Uhr waren genau siebenundneunzig Angler, die Schnur in der Hand und bereit, den Haken auszuwerfen, an Ort und Stelle. Ein Trompetensignal verkündete den Beginn des Wettkampfs, und siebenundneunzig Angelschnüre flogen sofort auf das Wasser hinaus.

Für den Wettbewerb waren mehrere Preise ausgeworfen, deren zwei erste, jeder im Betrage von hundert Gulden, den Fischern zufallen sollten, von denen der eine die meisten Fische und der andere den schwersten Fisch gefangen haben würde.

Alles verlief ohne Störung, bis das zweite Trompetensignal, fünf Minuten vor elf, den Wettbewerb schloß. Der Gesamtfang jedes Mitgliedes wurde dann einer Jury unterbreitet, die aus dem Vorsitzenden Miklesko und vier Mitgliedern des Donaubundes bestand. Keiner zweifelte übrigens nicht im mindesten daran, daß diese Auserwählten ihre Entscheidung mit vollster Unparteilichkeit und so treffen würden, daß jeder Widerspruch ausgeschlossen blieb. Immerhin mußte man sich, das Ergebnis ihrer gewissenhaften Prüfung zu erfahren, mit einiger Geduld rüsten, da die Zuteilung der Preise, des einen für das größte Gewicht, des andern für die größte Zahl, bis zur Stunde der Aushändigung geheim bleiben mußte und dieser eine Tafel vorherging, bei der sich alle wie zu einem brüderlichen Liebesmahl vereinten.

Diese Stunde war jetzt gekommen. Die Fischer – ohne die aus Sigmaringen zugeströmten Neugierigen zu rechnen – warteten auf das Weitere, bequem vor dem Podium sitzend, worauf der Vorsitzende und die andern Mitglieder der Jury Platz genommen hatten.

Wie es an Sitzgelegenheiten, Bänken, Stühlen und Schemeln nicht fehlte, so waren auch Tische genug vorhanden, und darauf standen Kannen mit Bier, Karaffen mit verschiedenen Likören nebst einer großen Menge großer und kleiner Gläser.

Alle hatten sich niedergesetzt, die Pfeifen qualmten, und der Vorsitzende erhob sich.

»Hört! . . . Hört!« erschallte es von allen Seiten.

Miklesko leerte als Einleitung ein perlendes Glas Bier, von dem noch Schaumflocken an den Enden seines Schnurrbartes hängenblieben.

»Meine werten Kollegen«, begann er deutsch, welche Sprache von allen Zugehörigen des Donaubundes trotz deren verschiedener Nationalität verstanden wurde, »erwarten Sie von mir keine klassisch angehauchte Rede mit packender Einleitung, breiter Entwicklung und zugespitztem Schlusse. Nein, wir sind hier nicht, um uns an feierlichen Ansprachen zu berauschen, ich werde nur unsre kleinen Angelegenheiten berühren, wie sich's unter guten Kameraden, ich möchte sagen, unter Brüdern geziemt, wenn diese Bezeichnung für eine so internationale Versammlung zulässig erscheint.«

Diese beiden Sätze, die etwas lang erscheinen werden, wie gewöhnlich die, die beim Beginn einer Verhandlung gedrechselt werden, selbst wenn der betreffende Redner sich vorher gegen jede Weitschweifigkeit verwahrte, wurden mit allgemeinem Beifall aufgenommen, denen sich zahlreiche »Sehr gut!... Sehr gut!« und verschiedene »Hoch!« beimischten.

Miklesko setzte seine Rede damit fort, daß er dem Fischer den höchsten Rang in der menschlichen Gesellschaft zuwies. Er hob von diesem alle Eigenschaften, alle Tugenden hervor, womit die gütige Mutter Natur ihn ausgestattet habe, er wies darauf hin, wieviel Geduld, Scharfsinn, ruhiges Blut und Kenntnisse dazugehörten, in dieser Kunst des Fischens Erfolge zu erzielen, denn weit mehr als ein Handwerk wäre es eine Kunst, die er hoch über alle cygenetischen Heldentaten stellte, deren sich die Jäger rühmten.

»Könnte man denn überhaupt«, rief er, »die Jagd dem Fischfange an die Seite stellen?«

»Nein!... Nimmermehr!« antwortete die ganze Versammlung.

»Welches Verdienst ist denn dabei, ein Rebhuhn oder einen Hasen zu töten, wenn man das betreffende Wild in guter Schußweite erblickt und wenn ein Hund – haben wir etwa Hunde als Helfer, wir? – uns auf dessen Spur geführt hat? Solches Wild sieht einer schon von weitem, zielt darauf mit aller Bequemlichkeit und überschüttet es mit unzähligen Schrotkörnern, von denen doch die meisten vorbeifliegen! – Dem Fische dagegen kann niemand mit dem Blicke folgen, der ist unter dem Wasser verborgen. Welch geschickten Verhaltens, welch zarter Lockung, welches Aufwandes von Scharfsinn und Aufmerksamkeit bedarf es, ihn zu veranlassen anzubeißen, ihn aus dem Wasser zu ziehen, bis er dann luftschnappend an der Angelschnur hängt oder hin und her zappelt, als wenn er dem Siege des Fischers noch selbst seinen Beifall spendete!«

Jetzt erhob sich ein donnernder Applaus. Der Präsident Miklesko kannte offenbar seine Donaubündler. Im Bewußtsein, daß er seinen Genossen nie genug schmeicheln konnte, und ohne Befürchtung, der Übertreibung geziehen zu werden, zögerte er nicht, ihren edlen Beruf über alle andern zu stellen, die eifrigen Anhänger der »Piscicaptologie«, der Wissenschaft des Fischfangs, bis in die Wolken zu erheben und sogar die Erinnerung an die stolze Göttin wachzurufen, die den piscatorischen Spielen des alten Roms bei den halieutischen Zeremonien vorstand.

Ob diese Worte verstanden wurden? Es schien so, wenigstens riefen sie ein enthusiastisches Beifallstrappeln hervor.

Nachdem der Vorsitzende Atem geschöpft und einen Schoppen weißschaumigen Bieres geleert hatte, fuhr er folgendermaßen fort:

»Ich habe jetzt uns nur noch zu beglückwünschen wegen des wachsenden Gedeihens unsrer Vereinigung, die jedes Jahr neue Mitglieder heranzieht und deren Ansehen in ganz Mitteleuropa gesichert dasteht. Von ihren Erfolgen brauche ich hier nicht zu sprechen. Sie kennen diese, Sie haben selbst teil daran, und es ist eine große Ehre, an ihren Wettkämpfen teilgenommen zu haben. Die deutsche, die tschechische, die rumänische Presse haben nie mit ihrer für uns so schätzenswerten, doch – ich füge hinzu – wohlverdienten Anerkennung gespart, und wenn ich jetzt mein Glas erhebe, ersuche ich Sie mit einzustimmen auf das Wohlsein der Journalisten, die sich der internationalen Sache des Donaubundes so warm angenommen haben!«

Selbstverständlich entsprachen alle der Aufforderung des Vorsitzenden Miklesko. Die Flaschen entleerten sich in die Gläser und diese wieder in die Kehlen mit derselben Leichtigkeit, wie das Wasser des großen Stromes und seiner Nebenflüsse sich ins Meer ergießt.

Man hätte es hierbei bewenden lassen, wenn die Ansprache des Vorsitzenden mit diesem Toaste geschlossen hätte; dem drängten sich aber noch andre auf, die heute nicht unterdrückt werden konnten.

Der Vorsitzende hatte sich schon, zwischen dem Schriftführer und dem Schatzmeister, die ebenfalls aufgestanden waren, seiner ganzen Länge nach aufgerichtet.

»Ich trinke auf das fernere Blühen und Gedeihen des Donaubundes!« sagte Miklesko, dessen Blicke die ganze Zuhörerschaft streiften.

Alle hatten sich, den Becher am Lippenrande, erhoben. Die einen auf den Bänken, andre auf den Tischen stehend, taten sie dem vereinigten Vorschlag Mikleskos Bescheid.

Als die Gläser geleert waren, erhob sich dieser aufs neue, nachdem er aus den unerschöpflichen Trinkgefäßen, die vor ihm und seinen Beisitzern standen, genippt hatte.

»Auf das Wohlsein der verschiedenen Nationalitäten, der Badener und Württemberger, der Bayern und Österreicher, der Ungarn und Serben, der Walachen und Moldauer, der Bulgaren und Bessarabier, die der Donaubund in seinen Reihen zählt!«

Und Bessarabier, Bulgaren, Moldauer und Walachen, Serben und Ungarn, Österreicher und Bayern, Württemberger und Badener antworteten ihm wie ein Mann, indem sie den Inhalt ihrer Gläser verschlangen.

Endlich schloß der Vorsitzende seine Ansprache mit der Ankündigung, daß er auf die Gesundheit aller einzelnen Mitglieder des Bundes trinke. Da es deren aber vierhundertdreiundsiebzig gab, sah er sich leider gezwungen, alle in einem einzigen Toaste zusammenzufassen.

Man antwortete ihm jedoch mit Tausenden und aber Tausenden »Hochs!«, die sich fortsetzten, bis die Leistungsfähigkeit der Männerstimmen erschöpft war.

So verlief der zweite Teil des Programms, nachdem der erste mit seinen Tafelgenüssen beendigt worden war. Der dritte Teil sollte nun die Verkündigung der Preisträger bringen.

Jeder wartete darauf mit erklärlicher Spannung, denn das Geheimnis der Jury war, wie erwähnt, bewahrt worden. Jetzt kam der Augenblick, wo es endlich bekannt werden sollte.

Der Präsident Miklesko unterzog sich seiner Verpflichtung, die offizielle Liste der Belohnungen in den beiden Kategorien zu verlesen.

Entsprechend den Bundessatzungen wurden die minderwertigen Preise zuerst verkündigt, was der Verlesung der Namen der Gewinner ein zunehmendes Interesse verleihen mußte.

Auf den Aufruf ihres Namens erschienen die Empfänger der geringern Preise vor dem Podium. Der Vorsitzende erteilte ihnen den Ritterschlag, indem er ihnen ein Diplom und je nach dem errungenen Range eine kleinere oder größere Summe einhändigte.

Die in den Netzen enthaltenen Fische waren von der Art, wie sie jeder Fischer in der Donau fangen kann: Stichlinge, Rotaugen, Schollen, Barsche, Schleien, Hechte u.a. Walachen, Ungarn, Badener und Württemberger gehörten zu den Gewinnern der kleineren Preise.

Der zweite Preis, siebenundsiebzig erbeutete Fische, wurde einem Deutschen namens Weber zuerkannt, dessen Erfolg alle mit lebhaften Beifallskundgebungen begrüßten. Dieser Weber war unter seinen Vereinsgenossen schon lange gut bekannt. Bei den früheren Wettkämpfen hatte er schon oft zu den Höchstbelohnten gehört, und man erwartete, daß er auch heuer noch den ersten Preis für die größte Anzahl Fische davontragen würde.

Doch nein; in seinem Garn fanden sich nur siebenundsiebzig Fische, siebenundsiebzig wohlgezählt und nochmals gezählt, während ein – wenn auch nicht geschickterer, so doch glücklicherer – Mitbewerber neunundneunzig in seinem Netze hatte.

Jetzt wurde der Name dieses Meisteranglers aufgerufen. Es war der Ungar Ilia Brusch.

Die etwas verwunderte Versammlung spendete keinen Beifall, als sie den Namen des den Mitgliedern des Donaubundes noch unbekannten Ungarn hörte, der dem Vereine erst ganz kürzlich beigetreten war.

Da der Preisträger nicht geglaubt hatte, sich zeigen zu müssen, um einen Preis von hundert Gulden zu empfangen, nahm der Vorsitzende ohne Zögern die Liste der Gewinner der Gewichtspreise vor. Die Preisträger waren Rumänen, Slawen und Österreicher. Als der Name dessen aufgerufen wurde, dem der zweite Preis zugefallen war, ertönte ein Beifall, als wenn es der des Deutschen Weber gewesen wäre. Herr Ivetozar, einer der Beisitzer, triumphierte mit einer dreieinhalbpfündigen Karausche, die einem minder gewandten und weniger kaltblütigen Angler gewiß entgangen wäre. Ivetozar wer eines der bekanntesten, tätigsten und dem Bunde ergebensten Mitglieder, und er war es auch, der sich in der letzten Zeit die größte Zahl Belohnungen erworben hatte. Ebendeshalb wurde ihm jetzt auch der einstimmigste Beifall zuteil.

Nun stand nur noch die Erklärung des ersten Preises dieser Abteilung aus, und alle Herzen klopften lauter in Erwartung des Namens des Preisträgers.

Wie groß war aber das Erstaunen, ja noch mehr als Erstaunen, die allgemeine Verblüffung, als der Vorsitzende Miklesko mit kaum unterdrücktem Erzittern der Stimme anhub:

»Erster Gewichts-Preisträger für einen Hecht von siebzehn Pfund der Ungar Ilia Brusch!«

In der Versammlung herrschte lautlose Stille. Die schon zum Klatschen bereiten Hände rührten sich nicht, wer den Sieger hatte beglückwünschen wollen, blieb mäuschenstill. Das lebhafte Gefühl von Neugier hatte alle gelähmt.

Würde Ilia Brusch nun endlich erscheinen? Würde er jetzt hervortreten, vom Präsidenten Miklesko die Ehrendiplome und die begleitenden zweihundert Gulden in Empfang zu nehmen?

Plötzlich lief ein Murmeln durch die Gesellschaft.

Einer der Anwesenden, der sich bisher abseits gehalten hatte, ging auf das Podium zu.

Es war das der Ungar Ilia Brusch.

Nach seinem sorgfältig rasierten und mit dichtem, schwarzem Haar umrahmten Gesicht zu urteilen, hatte Ilia Brusch das dreißigste Jahr noch nicht überschritten. Von etwas übermittlerem Wuchs, breitschultrig und mit tüchtig entwickelten Gliedern, mußte er sich einer nicht gewöhnlichen Kraft erfreuen. Es überraschte tatsächlich, daß ein junger Mann von diesem Gusse sich der friedlichen Zerstreuung des Angelns und das so gründlich gewidmet hatte, daß er diese schwierige Kunst wirklich beherrschte, wovon ja sein Erfolg bei dem Wettbewerb einen unanfechtbaren Beweis geliefert hatte.

Eine weitere auffallende Eigentümlichkeit Ilia Bruschs bestand darin, daß er offenbar an irgendwelcher Sehstörung zu leiden schien. Große dunkle Brillengläser verbargen seine Augen, deren Farbe zu erkennen ganz unmöglich gewesen wäre. Das Sehvermögen ist aber einer der wichtigsten Sinne für den, der den oft kaum wahrnehmbaren Bewegungen des Schwimmers folgen muß, und scharfe Augen braucht, wer über die vielfachen Listen des Fisches siegen will.

Doch ob man nun darüber erstaunte oder nicht, hier mußte man sich den Tatsachen fügen. Die Unparteilichkeit der Jury konnte nicht angezweifelt werden: Ilia Brusch war der Sieger im Wettkampfe, und das unter Bedingungen, die, soweit sich die Bündler erinnern konnten, vorher von niemand erfüllt worden waren. Die Versammlung taute auch allgemach auf, und schallende Beifallsrufe begrüßten den zweifachen Sieger in dem Augenblicke, wo er seine Diplome nebst den Geldpreisen aus den Händen des Präsidenten Miklesko empfing.

Als das erledigt war, hatte aber Ilia Brusch, statt sich vom Podium zu entfernen, noch ein kurzes Zwiegespräch mit dem Vorsitzenden und wandte sich dann an die ihn beobachtende Versammlung, die er durch eine Handbewegung um Ruhe ersuchte. Sofort wurde es auch wieder ganz still.

»Meine Herren und liebe Kollegen«, begann Ilia Brusch, »ich bitte Sie um die Erlaubnis, einige Worte an Sie richten zu dürfen, nachdem der Herr Vorsitzende mir das gestattet hat.«

Man hätte jetzt in dem eben noch so geräuschvollen Saale eine Mücke dahinfliegen hören können. Worauf mochte diese im Programm nicht vorgesehene Ansprache hinauslaufen?

»Mich drängt es zuerst«, fuhr Ilia Brusch fort, »Ihnen zu danken für Ihre Teilnahme und Ihren Beifall; ich bitte Sie aber zu glauben, daß ich mich über den doppelten Erfolg, der mir zuteil wurde, nicht stolzer fühle, als dieser es verdient. Ich weiß recht gut, daß dieser Erfolg, wenn er dem Würdigsten beschert werden sollte, irgendeinem ältern Mitgliede des Donaubundes hätte zufallen müssen, des Vereins, der so reich ist an tüchtigen Fischern, und daß ich den heutigen Sieg weit weniger meinem Verdienste als einem glücklichen Zufall verdanke.«

Die Bescheidenheit dieses ersten Auftretens wurde von den Zuhörern lebhaft gewürdigt, und aus ihren Reihen hörte man sogar einige halblaute »Sehr gut!«

»Diesem günstigen Zufall muß ich noch gerecht werden und habe deshalb einen Plan entworfen, von dem ich glaube, daß er diese Vereinigung angesehener Angelfischer interessieren dürfte.

Gegenwärtig, verehrte Kollegen, sind die Rekorde in der Mode. Warum sollten wir nicht den Champions anderer, dem unsern gegenüber doch niedriger stehender Sportarten nachahmen und nicht den Versuch machen, einen Rekord im Fischfang zu schaffen?«

Aus dem Zuhörerkreise wurden einzelne halberstickte Ausrufe laut. Man hörte einige »Ah, ah!«, einige »Sieh da!... Sieh da!« und »Warum denn nicht!«, da jeder Genosse dem empfangenen Eindruck seinem Temperament nach Ausdruck verlieh.

»Als mir dieser Gedanke zum erstenmal kam«, fuhr der Redner inzwischen fort, »habe ich sofort festgehalten und auch sofort erkannt, in welcher Weise er verwirklicht werden sollte. Mein Verhältnis als Zugehöriger des Donaubundes setzt übrigens der Aufgabe gewisse Grenzen. Als Donaubündler konnte ich zur glücklichen Durchführung meines Planes nur die Donau ins Auge fassen. Ich habe mir also vorgenommen, unsern berühmten Strom von seiner Quelle bis zum Schwarzen Meer hinunterzufahren und auf der dreitausend Kilometer langen Strecke ausschließlich vom Ertrage meines Fischfangs zu leben.

Der Zufall, der mich heute begünstigt hatte, würde, wenn es möglich wäre, mein Verlangen, diese Reise auszuführen, nur noch steigern, eine Reise, die sicherlich nicht des Interesses entbehrt, und deshalb teile ich Ihnen heute schon mit, daß meine Abfahrt auf den 10. August, also auf nächsten Donnerstag, festgesetzt ist, an welchem Tage Sie mich unmittelbar am Ursprung der Donau treffen würden.«

Es ist weit leichter, die Begeisterung, die diese unerwartete Mitteilung erweckte, sich vorzustellen, als sie zu beschreiben. Fünf Minuten lang wütete ein richtiger Sturm von »Hochs!« und maßlosen Beifallsrufen.

Ein solcher Zwischenfall konnte aber nicht in dieser Weise auslaufen. Herr Miklesko sah das ein und handelte, wie immer, als ein richtiger Präsident. Noch einmal erhob er sich, vielleicht etwas mit Beschwerde, zwischen seinen beiden Vorstandskollegen.

»Aufs Wohl unsres Kollegen Ilia Brusch!« rief er, ein Champagnerglas schwingend, mit bewegter Stimme.

»Auf unsern Kollegen Ilia Brusch!« antwortete die Versammlung mit Donnergetöse, dem unmittelbar ein tiefes Schweigen folgte, da es, infolge eines bedauernswerten Versehens der Natur, menschlichen Wesen nicht möglich ist, gleichzeitig zu rufen und zu trinken.

Das Stillschweigen dauerte jedoch nicht lange. Der funkelnde Wein hatte den erschlafften Kehlen bald neue Kraft verliehen, noch unzählige Gesundheiten auszubringen bis zu dem Augenblicke, wo unter allgemeinem Jubel der berühmte, an demselben Tage, dem 5. August 1876, veranstaltete Angelwettkampf des Donaubundes in der reizenden kleinen Stadt Sigmaringen geschlossen wurde.

Zweites Kapitel

An den Quellen der Donau

War Ilia Brusch wohl von Ruhmsucht geleitet gewesen, als er seinen im »Treffpunkt der Fischer« versammelten Kollegen seinen Plan, mit der Angel in der Hand die Donau hinunterzufahren, verkündigte? Wenn er solchen Ruhm erstrebt hatte, so war ihm das geglückt.

Die Presse hatte sich der Angelegenheit bemächtigt, und alle Zeitungen des Donaugebietes ohne Ausnahme hatten eine Abbildung des Wettbewerbes von Sigmaringen mit mehr oder weniger ausführlichem Text gebracht, der aber immerhin reichte, die Eigenliebe des Siegers angenehm zu kitzeln, dessen Name schon auf dem Wege war, überall populär zu werden.

Schon am nächsten Tage, am 6. August, enthielt die Wiener »Neue Freie Presse« folgenden Artikel:

»Der letzte Angelwettstreit des Donaubundes hat gestern in Sigmaringen mit einem richtigen Theatercoup geendet, dessen Held ein Ungar mit dem bis gestern unbekannten und heute fast schon berühmten Namen Ilia Brusch gewesen ist.

Was hat denn, fragen Sie, Ilia Brusch getan, einen so plötzlichen Ruhm zu verdienen?

Vor allem ist es diesem geschickten Mann gelungen, die beiden ersten Preise, den für die meisten gefangenen Fische und den für den schwersten, auf sich zu vereinigen, indem er seine Mitbewerber weit hinter sich ließ, ein Ereignis, das seit dem Bestehen der Wettstreite dieser Art noch niemals beobachtet worden ist. Das war ja nicht übel, doch es kommt noch besser.

Wenn man eine solche Lorbeerernte eingeheimst, einen so glänzenden Sieg davongetragen hat, scheint es doch, sollte man das Recht haben, eine verdiente Ruhe zu genießen. Das ist aber nicht die Ansicht dieses erstaunlichen Ungarn, der sich vorbereitet, noch mehr Erstaunen zu erwecken.

Wenn wir recht unterrichtet sind – und man kennt ja die Zuverlässigkeit unsres Nachrichtendienstes –, hatte Ilia Brusch seinen Kollegen angekündigt, die ganze Donau von ihrer Quelle im Großherzogtum Baden an bis zu ihrer Mündung am Schwarzen Meer, d. h. etwa eine Strecke von dreitausend Kilometern, mit der Angel in der Hand hinunterzufahren.

Wir werden unsre Leser bezüglich der Vorfälle bei diesem originellen Unternehmen auf dem laufenden erhalten.

Nächsten Donnerstag, den 10. August, wird Ilia Brusch dazu aufbrechen. Wünschen wir ihm glückliche Reise, doch wir wollen auch wünschen, daß dieser schreckliche Fischersmann das Getier, das die Fluten der Donau bevölkert, nicht etwa bis zum letzten Vertreter ausrotte.«

So sprach sich die »Neue Freie Presse« Wiens aus. Der »Pester Lloyd« von Budapest zeigte sich nicht minder warm interessiert, ebenso wie die serbische »Srbské Noviné« von Belgrad und der »Românul« von Bukarest, in denen die betreffende Notiz zu einem längern Artikel ausgesponnen war.

Diese Druckerzeugnisse waren höchst geeignet, die Aufmerksamkeit auf Ilia Brusch hinzulenken, und wenn es zutrifft, daß die Presse der Widerschein der öffentlichen Meinung ist, so konnte dieser erwarten, ein mit der weitern Fortsetzung seiner Fahrt immer nur zunehmendes Interesse zu erregen.

In den bedeutenderen, an seinem Wasserwege gelegenen Städten konnte er ja überdies darauf rechnen, Mitglieder des Donaubundes zu treffen, die es als eine Pflicht betrachten würden, zum Ruhme ihres Kollegen beizutragen, und im Notfall konnte er bei diesen wohl auch auf Beistand und Hilfe rechnen.

Von jetzt an bekamen die Besprechungen der Presse eine besondere Wichtigkeit für die Angelfischer. In den Augen dieser Professionellen gewann das Unternehmen Ilia Bruschs eine ungeheure Bedeutung, und viele Bündler, die durch den eben abgeschlossenen Wettbewerb nach Sigmaringen gelockt worden waren, verweilten jetzt hier noch länger, um der Abfahrt des ersten Siegers des Donaubundes beizuwohnen.

Wenn sich einer nicht über die Verlängerung ihres Aufenthaltes zu beklagen hatte, war es entschieden der Wirt im

»Treffpunkt der Fischer«. Am Nachmittage des 8. August, zwei Tage vor dem von Brusch für den Antritt seiner originellen Fahrt bestimmten Termine, führten noch mehr als dreißig trinkfeste Männer ein lustiges Leben im Saale des Gasthauses, dessen Kasse sich bei der Fähigkeit dieser auserlesenen Kunden, viel zu verzehren, ganz unerwarteter Einnahmen erfreute.

Doch trotz der Nähe des Ereignisses, das diese Neugierigen in der Hauptstadt von Hohenzollern zurückgehalten hatte, unterhielt man sich am Abend des 8. August im »Treffpunkt der Fischer« nicht von dem Helden des Tages. Eine andre und für die Uferbewohner des großen Stromes noch wichtigere Angelegenheit bildete den Gegenstand des allgemeinen Gesprächs und erregte nicht wenig alle Anwesenden.

Diese Aufregung war nicht etwa übertrieben, sondern durch verbürgte, sehr ernste Vorkommnisse völlig gerechtfertigt.

Seit mehreren Monaten wurden die Ufergebiete der Donau von ununterbrochenen Räubereien heimgesucht. Die verwüsteten Gehöfte, die geplünderten Schlösser und ausgeraubten Villen waren gar nicht mehr zu zählen, und mehrere Personen hatten ihren Widerstand gegen die unergreifbaren Verbrecher auch schon mit dem Leben bezahlt.

Ohne Zweifel konnte eine so lange Reihe von Schandtaten nicht von einigen vereinzelt operierenden Burschen ausgeführt werden; sicherlich hatte man es hier mit einer wohlorganisierten und, nach den vielen Überfällen zu urteilen, recht zahlreichen Bande zu tun.

Seltsamerweise operierte diese Bande aber nur in der unmittelbaren Nähe der Donau. Jenseits eines Streifens von zwei Kilometern Breite an jedem Ufer konnte man ihr auch nicht ein einziges Verbrechen mit Wahrscheinlichkeit anrechnen. Der Schauplatz ihrer Tätigkeit schien aber nur bezüglich seiner Breite beschränkt zu sein, denn das österreichische, ungarische, serbische und rumänische Ufergelände wurde in gleicher Weise von den Banditen belästigt, die man niemals auf frischer Tat abfassen konnte.

Hatten sie eine Schandtat ausgeführt, so verschwanden sie bis zum nächsten Verbrechen, das vielleicht Hunderte von Kilometern von dem letzten entfernt begangen wurde. In der Zwischenzeit war jede Spur von ihnen verschwunden. Sie schienen sich ebenso verflüchtigt zu haben wie die oft recht umfangreichen Gegenstände, die ihre Beute bildeten.

Die in Frage kommenden Regierungen hatten allmählich aufgehört, sich über ihre fortwährenden Mißerfolge zu erregen, da für diese wegen mangelnder Zusammenwirkung der polizeilichen Kräfte keine einzelne haftbar zu machen war. Über die Angelegenheit hatte sich endlich ein diplomatischer Meinungsaustausch entwickelt, und diese Verhandlungen endigten, wie die Morgenzeitungen vom 8. August mitteilten, mit der Errichtung einer internationalen Polizeitruppe, die unter einem einzigen Chef längs des ganzen Laufes der Donau tätig sein sollte. Die Wahl dieses Chefs hatte freilich Schwierigkeiten verursacht, endlich aber hatten sich die Stimmen auf einen weitbekannten und erfolgreichen ungarischen Geheimpolizisten Namens Karl Dragoch vereinigt.

Karl Dragoch war in der Tat ein hervorragender Polizist, und die ihm anvertraute schwierige Aufgabe hätte gewiß keinem Würdigern zufallen können. Fünfundvierzig Jahre alt, war er ein Mann von Mittelgröße, etwas mager und mit Geistesgaben mehr ausgestattet als mit besonderer Körperkraft. Immerhin war er imstande, die Anstrengungen, die sein Beruf mit sich brachte, zu ertragen, und an Mut, der Gefahr ins Gesicht zu sehen, fehlte es ihm auch nicht. Eigentlich wohnte er in Budapest, meist befand er sich aber, mit einer Takt erfordernden Nachforschung beschäftigt, irgendwo unterwegs. Seine gründliche Kenntnis aller Sprachen Südost-Europas, einschließlich der deutschen, der rumänischen, serbischen, bulgarischen und türkischen Sprache, seine Muttersprache, das Ungarische, nicht zu erwähnen, ließ ihn nie und nirgends in Verlegenheit kommen, und in seiner Eigenschaft als Junggeselle brauchte er nicht zu befürchten, daß Familiensorgen seine Bewegungsfreiheit beschränken könnten.

Seine Ernennung machte überall einen guten Eindruck. Die Allgemeinheit billigte sie mit Einstimmigkeit. Im großen Saale des »Treffpunktes der Fischer« wurde sie mit besonderer Genugtuung aufgenommen.

»Eine beßre Wahl hätte man nicht treffen können«, erklärte in dem Augenblicke, wo im Gasthause die Lampen angezündet wurden, Herr Ivetozar, der zweite Preisträger in der Gewichtskonkurrenz, bei dem eben beendigten Wettkampf. »Ich kenne Dragoch. Das ist ein ganzer Mann.«

»Und ein äußerst gewandter obendrein«, fügte der Präsident Miklesko hinzu.

»So wollen wir nur wünschen«, bemerkte ein Kroate mit dem schwer aussprechbaren Namen Svrb, »daß es ihm gelinge, das Ufer des Stromes zu säubern. Das Leben da war wirklich fast unerträglich geworden!«

»Nun, Karl Dragoch kann sich hierbei die Zähne ausbeißen«, meinte Weber, den Kopf schüttelnd. »Erst müssen wir ihn am Werke sehen.«

»Am Werke!« rief Ivetozar; »das ist er gewiß schon. Verlassen Sie sich darauf.«

»Ja, sicherlich!« stimmte ihm Miklesko zu. »Karl Dragoch ist nicht der Mann dazu, seine Zeit zu verlieren. Wenn seine Ernennung, wie die Zeitungen berichten, vor vier Tagen erfolgte, ist er jetzt wenigstens schon drei Tage unterwegs.«

»Wo will er aber seine Tätigkeit anfangen?« fragte ein gewisser Piscea, ein Rumäne mit einem für einen Angler besonders passenden Namen. »Ich muß gestehen, ich käme in Verlegenheit, wenn ich an seiner Stelle wäre . . .«

»Deswegen hat man Ihnen diese auch nicht übertragen«, fiel ein Serbe scherzend ein. »Glauben Sie nur getrost, daß Dragoch deshalb nicht in Verlegenheit kommt. Seinen Plan kann man natürlich nicht kennen. Vielleicht hat er sich nach Belgrad begeben, vielleicht ist er in Budapest geblieben . . . wenn er's nicht etwa gar vorgezogen hat, hierher nach Sigmaringen zu kommen, so daß er sich vielleicht unter uns im ›Treffpunkt der Fischer‹ befindet!«

Diese Vermutung erregte allgemeine Heiterkeit.

»Unter uns!« rief Herr Weber. »Sie suchen uns da eine derbe Nase aufzuheften, Michael Michaelowitsch. Was hätte er denn hier zu suchen, hier, wo man seit Menschengedenken nicht das geringste Verbrechen zu beklagen gehabt hat?«

»Oho«, entgegnete Michael Michaelowitsch, »könnte er nicht der Abfahrt Ilia Bruschs haben beiwohnen wollen? Das interessiert den Mann doch vielleicht . . . wenn Ilia Brusch und Karl Dragoch nicht gar ein und dieselbe Person sind.«

»Was? Ein und dieselbe Person?« rief man von allen Seiten. »Wie kommen Sie darauf?«

»Sapperment, das wäre stark! Unter der Haut des Preisträgers würde niemand den Polizisten ahnen, der so die Donau in aller Freiheit inspizieren könnte!«

Der wunderliche Einfall erregte bei den andern Anwesenden großes Aufsehen. Dieser Michael Michaelowitsch! Nur er konnte doch auf solche Gedanken kommen.

Michael Michaelowitsch versteifte sich jedoch nicht auf seine erste Vermutung.

»Wenigstens wenn . . .«, begann er, eine Wendung gebrauchend, die ihm vertraut zu sein schien.

»Wenigstens wenn?«

»Wenigstens wenn Karl Dragoch nicht einen andern Grund gehabt hat hierherzukommen«, fuhr er fort, indem er ohne weitres zu einer andern kaum weniger phantastischen Hypothese überging.

»Welchen Grund?«

»Nehmen Sie zum Beispiel an, der Plan, die Donau mit der Angel in der Hand hinunterzufahren, wäre ihm verdächtig erschienen.«

»Verdächtig! . . . Warum verdächtig?«

»Alle Wetter, es wäre ja nicht dumm, auch nicht von einem geriebenen Gauner, sich unter der Maske eines Fischers, und obendrein eines so viel genannten Fischers, zu verstecken. Eine solche Berühmtheit wiegt alle Inkognitos der Welt auf. Da könnte einer bequem hundertmal einen Schlag ausführen, wenn er in der Zwischenzeit immer friedlich angelt.«

»Das Angeln muß man aber verstehen«, warf der Präsident Miklesko absprechenden Tones ein, »und das ist ein Privileg, das nur ehrlichen, anständigen Leuten vorbehalten ist.«

Diese vielleicht etwas zu gewagte Bemerkung wurde von den leidenschaftlichen Anglern mit einem maßlosen Beifallsrufen begrüßt. Michael Michaelowitsch nahm mit bemerkenswertem Takt davon den ihm zukommenden Anteil in Anspruch.

»Auf die Gesundheit unsres Präsidenten!« rief er, sein Glas erhebend.

»Auf die Gesundheit unsres Präsidenten!« wiederholten die andern und leerten ihre Gläser wie *ein* Mann.

»Auf die Gesundheit des Herrn Präsidenten!« rief noch ein allein an einem Tische sitzender Gast, der seit einigen Minuten ein lebhaftes Interesse an den rings um ihn gewechselten Reden zu nehmen schien.

Den Vorsitzenden berührte die liebenswürdige Aufmerksamkeit des Unbekannten offenbar angenehm, und wie zum Danke trank er ihm mit einer leicht zu verstehenden Handbewegung zu. Der vereinsamte Trinker, der durch diese höfliche

Geste das Eis hinreichend gebrochen glaubte, hielt sich daraufhin für berechtigt, der ehrbaren Gesellschaft gegenüber auch mit den von ihm gewonnenen Eindrücken nicht zurückzuhalten.

»Vortrefflich gesprochen!« sagte er. »Ja, der Angelfischfang ist nur ein Vergnügen für ehrenwerte Leute!«

»Und haben wir hier das Vergnügen, mit einem Bundeskameraden zu sprechen?« fragte Miklesko, auf den Unbekannten zutretend.

»O nein«, antwortete dieser bescheiden, »höchstens mit einem Amateur, der sich über hervorragende Leistung herzlich freut, doch nicht den Ehrgeiz hat, sie nachzuahmen.«

»Desto bedauerlicher, Herr ... Herr ...«

»Jäger.«

»Desto bedauerlicher, Herr Jäger, denn ich muß daraus schließen, daß wir niemals die Ehre haben werden, Sie zu den Mitgliedern des Donaubundes zählen zu dürfen.«

»Oh, wer weiß?« antwortete Herr Jäger. »Ich könnte mich doch vielleicht entschließen, die Schnur selbst in die Hand zu nehmen, und von dem Tage an werd' ich auch zu Ihrer Vereinigung gehören, vorausgesetzt, daß ich die Bedingungen erfülle, wovon Sie die Aufnahme abhängig machen.«

»Daran zweifeln Sie nur nicht«, versicherte eiligst Miklesko, in der Hoffnung, einen neuen Anhänger des Bundes zu gewinnen. »In dieser Beziehung bestehen nur vier sehr einfache Bedingungen. Die erste und wichtigste ist die Entrichtung eines geringen jährlichen Beitrags.«

»Das versteht sich«, erklärte Herr Jäger lächelnd.

»Die zweite ist die, den Fischfang zu lieben, die dritte, ein angenehmer Gesellschafter zu sein, und diese dritte betrachte ich jetzt bereits als erfüllt.«

»Zu liebenswürdig!« sagte Jäger dankend.

»Was die vierte betrifft, besteht sie einzig und allein in der Einzeichnung des Namens und der Adresse in die Mitgliederlisten der Gesellschaft. Ihren Namen kenne ich ja schon, wenn ich nun noch Ihre Adresse erführe ...«

»Wien, Leipziger Straße 43.«

»Für zwanzig Kronen jährlich wären Sie nun ein fertiger Donaubündler.«

Die beiden Herren fingen herzlich an zu lachen.

»Andre Förmlichkeiten kommen nicht in Frage?«

»Keine einzige.«

»Muß man seine Person nicht durch amtliche Papiere ausweisen?«

»Ich bitte Sie, Herr Jäger«, erwiderte Miklesko, »dessen bedarf's für das Angeln nicht.«

»Das ist ja richtig«, stimmte Jäger ein, »und es ist übrigens auch nicht von Bedeutung. Im Donaubunde kennen doch alle einander persönlich.

»O nein, im Gegenteil«, belehrte ihn Miklesko. »Bedenken Sie nur, einige unsrer Mitglieder wohnen hier in Sigmaringen, andre wieder an der Küste des Schwarzen Meeres; das bedingt doch sozusagen eine Nachbarschaft mit Hindernissen.«

»Ja freilich!«

»Nehmen Sie zum Beispiel unsern merkwürdigen Preisträger vom letzten Wettkampf . . .«

»Ilia Brusch?«

»Ganz recht. Nun sehen Sie, den kennt keiner von uns.«

»Unmöglich!«

»Und doch ist es so«, versicherte Miklesko; »freilich gehört er dem Bunde erst seit vierzehn Tagen an. Für alle Mitglieder war Ilia Brusch eine Überraschung, nein, noch mehr, eine wirkliche Neuentdeckung.«

»Was man so im Turfjargon einen Outsider nennt.«

»Ganz richtig.«

»Und aus welchem Lande stammt dieser Outsider?«

»Es ist ein Ungar.«

»Also wie Sie, denn Sie, Herr Präsident, sind, wie ich glaube, auch Ungar.«

»Ungarisches Vollblut, Herr Jäger, Ungar aus Budapest.«

»Und Ilia Brusch?«

»Ist aus Szalka gebürtig.«

»Szalka? Wo und was ist das?«

»Ein Marktflecken, wenn Sie wollen, eine kleine Stadt am rechten Ufer des Ipoly, eines Flusses, der sich ein paar Meilen oberhalb Budapests in die Donau ergießt.«

»Da werden Sie, Herr Miklesko, ihm also leicht einen Besuch als Nachbar abstatten können«, meinte Jäger lächelnd.

»Jedenfalls aber nicht vor Verlauf von zwei oder drei Monaten«, antwortete im gleichen Tone der Vorsitzende des Donaubundes: »Diese Zeit wird er wohl zu seiner Fahrt brauchen.«

»Außer, wenn er sie überhaupt nicht ausführt!« warf der

drollige Serbe ein, der ohne Umstände in das Gespräch der beiden Herren eingriff.

Jetzt kamen auch noch andre Fischer näher heran. Die Herren Jäger und Miklesko wurden zum Mittelpunkte der kleinen Gruppe.

»Was wollen Sie damit sagen?« fragte Miklesko. »Sie haben eine lebhafte Phantasie, Michael Michaelowitsch.«

»Oh, es war nur ein Scherz, bester Herr Präsident«, erklärte der lustige Serbe. »Doch wenn Ilia Brusch Ihrer Ansicht nach weder ein Polizist noch ein Übeltäter sein kann, warum könnte er da nicht ein Spaßvogel sein, der uns an der Nase umherführt?«

Miklesko faßte die Sache weit ernster auf.

»Sie sind wohl etwas gehässiger Natur, Michael Michaelowitsch«, erwiderte er. »Das kann Ihnen früher oder später noch einmal recht schlecht bekommen. Auf mich hat Ilia Brusch den Eindruck eines braven und gewissenhaften Mannes gemacht. Übrigens ist er Mitglied des Donaubundes ... das sagt genug.«

»Bravo!« ertönte es von allen Seiten.

Ohne wegen der ihm erteilten Lektion irgendwie verlegen zu erscheinen, ergriff Michael Michaelowitsch mit bewundernswerter Geistesgegenwart diese neue Gelegenheit, einen Toast auszubringen.

»Wenn es sich so verhält«, rief er, seinen Humpen ergreifend, »dann einen Schluck auf das Wohlergehen Ilia Bruschs!«

»Auf das Wohlergehen Ilia Bruschs!« antwortete der Chor, ohne Jäger auszunehmen, wie aus einem Munde, denn auch ... Jäger trank sein Glas gewissenhaft bis zum letzten Tropfen aus.

Der letzte merkwürdige Einfall Michael Michaelowitschs war jedoch vielleicht nicht ebenso unsinnig wie die frühern. Nach der etwas prahlerischen Verkündigung seines Planes war Ilia Brusch noch nicht wieder zum Vorschein gekommen; ebensowenig hatte jemand von ihm reden hören. War es nicht auffallend, daß er sich so verborgen hielt, und konnte man nicht mit Recht vermuten, daß er seinen zu leichtgläubigen Kollegen nur hätte etwas weismachen wollen? Hierüber klarzuwerden, das konnte ja in jedem Falle nicht lange dauern: binnen sechsunddreißig Stunden mußten die Bündler wissen, woran sie bezüglich dieser Sache waren.

Die, die sich hierfür interessierten, brauchten sich nur wenige Meilen von Sigmaringen stromaufwärts zu begeben. Dort würden sie sicherlich Ilia Brusch finden, wenn der ein ebenso ehrenhafter Mann war, wie ihn der Vorsitzende Miklesko in gutem Glauben hinstellte.

Immerhin konnte hier noch eine Schwierigkeit auftauchen: War denn die Lage der richtigen Quelle des großen Stromes genau festgestellt? Herrschte über diesen Punkt nicht noch eine gewisse Unsicherheit, da auch die besten Karten die betreffende Stelle nicht zweifellos angaben? Und wenn man sich bemühte, Ilia Brusch an einer solchen zu treffen, konnte der da nicht recht gut gerade an einer andern sein?

Zweifelhaft ist es ja keineswegs, daß die Donau, der Ister der Alten, im Großherzogtum Baden entspringt. Die Geographen erklären sogar, diese Stelle läge unter 6 Minuten östlicher Länge und 37 Grad 48 Minuten nördlicher Breite. Dieser Lagenbestimmung fehlt aber – ihre Richtigkeit angenommen – neben der Zahl der Bogenminuten die Zahl der Sekunden; die Lage der Stelle ist damit also nur ungenau angegeben. Hier handelte es sich aber doch darum, die Schnur genau an dem Punkte auszuwerfen, von dem aus der erste Tropfen Donauwasser nach dem Schwarzen Meere zu rinnen beginnt.

Nach einer Sage, die lange Zeit das Ansehen einer geographischen Tatsache genoß, sollte die Donau inmitten eines Gartens entspringen, und zwar aus dem der Fürsten von Fürstenberg. Ihre Wiege wäre danach ein Marmorbecken, aus dem sehr viele Touristen ihre Becher und Feldflaschen gefüllt haben. Sollte man nun Ilia Brusch am Morgen des 10. August am Rande dieses unerschöpflichen Wasserbeckens erwarten?

Nein, dort ist nicht die richtige Stelle, die authentische Quelle des großen Stromes. Man weiß jetzt, daß er aus der Vereinigung zweier Bäche, der Brege und der Brigach, entsteht, die sich aus der Höhe von achthundertfünfundsiebzig Metern durch den Schwarzwald ergießen. Ihre Wässer vereinigen sich dann bei Donaueschingen, wenige Meilen oberhalb Sigmaringens, und fließen von hier unter dem gemeinschaftlichen Namen Donau weiter.

Wenn einer der beiden Bäche mehr als der andre verdiente, als die eigentliche Ursprungswasserader betrachtet zu werden, so wäre es die Brege, deren Länge die des andern Bachs um siebenunddreißig Kilometer übertrifft und die im Breisgau entspringt.

Die bestunterrichteten Neugierigen hatten sich aber ohne Zweifel gesagt, daß der Abfahrtsplatz Ilia Bruschs – wenn dieser überhaupt abfuhr – Donaueschingen sein werde, denn dorthin hatten sie sich, die meisten Zugehörigen des Donaubundes, in Gesellschaft des Präsidenten Miklesko begeben.

Vom Morgen des 10. August an »bezogen sie die Wache« am Ufer der Brege, nahe dem Zusammenfluß der beiden Bäche . . . Die Stunden verrannen jedoch, ohne daß der erwartete Held des Tages sich sehen ließ.

»Er wird überhaupt nicht kommen«, sagte der eine.

»Ihm kam's nur darauf an, uns zu foppen«, meinte ein andrer.

»Und wir werden bald als dumme Tröpfe dastehen!« sagte Michael Michaelowitsch im Gefühl seines Triumphes hinzu.

Nur der Präsident Miklesko verharrte dabei, Ilia Brusch in Schutz zu nehmen.

»Nein«, erklärte er kategorisch, »ich werde nun und nimmer zugeben, daß ein Mitglied des Donaubundes den Gedanken gehabt haben könne, seine Kollegen zu foppen. Ilia Brusch wird durch irgend etwas aufgehalten worden sein. Nur Geduld, wir werden ihn schon bald erscheinen sehen.«

Miklesko sollte recht behalten, sich so vertrauensvoll zu zeigen. Kurz vor neun Uhr hörte man Ausrufe aus einer Gruppe, die am Zusammenflusse der Brege und der Brigach stand.

»Da . . . da ist er! . . . Da ist er!«

Etwa zweihundert Schritt entfernt tauchte hinter einer Landspitze plötzlich ein von einem Ruder getriebenes Boot auf, das längs des hohen Uferrandes außerhalb der Strömung dahinglitt. Geleitet wurde es von einem einzelnen, auf dem Hinterteil stehenden Mann.

Und das war derselbe, der wenige Tage vorher am Wettbewerb des Donaubundes beteiligt gewesen war, der Gewinner der zwei ersten Preise, der Ungar Ilia Brusch.

Als das Boot die Stelle des Zusammenflusses erreicht hatte, hielt es an, und ein kleiner Wurfanker fesselte es ans Ufer. Ilia Brusch stieg aus, und alle Neugierigen strömten um ihn zusammen. Jedenfalls erwartete er nicht, hier eine so große Versammlung anzutreffen, denn er schien etwas verlegen zu sein.

Der Präsident Miklesko trat an ihn heran und bot ihm die

Hand, die Ilia Brusch, nachdem er seine Ottermütze gelüftet hatte, mit Ehrerbietung ergriff.

»Ilia Brusch«, redete ihn Miklesko mit seiner Stellung entsprechender Würde an, »ich schätze mich glücklich, den großen Preisträger unsres letzten Wettkampfes zu begrüßen.«

Der große Preisträger verneigte sich als Ausdruck seines Dankes, und der Präsident fuhr fort:

»Daraus, daß wir Sie an den Quellen unsres internationalen Stromes sehen, schließen wir, daß Sie den Plan zur Ausführung bringen wollen, diesen mit der Angel in der Hand bis zu seiner Mündung hinunterzufahren.«

»Das ist meine Absicht, Herr Präsident«, antwortete Ilia Brusch.

»Und heute wollen Sie die weite Talfahrt antreten?«

»Am heutigen Tage, Herr Präsident.«

»Auf welche Weise denken Sie sich dahin zu bewegen?«

»Ich werde mich von der Strömung weitertragen lassen.«

»In diesem kleinen Boote?«

»Jawohl, in diesem Boote.«

»Ohne jemals am Lande anzulegen?«

»O doch, während der Nacht.«

»Sie wissen auch wohl, daß es sich um dreitausend Kilometer handelt?«

»Nun, bei fünfzig Kilometer im Tagesdurchschnitt sind die etwa in zwei Monaten zurückzulegen.«

»Dann also: Glückliche Reise, Ilia Brusch!«

»Vielen, vielen Dank, Herr Präsident!«

Ilia Brusch grüßte ein letztes Mal und stieg nun in sein Fahrzeug, während die Neugierigen sich herandrängten, seine Abfahrt zu beobachten.

Er holte seine Angelschnur hervor, versah sie mit Köder und legte sie auf eine Bootsbank. Dann holte er den kleinen Anker ein, stieß das Boot mit einem Riemen kräftig vom Lande ab und setzte sich am Hinterteile nieder, von wo er seine Schnur auswarf.

Einen Augenblick später zog er sie schon wieder ein. Eine Barbe zappelte am Haken. Das erschien als eine gute Vorbedeutung, und als er um die Landspitze bog, da brach die ganze Gesellschaft in begeisterte Hochrufe aus auf den Preisträger des internationalen Donaubundes.

Drittes Kapitel

Der Passagier Ilia Bruschs

Sie war also angetreten, die Talfahrt über den großen Strom, die Ilia Brusch durch ein Großherzogtum: Baden, durch zwei Königreiche: Württemberg und Bayern, zwei Kaiserreiche: Österreich und die Türkei, sowie durch drei Fürstentümer: Hohenzollern, (damals noch) Serbien und Rumänien führen sollte.* Der originelle Fischer brauchte während der langen Fahrt keine Ermüdung zu befürchten, die Strömung der Donau allein sollte ihn, etwa mit der Geschwindigkeit von vier Kilometern in der Stunde, also etwa fünfzig Kilometer während der Tageshelle, bis zur Mündung hinuntertragen. Hielt ihn dann kein Unfall unterwegs zurück, so mußte er nach zwei Monaten sein Reiseziel erreicht haben. Warum hätte er aber Verspätungen erfahren sollen?

Das Boot Ilia Bruschs maß ungefähr zwölf Fuß. Es war eine Art flachbodige Jolle und mit allen Geräten und Hilfsmitteln ausgerüstet, für die ein richtiger Fischer Bedarf haben kann. Ilia Brusch hätte davon nichts entbehren können, da er nach dem seinen Kollegen am Tage des Wettstreites mitgeteilten Programm ausschließlich von der Ausbeute seines Fischfanges leben mußte, ob er diese nun in natura verzehrte oder in klingende, vollwichtige Geldstücke umsetzte, die es ihm ermöglichten, in seinen Speisezettel einige Abwechslung zu bringen, ohne seinem Programm ungetreu zu werden.

Abends gedachte Ilia Brusch dann die tagsüber gefangenen Fische zu verkaufen, für die sich, da von dem Namen des Fischers überall so viel die Rede gewesen war, auf beiden Ufern jedenfalls Liebhaber genug finden würden.

So verlief der erste Reisetag. Ein Beobachter, der Ilia Brusch hätte mit den Augen verfolgen können, würde allerdings mit Recht über den geringen Eifer erstaunt gewesen sein, womit der Preisträger des Donaubundes dem Fischfange zu obliegen schien, durch den er während der abenteuerlichen Fahrt doch seinen Lebensunterhalt erwerben sollte. Sobald er sich nämlich ungesehen glaubte, beeilte er sich, die Schnur loszulassen, dafür die Riemen zu ergreifen und mit aller Kraft zu rudern,

*Diese beiden Fürstentümer sind inzwischen, Serbien 1882 und Rumänien 1881, zu Königreichen erhoben worden.

als läge ihm viel daran, die Fortbewegung der Jolle zu beschleunigen. Ließen sich an dem einen oder andern Ufer Neugierige erblicken oder begegnete er einem andern Jollenführer, so ergriff er sofort wieder die Angel, und bei seiner Geschicklichkeit gelang es ihm meist sehr bald, einen hübschen Fisch aus dem Wasser zu ziehen, was die Zuschauer dann mit lauten Beifallsrufen begleiteten. Sobald diese aber durch eine Biegung des Flusses verborgen oder der andre Jollenführer verschwunden war, griff er wieder zu den Riemen und verlieh seinem etwas schweren Fahrzeuge neben der Strömung noch eine eigene Geschwindigkeit.

Hatte Ilia Brusch wohl einen Grund, seine Reise möglichst abzukürzen, die zu unternehmen ihn ja niemand gezwungen oder nur veranlaßt hatte? Wie dem auch sein mochte, jedenfalls glitt er schnell vorwärts. Getragen von der Strömung, die nahe dem Ursprung des Stromes eine schnellere ist als weiterhin, ruderte er doch allemal, wo ihm die Gelegenheit günstig schien, und kam so mit der Geschwindigkeit von acht, vielleicht noch mehr Kilometern in der Stunde vorwärts.

Nachdem er an einigen ganz unbedeutenden Ortschaften vorübergekommen war, ließ er Tuttlingen, eine Oberamtsstadt des Schwarzwaldkreises, ohne hier anzuhalten, hinter sich, obgleich ihn einige seiner Bewundrer vom Ufer aus zu einer Landung einluden. Ilia Brusch weigerte sich aber, indem er diese Einladung mit einer Handbewegung ablehnte, seine Fahrt zu unterbrechen.

Nachmittag gegen vier Uhr erreichte er, achtundvierzig Kilometer von seinem Abfahrtspunkte, die kleine Stadt Fridingen. Gern hätte er wie die früheren Orte auch diese »geschnitten«, der Enthusiasmus des Volkes erlaubte ihm das aber nicht. Sobald er sichtbar wurde, stießen mehrere Boote, aus denen er mit unzähligen »Hochs« begrüßt wurde, vom Ufer ab und umschlossen den berühmten Preisträger. Der ergab sich nun auf Gnade und Ungnade, vor allem da er auch Abnehmer für die bei seinem mehrfach unterbrochenen Fange erbeuteten Fische suchen mußte. Barben, Bleie, Rotaugen, Stichlinge zappelten und zuckten noch in seinem Netze, ohne einzelne Meeräschen zu zählen, die vielerorts unter dem Namen »Hottus« bekannt sind. Offenbar konnte er das nicht alles allein verzehren, und davon konnte hier auch gar nicht die Rede sein. Dafür waren zu viele Liebhaber zur Stelle. Kaum hatte seine Jolle angelegt, als sich schon gegen fünfzig Badener an ihn herandrängten, ihn anriefen und den Preisträger des Donaubundes unter allerlei Ehrenbezeigungen einkreisten.

»Hierher, hierher, Brusch!«

»Ein Glas gutes Bier, Brusch?«

»Wir kaufen Ihre Fische, Brusch!«

»Zwanzig Kreuzer für den hier!«

»Einen Gulden für den andern da!«

Brusch konnte gar nicht schnell genug antworten, und sein Fang hatte ihm bald ein hübsches Stück blankes Geld eingebracht. Mit den beim Wettbewerb erhaltenen Barpreisen mußte das nach und nach eine nette Summe bilden, wenn die Begeisterung der Uferbevölkerung sich von der Quelle bis zur Mündung des großen Stromes in gleicher Weise weiterverbreitete.

Warum sollte das auch nicht der Fall sein? Warum sollten die Leute aufhören, sich um die Fische Ilia Bruschs zu streiten? War es denn nicht eine Ehre, einen solchen Wasserbewohner von ihm zu besitzen? Er brauchte sich nicht einmal die Mühe zu machen, seine Ware auf den Märkten der Städte auszubieten, da sich das Publikum um diese völlig riß. Dieser Verkauf war offenbar ein genialer Einfall.

Außer daß er am heutigen Abend seine Fische schnell und vorteilhaft absetzte, fehlte es ihm auch nicht an Einladungen. Da es Ilia Brusch aber darauf ankam, sein kleines Fahrzeug sowenig wie möglich zu verlassen, schlug er sie ebenso entschieden aus wie die vielen Gläser guten Weines und die Schoppen vortrefflichen Bieres, die man ihn ersuchte, in den Gastwirtschaften am Ufer anzunehmen. Seine Verehrer mußten auf seine Gesellschaft verzichten und sich von ihrem Helden trennen, den sie jedoch am nächsten Tage bei seiner Abfahrt noch einmal zu begrüßen versprachen.

Am nächsten Morgen fanden sie die Jolle aber nicht mehr. Ilia Brusch war schon mit dem ersten Tagesgrauen aufgebrochen, und die Einsamkeit der frühen Morgenstunde benützend, ruderte er eifrig, wobei er sich immer gleich weit von beiden Stromufern zu halten suchte. Von der schnellen Strömung unterstützt, passierte er um fünf Uhr früh Sigmaringen, nur einige Meter entfernt vom »Treffpunkt der Fischer«. Jedenfalls hätte sich etwas später ein oder das andre Bundesmitglied über den Balkon des Gasthauses hinausgebeugt, um den ankommenden berühmten Kollegen zu erspähen ... Freilich vergebens. Der Fischer war, wenn dieselbe Geschwindigkeit seiner Fahrt andauerte, dann schon weit von hier fort.

Einige Kilometer von Sigmaringen ließ Ilia Brusch den ersten Zufluß der Donau, eigentlich einen Bach, den Bauchart, hinter sich, der sich vom linken Ufer in den Strom ergießt.

Da Ilia Brusch sich die verhältnismäßig große Entfernung zwischen den volkreichen Orten in diesem Teile des Stromlaufes zunutze machen konnte, trieb er sein Boot im Laufe des Tages mit allen Kräften weiter und angelte nur, soweit ihm das unumgänglich nötig erschien. Da er nur die für den eignen Bedarf hinreichende Menge Fische erbeutet hatte, ankerte er auf freier Strecke etwas außerhalb des Städtchens Mundelfingen, dessen Bewohner ihn gewiß nicht so in ihrer Nähe vermuteten.

Dem zweiten Tage der Fahrt schloß sich der dritte mit ganz gleichem Verlaufe an. Ilia Brusch fuhr schon vor Sonnenaufgang schnell an Mundelfingen vorbei, und es war auch noch früh am Tage, als er an dem großen Flecken Ehingen vorüberkam. Um vier Uhr passierte er die Illermündung am rechten Ufer, und es hatte kaum fünf geschlagen, als er sein Boot am Kai von Ulm, nach der Hauptstadt Stuttgart die wichtigste Stadt Württembergs, an einem Eisenringe angelegt hatte.*

Die Ankunft des berühmten Preisträgers war nicht angemeldet worden. Man erwartete diesen erst in den Abendstunden des nächsten Tages. Hier fehlte es also an dem gewohnten Gedränge, und sehr erfreut darüber beschloß Ilia Brusch den Rest des Tages zu einem flüchtigen Besuch der Stadt zu benutzen.

Wenn man sagte, daß der Kai völlig verlassen gewesen sei, so wäre das nicht ganz richtig. Hier wanderte wenigstens ein Mann auf und ab, und alles deutete darauf hin, daß dieser Wanderer Ilia Brusch erwartete, denn er war der Jolle von dem Augenblick ihres Auftauchens an längs des Ufers gefolgt. Aller Wahrscheinlichkeit nach entging der Preisträger des Donaubundes also auch hier nicht der gewohnten Huldigung.

Als die Jolle aber am Kai festgelegt war, hatte sich der einsame Wanderer ihr nicht weiter genähert, sondern schien sie aus einiger Entfernung und bemüht, selbst nicht gesehen zu werden, zu beobachten. Es war ein mittelgroßer, unfreundlich aussehender Mann mit lebhaften Augen, obwohl er gewiß

---

*Julius Verne springt hier mit den Entfernungen zwischen den genannten Orten leider auf fast unverantwortliche Weise um. (Der Übersetzer.)

schon über vierzig zählte. Er trug eine Kleidung nach ungarischer Mode und hielt einen ledernen Reisesack in der Hand.

Ohne ihm eine weitere Aufmerksamkeit zu widmen, legte Ilia Brusch sein Fahrzeug fest an, schloß die Tür eines kleinen Aufbaues auf diesem, überzeugte sich, daß alle Kastendeckel durch feste Vorlegeschlösser gesichert waren, und sprang dann ans Land, um in der nächsten Straße der Stadt zu verschwinden.

Der andere war ihm aber auf dem Fuße gefolgt, nachdem er den von ihm getragenen Ledersack in der Jolle niedergelegt hatte.

Von der Donau durchflossen, gehört Ulm auf der linken Seite zu Württemberg, auf der rechten dagegen zu Bayern, ist aber auf beiden Seiten eine rein deutsche Stadt.

Ilia Brusch ging durch die alten Straßen mit alten, mit kleinen Türen versehenen Läden hin, welche die Kunden kaum je betreten, da die Einkäufe meist gleich in und durch die Schaufenster hindurch abgeschlossen werden. Bei stärkerem Winde gibt es da einen Heidenlärm von altem Eisen, da schwanken und knarren an ihren Armen die schweren Firmenschilder in Gestalt von Bären, Hirschen, Kreuzen und Kronen bunt durcheinander.

Als Ilia Brusch die alte Stadtmauer erreicht hatte, spazierte er durch das Quartier, wo Fleischer, Kuttler und Lohgerber ihre Trockenböden haben, und dann kam er, ziellos weiterschlendernd, nach der Hauptkirche, einem der kühnsten Bauwerke ganz Deutschlands. Ulms Münster sollte an Höhe sogar den Straßburgs übertreffen. Diesen Anspruch hat er jedoch, wie das im Leben so oft vorkommt, aufgeben müssen: die äußerste Spitze des württembergischen Bauwerkes ragt nur dreihundertsiebenunddreißig Pariser Fuß (107,78m), die des Straßburger 142 Meter empor.*

Da Ilia Brusch nicht zur Familie der Bergfexe gehörte, kam ihm gar nicht der Gedanke, den Münster zu besteigen, von dem aus er die ganze Stadt und weithin deren Umgebung hätte übersehen können. Wenn er es getan hätte, wäre ihm jedenfalls jener Unbekannte nachgefolgt, der ihn nicht verließ, ohne daß er etwas davon bemerkte. Er wäre von dem andern begleitet worden, wenn er nach seinem Betreten des Gotteshauses das Tabernakel bewundert hätte, das ein französischer Reisender

*Wohl ein Irrtum des Verfassers: Der Münster in Ulm ist 161 Meter hoch.

(Duruy) mit einer Bastion mit kleinen Zellen und Verteidigungserkern verglichen hatte, oder wenn er die Chorstühle betrachtet hätte, die ein Künstler des 14. Jahrhunderts mit den Holzbildern berühmter Persönlichkeiten aus jener Zeit geschmückt hat.

Einer hinter dem andern kamen die beiden am Rathause, einem ehrwürdigen Bau aus dem 12. Jahrhundert, vorüber und begaben sich dann wieder nach dem Strome zu.

Ehe sie jedoch den Kai erreichten, machte Ilia Brusch einen kurzen Halt, um sich eine auf Stelzen dahermarschierende Gesellschaft anzusehen. Dieses Stelzenlaufen ist in Ulm sehr beliebt, obgleich dessen Einwohner dazu nicht gezwungen sind, wie das in der alten Universitätsstadt Tübingen der Fall ist, wo sich der feuchte und schluchtig zerrissene Erdboden kaum für Fußgänger eignet.

Um das Schauspiel besser genießen zu können, das hier eine Gruppe lustiger junger Burschen, hübscher Dirnen und kleiner Knaben und Mädchen aufführte, hatte sich Ilia Brusch in einem Café niedergesetzt. Sofort hatte auch der Unbekannte an einem Tische in der Nähe Platz genommen, und beide ließen sich jetzt ein Glas des berühmten hiesigen Bieres bringen.

Zehn Minuten später gingen sie weiter, jetzt aber in umgekehrter Ordnung. Der Unbekannte ging beschleunigten Schrittes voraus, und als Ilia Brusch, der ihm, ohne sich etwas dabei zu denken, folgte, seine Jolle erreichte, fand er den andern, der schon darin saß und nur auf ihn zu warten schien.

Es war noch heller Tag. Ilia Brusch bemerkte schon von weitem den Eindringling, der sich's, einen gelben Ledersack zu Füßen, auf dem Hinterteil des Bootes bequem gemacht hatte.

»Entschuldigen Sie, mein Herr«, sagte er, »Sie haben sich wohl geirrt?«

»Keineswegs«, antwortete der Unbekannte. »Gerade mit Ihnen wünschte ich zu sprechen.«

»Mit mir?«

»Mit Ihnen, Herr Ilia Brusch.«

»Und in welcher Angelegenheit?«

»Ich möchte Ihnen ein Geschäft vorschlagen.«

»Ein Geschäft?« wiederholte der Fischer höchst verwundert.

»Und sogar ein ausgezeichnetes Geschäft«, versicherte der Unbekannte, der den andern durch eine Geste aufforderte, sich niederzusetzen.

Das war ja eine etwas merkwürdige Einladung, denn es ist doch nicht Sitte, dem, der einen bei sich empfängt, einen Sitz anzubieten. Dieser Fremde sprach aber so entschieden und mit so ruhiger Sicherheit, daß Ilia Brusch sich unwillkürlich fügen mußte. Ohne ein Wort zu erwidern, folgte er der ziemlich unpassenden Aufforderung.

»Wie alle andern«, begann jetzt der Unbekannte, »kenne auch ich Ihren Plan und weiß also, daß Sie, ausschließlich von dem Ertrag des Fischfanges lebend, die ganze Donau hinunterfahren wollen. Auch ich bin ein leidenschaftlicher Liebhaber des Angelns und wünschte deshalb lebhaft, mich an Ihrem Unternehmen zu beteiligen.«

»In welcher Weise denn?«

»Das werd' ich Ihnen gleich sagen. Vorher erlauben Sie mir jedoch eine Frage. Wie hoch schätzen Sie den Wert der Fische, die Sie im Laufe Ihrer Fahrt voraussichtlich fangen werden?«

»Das heißt wohl, wieviel sie mir einbringen werden?«

»Jawohl. Ich höre, daß Sie davon zu verkaufen gedenken, was Sie nicht zum persönlichen Unterhalt verbrauchen.«

»Nun, etwa auf hundert Gulden.«

»Ich biete Ihnen dafür fünfhundert.«

»Fünfhundert Gulden!« wiederholte Ilia Brusch ganz bestürzt.

»Ja, fünfhundert Gulden, die ich Ihnen vorweg bar bezahle.«

Ilia Brusch sah sich den Mann, der ihm das anbot, jetzt genauer an, und sein Blick mußte sehr sprechend gewesen sein, denn der andere ging gleich auf den Gedanken ein, den der Fischer nicht hatte laut werden lassen.

»Seien Sie ganz ruhig, Herr Brusch. Ich bin bei vollem Verstande.«

»Was bezwecken Sie aber mit Ihrem Angebote?«

»Das hab' ich Ihnen ja gesagt«, erwiderte der Unbekannte. »Ich wünsche, an Ihren Heldentaten teilzunehmen. Sie dabei womöglich zu unterstützen. Dazu bewegt mich auch das Verlangen, das ein Spieler empfindet. So wie ich auf Ihren Erfolg schon fünfhundert Gulden gewagt habe, wird es mir ein großes Vergnügen gewähren, diese Summe nach und nach, jene nach Ihren Verkäufen jeden Abend in Einzelposten einkommen zu sehen.«

»Jeden Abend?« stieß Ilia Brusch heraus. »Sie hätten also die Absicht, sich mit mir einzuschiffen?«

»Gewiß«, erklärte der Unbekannte. »Doch wohl zu merken: Der Fahrpreis ist in unserm ersten Übereinkommen nicht inbegriffen; als solchen zahle ich Ihnen nochmals fünfhundert, zusammen also tausend Gulden bar und im voraus.«

»Tausend Gulden!« rief Ilia Brusch, wie aus den Wolken gefallen, noch einmal.

Gewiß war dieses Angebot höchst verlockend. Der Fischer schien aber darauf Wert zu legen, allein zu bleiben, denn er antwortete kurz und bündig:

»Ich bedaure sehr, werter Herr, ich muß das aber abschlagen.«

Einer so kategorischen und in entschiedenem Tone gegebenen Antwort gegenüber hätte sich einer ja eigentlich fügen müssen. Das war aber zweifellos nicht die Absicht des leidenschaftlichen Angelliebhabers, der von der Klarheit jener Ablehnung gar nicht betroffen zu sein schien.

»Würden Sie, Herr Brusch, mir erlauben zu fragen, warum?« fragte er ruhig.

»Gründe dafür brauche ich wohl nicht anzugeben; ich lehne Ihr Angebot ab, damit genug, und ich glaube, doch das Recht zu haben«, antwortete Ilia Brusch, der etwas ungeduldig wurde.

»Das Recht dazu haben Sie selbstverständlich«, gab ihm sein Gegenüber ohne jede Erregtheit zu. »Ich überschreite aber nicht das meinige, wenn ich Sie ersuche, mir die Gründe Ihrer Weigerung mitzuteilen. Mein Vorschlag war doch gewiß nicht verletzender Art, und mir scheint es natürlich, dann auch eine höfliche Behandlung erwarten zu dürfen.«

Diese Worte wurden in einer Weise ausgesprochen, die zwar nichts Drohendes an sich hatte, doch mit so bestimmtem Ton, einer so entschiedenen Selbstbewußtheit, daß Ilia Brusch davon nicht wenig betroffen war. Wenn ihm an seinem Alleinbleiben viel gelegen war, so scheute er doch noch mehr eine stürmische Auseinandersetzung, denn er erkannte jene Bemerkung sofort als ganz gerechtfertigt an.

»Sie haben recht, mein Herr«, sagte er. »So muß ich Ihnen zunächst sagen, daß ich stark zweifelte, Sie zu einer unzweifelhaft unglücklich auslaufenden Spekulation zuzulassen.«

»Nun, das wäre doch meine Sache.«

»Doch etwas auch die meinige, denn ich beabsichtige, täglich nicht mehr als eine Stunde zu fischen.«

»Und die übrige Zeit?«

»Rudere ich, um den Gang meines Fahrzeugs zu beschleunigen.«

»Sie haben es also eilig?«

Ilia Brusch biß sich auf die Lippen.

»Eilig oder nicht«, antwortete er trocken, »es ist einmal so. Sie werden begreifen, daß es der reine Diebstahl wäre, wenn ich unter diesen Verhältnissen Ihre tausend Gulden annähme.«

»Nein, jetzt, wo Sie mir das mitgeteilt haben, gewiß nicht«, widersprach ihm sein Gegenüber, ohne seine unerschütterliche Ruhe zu verlieren.

»Ganz gleich«, erwiderte Ilia Brusch, »vorzüglich, da ich mich nicht verbindlich mache, täglich, und wär's auch nur eine Stunde, zu angeln. Eine solche Verpflichtung würde ich niemals eingehen. Ich will nach Belieben schalten und walten, kurz, ich will frei sein.«

»Das werden Sie auch sein«, erklärte der Unbekannte. »Sie angeln, wenn es Ihnen gefällt, nur wenn Sie Lust dazu haben. Das wird den Reiz des Spieles nur erhöhen. Übrigens sind Sie ja geschickt genug, daß zwei oder drei Angelwürfe genügen werden, mir eine Verzinsung zu sichern, und ich betrachte das Geschäft immer noch als ein sehr gutes. Ich bleibe also dabei, Ihnen fünfhundert Gulden im voraus zu zahlen oder tausend Gulden, den Fahrpreis inbegriffen.«

»Und ich bleibe dabei, das abzulehnen.«

»Dann wiederhole ich meine Frage, warum?«

Eine solche Hartnäckigkeit hatte wirklich etwas Aufreizendes an sich, und obgleich Ilia Brusch ruhiger Natur war, begann er doch jetzt die Geduld zu verlieren.

»Warum?« wiederholte er ärgerlich. »Ich glaube Ihnen das bereits gesagt zu haben, will aber, da Sie auf dieser Frage bestehen, noch hinzufügen, daß ich niemand an Bord haben mag. Es ist doch nicht verboten, glaube ich, das Alleinsein zu lieben.«

»Gewiß nicht«, gab der andre zu, doch ohne eine Miene zu machen, sich von der Stelle, wo er wie angenagelt saß, zu erheben. »Mit mir werden Sie aber auch so gut wie allein sein. Ich werde mich auf meinem Platze nicht rühren, ja nicht einmal ein Wort sprechen, wenn Sie diese Bedingung stellen.«

»Aber in der Nacht?« entgegnete Ilia Brusch, den der Zorn schon fast übermannte. »Glauben Sie vielleicht, daß zwei Personen in meiner winzigen Kabine bequem unterkommen können?«

»Oh, sie ist groß genug, zwei zu beherbergen«, antwortete der Fremde. »Übrigens kann man für tausend Gulden schon eine kleine Unbequemlichkeit mit in den Kauf nehmen.«

»Ich weiß nicht, ob das richtig ist«, versetzte Ilia Brusch, der immer mehr in Hitze kam, »ich . . . ich will es aber nicht. Nein, hundertmal und tausendmal: nein! Ich denke, das ist deutlich genug.«

»Sehr deutlich«, gab der Unbekannte zu.

»Nun also?« . . . fragte Ilia Brusch, während er mit der Hand nach dem Kai zeigte.

Sein Gegner schien aber diese Geste nicht zu verstehen. Er hatte eine Pfeife aus seiner Tasche gezogen und stopfte sie ganz gelassen. Eine solche Zuversichtlichkeit brachte Ilia Brusch außer Fassung.

»Sollte ich mich genötigt sehen, Sie wider Ihren Willen ans Land zu setzen?« rief er außer sich.

Der Fremde war jetzt mit dem Stopfen seiner Pfeife fertig.

»Das wäre sehr töricht von Ihnen«, sagte er, ohne daß seine Stimme die geringste Furcht verriet; »und das aus drei Gründen. Erstens würde ein handgreiflicher Streit zwischen uns die Polizei herbeilocken, und wir müßten dann jedenfalls beide aufs Polizeiamt wandern, dort unsere Namen und Vornamen angeben und auf wer weiß was für welche Fragen antworten. Dazu, das gestehe ich, hab' ich keine Lust, und anderseits wäre dieser Zwischenfall gewiß nicht geeignet, Ihre Reise abzukürzen, woran Ihnen doch viel zu liegen scheint.«

Ob der zähe Angelliebhaber wohl auf eine große Wirkung dieses Argumentes rechnete? Wenn es der Fall war, konnte er zufrieden sein. Plötzlich besänftigt, schien Ilia Brusch geneigt, den Worten des andern bis zum Ende zu lauschen. Der gewandte Redner, der jetzt mit dem Anzünden seiner Pfeife beschäftigt war, hatte übrigens auf die Wirkung seiner Worte gar nicht geachtet.

Eben wollte er seine ruhige Beweisführung fortsetzen, als eine dritte Person ins Boot sprang, die Ilia Brusch, der ganz in Gedanken versunken war, gar nicht hatte herantreten sehen.

Dieser neue Ankömmling trug die Uniform eines Gendarmen.

»Herr Ilia Brusch?« fragte der Vertreter der Staatsgewalt.

»Das bin ich«, antwortete der Gefragte.

»Ich bitte um Ihre Papiere.«

Dieses Verlangen fiel wie ein Stein in einen stillen Tümpel. Ilia Brusch erschien ganz niedergeschmettert.

»Meine Papiere?« stammelte er. »Ich habe ja keine Papiere bei mir, außer vielleicht ein paar Briefumschlägen und einigen Quittungen über den Mietzins für das kleine Haus, das ich in Szalka bewohne. Genügt Ihnen das?«

»Das sind keine Legitimationspapiere«, antwortete der Gendarm barsch. »Ein Taufschein, ein Gewerbebetriebsschein, ein Arbeitsbuch, ein Reisepaß ... das sind Papiere! Haben Sie etwas der Art bei sich?«

»Leider ganz und gar nicht«, gestand Ilia Brusch befangen.

»Das kann für Sie unangenehm werden«, murmelte der Gendarm, der selbst ernstlich beklagte, hier mit Strenge auftreten zu müssen.

»Für mich?« protestierte der Fischer. »Ich bin doch ein ehrlicher Mann, das können Sie mir aufs Wort glauben.«

»Ja, ja, davon bin ich überzeugt«, erklärte der Gendarm.

»Und ich habe von niemand etwas zu fürchten. Übrigens bin ich bekannt genug. Ich bin der erste Preisträger vom letzten Angelwettbewerb des Donaubundes in Sigmaringen, von dem die gesamte Presse gesprochen hat, und auch hier wird es Bürgen für mich geben.«

»Verlassen Sie sich darauf: Nach denen wird man suchen«, versicherte der Gendarm. »Inzwischen bin ich aber gezwungen, Sie aufzufordern, mir nach dem Polizeiamte zu folgen, wo ein Aktuar Ihre Identität feststellen wird.«

»Nach dem Polizeiamte?« rief Ilia Brusch erschrocken. »Wessen beschuldigt man mich denn?«

»Oh, von Beschuldigung ist keine Rede«, erklärte der Gendarm. »Ich habe nur eine besondere Instruktion, dahin lautend, den Strom zu überwachen und alle Personen, die keine Legitimation bei sich haben, der Polizei zuzuführen. Befinden Sie sich auf dem Strome? ... Ja ... Haben Sie Ausweispapiere bei sich? ... Nein ... Ich muß Sie also mitnehmen. Alles Weitere geht mich nichts an.«

»Das ist aber abscheulich«, protestierte Ilia Brusch, der Verzweiflung nahe.

»Ja, ja, das ist es!« gab der Gendarm phlegmatisch zu.

Der sich um die Mitfahrt bewerbende Passagier, dessen Rede so urplötzlich unterbrochen worden war, wendete diesem Zwiegespräch eine solche Aufmerksamkeit zu, daß er darüber hatte seine Pfeife ausgehen lassen. Jetzt hielt er den Augenblick, sich einzumischen, für gekommen.

»Wenn ich nun«, sagte er, »mich für Herrn Ilia Brusch verbürge, sollte das nicht genügen?«

»Das kommt darauf an«, meinte der Gendarm. »Wer sind Sie denn?«

»Hier . . . mein Reisepaß«, antwortete der Angelliebhaber, indem er ein entfaltetes Blatt hinreichte.

Der Gendarm durchflog es mit den Augen, und sofort änderte sich sein ganzes Verhalten.

»Ah, das ändert die Sache«, erklärte er, indem er den Reisepaß sorgsam wieder zusammenfaltete und ihn seinem Eigentümer zurückgab. Dann sprang er auf den Kai hinauf.

»Auf Wiedersehen, meine Herren«, sagte er noch mit einem ehrerbietigen Gruß an den Begleiter Ilia Bruschs.

Dieser, der ebenso erstaunt war über die Plötzlichkeit des unerwarteten Zwischenfalles wie über die Wendung, die er jetzt genommen hatte, folgte mit den Blicken dem sich zurückziehenden Feinde.

Inzwischen nahm sein Retter den Faden seiner Rede da wieder auf, wo er abgerissen worden war, und fuhr nun mitleidlos fort:

»Der zweite Grund, Herr Brusch, ist der, daß der Strom aus Ihnen vielleicht unbekannten Gründen jetzt ziemlich streng überwacht wird, wofür Sie ja eben einen Beweis erlebt haben. Diese Überwachung wird noch strenger, wenn Sie weiter stromabwärts kommen, und wenn möglich noch mehr, wenn Sie durch Serbien und die bulgarischen Vasallenstaaten des türkischen Reiches fahren, durch zwei gegenwärtig sehr unruhige Länder, die seit dem ersten Juli miteinander offen im Kriege stehen. Ich meine, das wird im Laufe Ihrer Fahrt zu so manchem Zwischenfalle Anlaß geben, und es dürfte Ihnen dann lieb sein, auf die Unterstützung eines ehrlichen Mannes rechnen zu können, der das Glück hat, einigen Einfluß zu haben.«

Der geschickte Redner hatte alle Ursache zu glauben, daß dieses zweite Argument, dessen Wichtigkeit sich ja erst vor wenigen Minuten gezeigt hatte, seinen Eindruck nicht verfehlen würde. Er hoffte aber jedenfalls nicht auf einen so vollständigen Erfolg. Ilia Brusch war jetzt besiegt, er wollte und mußte nachgeben. In einige Verlegenheit setzte es ihn nur, einen annehmbaren Vorwand für seine Sinnesänderung zu finden.

»Der dritte und letzte Grund«, fuhr der fremde Helfer in der Not fort, »ist der, daß ich mich auf Veranlassung Ihres Bundesvorsitzenden, des Herrn Miklesko, an Sie wende. Da Sie Ihr Unternehmen unter das Patronat des Donaubundes gestellt haben, ist es doch das wenigste, daß er es überwacht, um eine Sicherheit für dessen regelrechte Ausführung zu gewinnen. Als Herr Miklesko erfuhr, daß ich mich Ihrer Fahrt anschließen wollte, hat er mir gleichsam ein offizielles Mandat in diesem Sinne erteilt. Ich bedaure, Ihren unbegreiflichen Widerstand nicht vorhergesehen und die Empfehlungsbriefe abgelehnt zu haben, die er mir für Sie anbot.«

Ilia Brusch stieß einen Seufzer der Erleichterung aus; es konnte ja keinen bessern Vorwand geben, dem zuzustimmen, dessen er sich vorher so hartnäckig geweigert hatte.

»Das hätten Sie doch gleich sagen können!« rief er. »Das ändert ja die Sache gewaltig, und es wäre von mir sehr unrecht, Ihr Anerbieten noch länger abzulehnen.«

»Sie nehmen es also an?«

»Ja, ohne weiteres.«

»Schön, sehr schön!« sagte der Angelliebhaber, der seine Wünsche endlich befriedigt sah und aus der Tasche einige Banknoten hervorzog. »Hier . . . die tausend Gulden.«

»Wünschen Sie darüber eine Quittung?«

»Wenn es Ihnen nicht zu viel Umstände macht, bitte!«

Der Fischer nahm aus einem Kasten Tinte, eine Feder und ein Notizbuch, riß aus diesem ein Blatt heraus und schrieb beim letzten Tagesscheine die Quittung, deren Inhalt er gleichzeitig laut vorlas. »Erhalten als Vorauszahlung auf meinen Fischfang während der ganzen Dauer der gegenwärtigen Stromfahrt und als Fahrgeld von Ulm bis zum Schwarzen Meer die Summe von tausend Gulden von Herrn . . .

Von Herrn . . ?« wiederholte er, die Feder aufhebend in fragendem Tone.

Ilia Bruschs Passagier war eben beschäftigt, seine Pfeife wieder in Brand zu setzen. »Jäger, Wien, Leipziger Straße 45«, antwortete er zwischen ein paar dicken Rauchwolken.

Viertes Kapitel

Serge Ladko

Unter den verschiedenen Landgebieten, die seit Beginn der geschichtlichen Periode besonders von kriegerischen Ereignissen heimgesucht worden sind, verdienen – wenn auch kein Land sich schmeicheln kann, davon völlig verschont geblieben zu sein – der Süden und Südosten Europas in erster Linie genannt zu werden. Infolge ihrer geographischen Lage bilden gerade diese Gegenden, mit Einschluß des zwischen dem Schwarzen Meer und dem Indus gelegenen Teile Asiens, den Schauplatz, worauf die konkurrierenden Rassen, die das alte Festland bevölkern, in hitzigen Kämpfen zusammenprallten.

Phönizier, Griechen, Römer, Perser, Hunnen, Goten, Slawen, Magyaren, Türken und manche andre haben einander diese Gebiete im ganzen oder zum Teil streitig gemacht, unbeschadet der vielen wilden Horden, die damals nur durch sie hinzogen, um sich in Mittel- und Westeuropa anzusiedeln, wo sich aus ihnen, nach lange fortgesetzter Blutmischung, die modernen Völker entwickelten.

Nicht mehr als ihre tragische Vergangenheit soll ihnen, wenn man gelehrten Propheten glauben darf, die Zukunft lächeln. Ihren Aussagen nach würden sich beim Vordringen der gelben Rasse früher oder später die Metzeleien des grauen Altertums und des Mittelalters wiederholen. Wenn dieser Fall eintritt, werden das südliche Rußland, Rumänien, Serbien, Bulgarien, erstaunt, eine solche Rolle spielen, selbst die Türkei, vorausgesetzt, daß das Reich dieses Namens dann überhaupt noch im Besitz der Osmanen ist, durch die Gewalt der Tatsachen die vorderste Brustwehr Europas zu bilden haben, und auf ihre Unkosten werden die ersten Zusammenstöße stattfinden.

Ehe dieses Unheil, das zweifellos mindestens noch sehr fern ist, hervorbricht, haben sich jedoch die verschiedenen Rassen, die im Laufe der Jahrhunderte zwischen dem Mittelländischen Meer und den Karpaten einander gefolgt sind, schließlich, so gut es anging, zusammengedrängt, und der Friede – ach, dieser Friede der sogenannten zivilisierten Nationen! – hatte seine Herrschaft auch nach Westen hin ausgebreitet. Die endemischen Aufstände, Räubereien und Mordtaten schienen sich in

Zukunft mehr nur auf die von den Osmanlis beherrschten Staaten beschränken zu sollen.

Zum ersten Male 1356 in Europa aufgetaucht und seit 1453 die Herren von Konstantinopel, stießen die Türken auf die frühern Eindringlinge, die, aus Zentralasien herstammend und schon längst zum Christentum bekehrt, sich mit den einheimischen Völkern vermischt und zu ansässigen Nationen ausgebildet hatten. Bei dem fortwährend wieder aufflackernden Kampfe ums Dasein verteidigten diese jungen Nationen mit Hartnäckigkeit, was sie selbst vorher andern geraubt hatten. Slawen, Magyaren, Griechen, Kroaten und Teutonen setzten dem türkischen Vordringen einen lebenden Wall entgegen, der, wenn er auch hier und da etwas zurückweichen mußte, doch nicht völlig gesprengt werden konnte.

Diesseits der Karpaten und der Donau zurückgehalten, waren die Osmanli nicht einmal imstande, sich innerhalb dieser äußersten Grenzen dauernd festzusetzen, und was man die »Orientalische Frage« nennt, ist weiter nichts als die Geschichte ihres Jahrhunderte hindurch fortdauernden Zurückweichens.

Abweichend von den frühern Eroberern, die sie wieder zu ihrem Vorteil zu verdrängen suchten, ist es den asiatischen Muselmanen nie gelungen, sich mit den ihrer Herrschaft unterworfenen Völkerschaften zu assimilieren. Auf Eroberung fußend, sind sie nichts als Eroberer geblieben, die sich als Herren ihrer Sklaven fühlen. Da hier noch der Religionsunterschied hinzukam, konnte eine solche Regierungsweise keine andere Folge haben als unaufhörliche Aufstände der Besiegten.

Die Geschichte ist in der Tat voller solcher Empörungen, die nach jahrhundertelangen Kämpfen 1875 mit der mehr oder weniger vollständigen Unabhängigkeit Griechenlands, Montenegros, Rumäniens und Serbiens endigten. Die übrigen christlichen Völkerschaften blieben nach wie vor der Herrschaft der Anhänger Mohammeds unterworfen.

Diese Herrschaft wurde in den ersten Monaten des Jahres 1875 noch drückender und quälerischer als gewöhnlich. Unter dem Einflusse einer muselmanischen Reaktion, die im Palast des Sultans die Oberhand bekam, wurden die Christen des Ottomanischen Reichs mit Steuern überlastet, mißhandelt, getötet und in jeder Weise gequält. Die Antwort ließ nicht auf sich warten. Zu Anfang des Sommers erhob sich die Herzegowina von neuem.

Schnell rückten patriotische Banden ins Feld, die, von vorzüglichen Führern, wie Peko Paulowitsch und Luibibratich, befehligt, den gegen sie entsendeten regulären Truppen eine Niederlage nach der andern beibrachten.

Bald verbreitete sich der Aufstand und loderte auch in Montenegro, Bosnien und Serbien auf. Eine neue Niederlage, die die türkischen Truppen im Januar 1876 in den Engpässen der Duga erlitten, entflammte den Mut noch weiter, und auch in Bulgarien begann unter dem Volke eine lebhafte Gärung. Wie immer kam es zuerst zu geheimen Verschwörungen, zu gesetzwidrigen Vereinigungen, denen sich die Jugend des Landes im geheimen voller Begeisterung anschloß.

Bei diesen Zusammenkünften erhoben sich bald manche zu Anführern und sicherten sich ihre Autorität über die mehr oder weniger zahlreichen Anhänger der Sache, indem sich die einen durch ihre Beredsamkeit, andre durch ihre hervorragende Einsicht und noch andre durch ihren glühenden Patriotismus auszeichneten. In kurzer Zeit hatte jede Abteilung und jede Stadt den ihrigen.

In Rustschuk, einer bedeutenden bulgarischen Stadt am Ufer der Donau und fast genau gegenüber der rumänischen Stadt Giurgiewo, wurde das Führeramt ohne jeden Widerspruch dem Lotsen Serge Ladko anvertraut. Eine bessere Wahl hätte man gar nicht treffen können.

Fast dreißig Jahre alt, von hohem Wuchse, blond wie ein Slawe aus dem Norden, von herkulischer Kraft und ungewöhnlicher Geschmeidigkeit und in allen Körperübungen erfahren, vereinigte Serge Ladko alle Eigenschaften in sich, die ihn wie erwählt zum Führer stempelten. Und was noch mehr war, er hatte auch die moralischen Eigenschaften, die ein solcher braucht: die Kraft des Entschlusses, die Klugheit der Ausführung und die leidenschaftliche Liebe zu seinem Heimatlande.

Serge Ladko war aus Rustschuk gebürtig, wo er das Gewerbe eines Donaulotsen betrieb, und er hatte diese Stadt niemals verlassen, außer wenn es ihm oblag, Jollen und Schuten entweder nach Wien oder noch weiter stromaufwärts oder bis zum Gewässer des Schwarzen Meeres zu geleiten, wobei sich alle Schiffer auf seine gründliche Kenntnis des großen Stromes verließen. War er nicht auf einer solchen halb Strom-, halb Seefahrt begriffen, so widmete er sich zur Unterhaltung dem Fischfange, und, unterstützt von außerordentlicher natürlicher Begabung, hatte er sich darin eine große Kunstfertigkeit erworben, so daß seine Ausbeute, im Vereine mit den Lotsengebühren, ihm ein recht auskömmliches Leben sicherte.

Durch seine doppelte Beschäftigung genötigt, vier Fünftel seines Lebens auf dem Strom zuzubringen, war das Wasser ganz zu seinem Elemente geworden. Über die bis Rustschuk wie ein Meeresarm breite Donau zu schwimmen war ihm eine Kleinigkeit, und man zählte gar nicht mehr, wie viele Personen der vortreffliche Schwimmer gerettet hatte.

Eine so ehrbar und offen daliegende Lebensführung hatte Sergo Ladko in Rustschuk schon lange vor den antitürkischen Unruhen höchst populär gemacht. Unzählig waren seine Freunde, die er nicht einmal alle kannte. Man hätte sogar sagen können, daß die Einwohner der Stadt ohne Ausnahme seine Freunde wären, wenn hier nicht auch ein gewisser Iwan Striga gelebt hätte.

Dieser Iwan Striga war ebenfalls ein Landeskind, wie Serge Ladko, von diesem aber das gerade Gegenteil.

Eigentlich hatten beide gar nichts miteinander gemein, und doch hätte etwa ein Paß, der sich mit allgemeinen Bezeichnungen begnügt, für die Beschreibung beider Männer die gleichen Worte gebraucht.

Wie Ladko war auch Striga von großer Gestalt, mit breiten Schultern und hatte blondes Haar und ebensolchen Bart sowie blaue Augen. Auf diese allgemeinen Merkmale beschränkte sich aber auch die Ähnlichkeit. Während das Gesicht des einen mit edlen Zügen Herzlichkeit und Freimütigkeit ausdrückte, verrieten die des andern offenbar Hinterlist und kalte Grausamkeit.

Moralisch war die Unähnlichkeit noch weit größer. Während Ladko in einer für jedermann durchsichtigen Weise lebte, hätte niemand sagen können, durch welche Mittel sich Striga das Geld verschaffte, das er, ohne es zu zählen, ausgab. Da man in dieser Hinsicht nichts Sicheres wußte, ließ das Volk darüber seiner Phantasie freien Lauf. Man sagte, daß Striga als Verräter seines Landes und seiner Rasse dem türkischen Unterdrücker als Spion diene, man sagte auch, daß er mit seiner verächtlichen Tätigkeit eines Spions bei Gelegenheit die eines

Schmugglers verbinde und daß durch ihn Waren aller Art oft vom rumänischen nach dem bulgarischen Ufer herüberkämen oder umgekehrt, für die kein Zoll entrichtet worden sei; man sagte sogar mit Schütteln des Kopfes, daß alles das das wenigste wäre und daß Striga sein Haupteinkommen aus gemeinen Betrügereien und Raubanfällen bezöge, man sagte endlich . . . doch, was sagte man nicht alles? In Wahrheit wußte keiner etwas Bestimmtes über das Tun und Lassen dieses beunruhigenden Mannes, der, wenn alle Vermutungen der Menge begründet waren, wenigstens die seltene Geschicklichkeit besaß, sich nie in seine Karten sehen zu lassen.

Diese Vermutungen vertraute einer dem andern übrigens nur unter dem Siegel der Verschwiegenheit an. Niemand hätte gewagt, sie laut auszusprechen gegenüber einem Manne, dessen Rücksichtslosigkeit und Gewalttätigkeit jeder fürchtete. Striga konnte sich deshalb stellen, als ob ihm die Ansichten über ihn ganz unbekannt wären, und der allgemeinen Bewunderung die Hochachtung zuschreiben, die ihm viele aus Feigheit erwiesen; er konnte sich in der Stadt wie in einem eroberten Lande bewegen und sie, im Vereine mit seinen anrüchigsten Genossen, durch seine Skandale und Orgien belästigen.

Es hatte ja nicht den Anschein, daß sich zwischen einem solchen Individuum und Ladko, der ein so ganz andres Leben führte, irgendwelche Beziehungen entwickeln könnten, und tatsächlich kannten sie einander lange Zeit nur soweit, wie einer von dem andern gerüchtweise erfuhr. Logischerweise hätte es immer dabei bleiben müssen. Das Schicksal lächelt aber über das, was wir Logik nennen, und es stand bei ihm geschrieben, daß die beiden Männer einander Auge in Auge gegenüberstehen und die unversöhnlichsten Feinde werden sollten.

Natscha Gregorewitsch, in der ganzen Stadt wegen ihrer Schönheit berühmt, stand im zwanzigsten Lebensjahre. Anfänglich mit ihrer Mutter und später allein, wohnte sie in der Nähe Ladkos, den sie von frühester Kindheit an gekannt hatte. Seit langer Zeit fehlte dem Hause die Hilfe eines Mannes. Fünfzehn Jahre vor dem Beginn dieser Erzählung war der Vater unter den Streichen der Türken gefallen, und die Erinnerung an diesen abscheulichen Mord ließ die unterdrückten, aber nicht bezwungenen Patrioten noch immer vor Abscheu erzittern. Seine Witwe, die nun bloß noch auf sich selbst zählen konnte, hatte sich mutvoll an die Arbeit gemacht. Erfahren in der Kunst des Spitzenklöppelns und der Stickerei, mit deren Erzeugnissen bei den Slawen die bescheidenste Bäuerin ihre wenn auch grobe Tracht zu schmücken liebt, war es ihr gelungen, den Unterhalt für sich und ihre Tochter zu erwerben.

Gerade die Armen haben aber in unruhigen Zeiten oft am schlimmsten zu leiden, und mehr als einmal würde die fleißige Klöpplerin durch die andauernde Gesetzlosigkeit in Bulgarien schwer geschädigt worden sein, wenn Ladko nicht im geheimen für sie eingetreten wäre. Nach und nach entwickelte sich eine größere Vertraulichkeit zwischen dem jungen Manne und den beiden Frauen, die ihm für seine Mußestunden als Junggeselle Unterkunft in ihrem friedlichen Heim boten. Oft klopfte er des Abends an ihre Tür, und dann plauderten sie lange, vereint um den singenden Samowar. Andre Male bot er ihnen für ihre freundliche Aufnahme zur Abwechslung einen Spaziergang oder eine Angelpartie auf der Donau.

Als Frau Gregorewitsch, entkräftet von unausgesetzter Arbeit, ihrem Gatten nachfolgte, wandte sich der Schutz Ladkos der hinterlassenen Waise zu. Dieser Schutz wurde allmählich noch aufmerksamer, und ... dank ihm hatte das junge Mädchen vom Weggange ihrer armen Mutter, die ihrem Kinde zweimal das Leben gegeben hatte, nicht zu leiden.

So kam es, daß nach und nach und ihnen unbewußt die Liebe im Herzen der beiden jungen Leute erwachte. Erst durch Striga kamen sie dazu, das zu entdecken.

Als dieser die gesehen hatte, die man allgemein »die Rustschuker Schönheit« nannte, erwachte in ihm plötzlich für sie eine Leidenschaft, die ganz seiner zügellosen Natur entsprach. Als ein Mann, der gewöhnt war, alles sich seinen Launen fügen zu sehen, war er bei dem jungen Mädchen eingedrungen und hatte von ihr ohne weiteres verlangt, seine Frau zu werden. Zum erstenmal in seinem Leben begegnete er hier aber einem unbesieglichen Widerstande. Natscha erklärte auf die Gefahr hin, sich den Haß des von allen gefürchteten Mannes zuzuziehen, daß sie nimmermehr eine solche Ehe eingehen würde. Striga wiederholte seine Bewerbung, doch nur, um sich beim dritten Male entschieden abgewiesen und zum sofortigen Verlassen der Wohnung aufgefordert zu sehen.

Da kannte sein Zorn aber keine Grenzen. Seiner wilden Natur nachgebend, erging er sich in den gröbsten Verwünschungen, vor denen Natscha erschrak. In ihrer Angst beeilte sie sich, Serge Ladko davon Mitteilung zu machen, den das zu einem gleichen Zornausbruch erregte wie den, der ihr erst solche Furcht eingeflößt hatte. Ohne etwas hören zu wollen, wetterte er in den wütendsten Ausdrücken gegen den Mann, der es gewagt hatte, seine Augen auf sie zu erheben.

Ladko ließ sich schließlich jedoch beruhigen. Es folgten nun weitre, ziemlich konfuse Erklärungen, deren Ergebnis aber klar genug war. Eine Stunde später tauschten Ladko und Natscha, den Himmel in den Augen und überquellenden Jubel im Herzen, den ersten Verlobungskuß aus.

Als Striga das erfuhr, kam er vor Wut fast von Sinnen. Alles wagend, erschien er noch einmal, fluchend und drohend, in der Wohnung des jungen Mädchens. Von einer Eisenfaust hinausgeworfen, merkte er aber, daß das Häuschen jetzt einen Mann zu seiner Verteidigung hatte.

Besiegt zu sein! . . . Seinen Meister gefunden zu haben, er, Striga, der doch auf seine Athletenkraft so stolz war, das war eine schlimmere Erniedrigung, als er ertragen konnte, und er beschloß, sich dafür zu rächen. Mit einigen Gesellen seines Schlages lauerte er eines Abends Ladko auf, als dieser vom Ufer des Stromes heraufkam. Diesmal handelte es sich nicht um eine einfache Schlägerei, sondern um einen vorsätzlichen Mord. Die Angreifer schwangen schon ihre Messer.

Dieser neue Angriff hatte aber nicht mehr Erfolg als der frühere. Mit einem wuchtigen Riemen aus seinem Boote, den er wie eine Keule gebrauchte, zwang der Lotse seine Gegner zum Rückzug, und Striga, dem er am heftigsten zu Leibe ging, mußte sich durch eine schimpfliche Flucht retten.

Diese Lektion war entschieden hinreichend gewesen, denn sein Feind wagte danach keinen weiteren verbrecherischen Anschlag. Zu Anfang des Jahres 1875 heiratete Ladko die Natscha Gregorewitsch, und seitdem lebten beide in herzlicher Übereinstimmung in dem hübschen Hause des Lotsen.

Inmitten dieses Honigmondes, dessen Glanz auch nach einem Jahre noch nicht verblichen war, fielen jedoch die wichtigsten Ereignisse, die sich in den ersten Monaten von 1876 in Bulgarien abspielten. Die Liebe, die Serge Ladko für seine Gattin empfand, konnte aber, so tief sie auch war, ihn nicht die vergessen lassen, die er seinem Vaterlande schuldete. Ohne Zögern schloß er sich denen an, die sofort zusammentraten, um nach Mitteln zu suchen, die Fesseln des Landes zu sprengen.

Vor allem galt es da, sich mit Waffen zu versehen. Zahlreiche junge Leute verließen zu diesem Zwecke das Land, setzten über den Strom und begaben sich nach Serbien und einzelne nach Rußland. Zu ihnen gehörte auch Ladko. Das Herz von Kummer zerrissen, doch ohne Zögern seiner Pflicht gehorchend, zog Ladko davon und ließ die, die er anbetete, zurück und allen Gefahren ausgesetzt, die in so unruhigen Zeiten das Weib des Anführers von Parteigängern bedrohen.

Bei seinem Aufbruche erinnerte er sich auch Strigas, und das vermehrte natürlich seine Unruhe. Würde der Schändliche nicht die Abwesenheit seines glücklichen Nebenbuhlers benutzen, ihn in dem zu treffen, was ihm am teuersten war? Das war gewiß möglich. Serge Ladko setzte sich jedoch auch über diese so begründete Befürchtung hinweg. Übrigens schien es, als ob Striga das Land schon seit einigen Monaten und ohne die Absicht einer Rückkehr verlassen hätte.

Den allgemein verbreiteten Gerüchten nach hatte er den Hauptschauplatz seiner Tätigkeit mehr nach Norden verlegt. Was darüber geschwätzt wurde, war freilich zusammenhangslos und voller Widersprüche. Die öffentliche Meinung beschuldigte ihn ohne Prüfung aller Verbrechen, ohne daß jemand das von irgendeinem fest behauptete.

Daß Striga sich entfernt hätte, schien jedoch sicher zu sein, und das war für Ladko allein von Bedeutung.

Die Ereignisse gaben seinem Mute recht: während seiner Abwesenheit bedrohte nichts die Sicherheit der geliebten Natscha.

Kaum heimgekehrt, mußte er jedoch aufs neue fortgehen, und diesmal sollte das länger dauern als das erste Mal. Es hatte sich entschieden gezeigt, daß auf dem zuerst eingeschlagenen Wege Waffen nicht in hinreichender Menge zu beschaffen waren. Was von solchen aus Rußland kam, wurde auf dem Landwege durch Ungarn und Rumänien transportiert, welche Länder damals kaum Eisenbahnen hatten. Die patriotischen Bulgaren hofften nun, ihren Zweck leichter zu erreichen, wenn sich einer von ihnen nach Budapest begäbe, hier die auf dem Schienenwege eingetroffenen Waffen sammelte und damit Fahrzeuge belud, die schnell die Donau hinabschwimmen konnten.

Ladko, der zur Ausführung dieses Vorschlages gewählt

wurde, brach noch denselben Abend auf. Mit einem zuverlässigen Begleiter, der das Boot ans bulgarische Ufer zurückschaffen sollte, setzte er über den Strom, um durch Rumänien die Hauptstadt Ungarns so schnell wie möglich zu erreichen. Da ereignete sich ein Zwischenfall, der dem Abgesandten der Verschwörer viel zu denken gab.

Sein Begleiter und er waren kaum fünfzig Meter vom Ufer entfernt, als von hier aus ein Schuß krachte. Die Kugel war zweifellos für sie bestimmt, denn sie pfiff ihnen dicht an den Ohren vorbei, und der Lotse zweifelte keinen Augenblick, in dem beim fahlen Dämmerungsschein erspähten Schützen Striga erkannt zu haben. Der mußte also nach Rustschuk zurückgekehrt sein.

Die tödliche Angst, womit dieser Umstand Ladko erfüllte, konnte dessen Entschluß jedoch nicht erschüttern. Er hatte sich vorher gesagt, dem Vaterlande im Notfalle selbst das Leben zu opfern, ja er hätte ihm, wenn nötig, noch mehr, sein ihm tausendmal kostbareres Glück zum Opfer gebracht. Bei dem Knalle des Schusses hatte er sich auf den Boden des Fahrzeuges sinken lassen. Das war aber nur eine Kriegslist, einen neuen Angriff zu verhindern, und kaum schwieg der Widerhall von dem Schusse, als er wieder einen Riemen ergriff und das Boot mit kräftiger Hand der rumänischen Stadt Giurgiewo zutrieb, deren Lichter schon bei der einbrechenden Dunkelheit aufblitzten.

An seinem Ziele angelangt, beschäftigte sich Ladko eifrigst mit seinem Auftrage.

Er setzte sich mit den Sendboten der Regierung des Zaren in Verbindung, von denen einige sich an der russischen Grenze, andre heimlich in Budapest und Wien aufhielten. Mehrere durch seine Vorsorge mit Waffen und Munition beladene Schuten glitten bald die Donau hinunter.

Von Natscha erhielt er inzwischen häufig Nachricht durch Briefe, die unter einem von ihm gewählten Decknamen abgesandt und unter dem Schutze der Nacht nach dem rumänischen Gebiete hinüberbefördert wurden. Die zuerst recht gut lautenden Nachrichten wurden allmählich doch mehr und mehr beunruhigend, den Namen Strigas erwähnte Natscha dabei jedoch nicht. Ihr schien es sogar ganz unbekannt zu sein, daß der Bandit nach Bulgarien zurückgekehrt war, und Ladko begann schon an dem Begründetsein seiner Furcht zu zweifeln. Dagegen war es sicher, daß er selbst bei den türkischen Behörden denunziert worden war, denn die Polizei war in seine Wohnung eingedrungen und hatte hier eine übrigens ergebnislose Haussuchung vorgenommen. Er durfte sich also nicht beeilen, nach Bulgarien zurückzukehren, denn das wäre einem wirklichen Selbstmorde gleich gewesen. Man kannte ja seine Rolle, lauerte ihm auf, und er hätte sich nicht in der Stadt zeigen können, ohne beim ersten Schritt verhaftet zu werden. Verhaftet war bei den Türken aber gleichbedeutend mit verurteilt; Ladko mußte also seine Rückkehr verschieben, bis der Aufstand öffentlich ausgebrochen war, schon weil ihm und seiner Gattin, die bisher von niemand belästigt worden war, die schlimmsten Gefahren drohten.

Bis dahin dauerte es nicht lange. Bulgarien erhob sich schon im Mai, zu frühzeitig nach der Ansicht des Lotsen, der dieser Übereilung verderbliche Folgen prophezeite.

Doch was er darüber auch denken mochte, jedenfalls mußte er seinem Vaterlande zu Hilfe eilen. Ein Bahnzug führte ihn nach Zombor, der letzten nahe der Donau gelegenen Stadt, bis zu der die Geleise reichten. Hier wollte er sich einschiffen und sich dann nur der Strömung überlassen.

Die Nachrichten, die er in Zombar vorfand, zwangen ihn zu einer Unterbrechung der Reise. Seine Befürchtungen hatten sich nur zu sehr bewahrheitet. Die bulgarische Revolution war im Entstehen erstickt worden. Schon versammelte die Türkei zahlreiche Truppen in dem großen Dreieck zwischen Rustschuk, Widdin und Sofia, und ihre eiserne Faust lastete schwer auf den unglücklichen Gegenden.

Ladko mußte umkehren und bessere Tage in der kleinen Stadt abwarten, in der er Aufenthalt genommen hatte.

Die Briefe, die er von Natscha hier bald erhielt, überzeugten ihn von der Unmöglichkeit, einen andern Entschluß zu fassen. Sein Haus wurde schärfer überwacht als je vorher, so daß Natscha sich so gut wie eine Gefangene fühlen mußte. Mehr als je wurde auch er selbst beobachtet, und er mußte sich also im allgemeinen Interesse sorgsam vor jedem unbedachten Schritte hüten.

Untätig lag Ladko jetzt in seinem Zimmer, nachdem die Waffensendungen nach dem Scheitern des Aufstandes und der Ansammlung türkischer Truppen an den Stromufern unterbrochen worden waren. Die an und für sich peinliche Wartezeit wurde ihm aber ganz unerträglich, als jede Nachricht von seiner geliebten Natscha ausblieb.

Er wußte nicht, was er davon denken sollte, und im Laufe der Zeit steigerte sich seine Unruhe zur tödlichsten Angst. Er hatte jetzt in der Tat alles zu fürchten. Am 1. Juli erklärte Serbien dem Sultan offiziell den Krieg, und seitdem wimmelte es im Donaugebiete von Truppen, deren Durchzug immer von schrecklichen Exzessen begleitet war. Gehörte nun vielleicht auch Natscha zu den Opfern dieser Unruhen, oder war sie, entweder als Geisel oder als vermutliche Mitschuldige ihres Gatten, von den türkischen Behörden eingekerkert worden?

Nach einem Monate des Schweigens konnte er das nicht mehr ertragen, und so entschloß er sich, allem zu trotzen, um nach Bulgarien zurückzukehren und die Ursache dieses Ausbleibens jeder Nachricht zu ergründen.

Schon um Natschas willen mußte er jedoch mit größter Vorsicht zu Werke gehen. Sich törichterweise von den türkischen Wachtposten abfangen zu lassen hätte doch nichts genützt. Seine Rückkehr hatte ja nur dann einen Zweck, wenn er in die Stadt Rustschuk gelangen und sich hier, trotz des auf ihm lastenden Verdachtes, frei bewegen konnte. Dann wollte er den Umständen gemäß handeln. Schlimmstenfalls und wenn er sich auch eiligst wieder über die Grenze zurückziehen müßte, hätte er doch wohl wenigstens die Freude genossen, sein Weib einmal ans Herz zu drücken.

Mehrere Tage grübelte Ladko über die Lösung dieses schwierigen Problems. Er glaubte sie endlich gefunden zu haben, und ohne sich jemand anzuvertrauen, ging er sofort an die Ausführung des von ihm ersonnenen Planes.

Würde der Erfolg haben? Das konnte nur die Zukunft lehren. Jetzt galt es, das Glück zu versuchen, und so kam es, daß die nächsten Nachbarn des Lotsen, dessen wahren Namen niemand kannte, am Morgen des 28. Juli 1876 das kleine Haus fest verschlossen fanden, worin dieser seit einigen Monaten einsam gewohnt hatte. Worin der Plan Ladkos bestand, welchen Gefahren er sich wegen dessen Durchführung aussetzte und inwiefern die Ereignisse in Bulgarien und besonders in Rustschuk mit dem Angelwettstreit von Sigmaringen in Verbindung stehen, das wird der freundliche Leser im weitern Verlauf dieser nicht erdichteten Erzählung erfahren, deren Hauptpersonen noch heute an den Ufern der Donau leben.

Fünftes Kapitel

Karl Dragoch

Sobald er seine Quittung in der Tasche hatte, begann Jäger sich häuslich einzurichten. Nachdem er sich wegen des ihm einzuräumenden Lagers erkundigt hatte, verschwand er in der beschränkten Kajüte, wohin er den Ledersack mitnahm. Zehn Minuten später trat er wieder, vom Kopf bis zu den Füßen verwandelt, daraus hervor. Er war jetzt ein richtiger Fischer – mit grober Wolljacke, schweren Stiefeln und Otterfellmütze bekleidet – und erschien als das vollkommene Abbild Ilia Bruschs.

Jäger verwunderte sich ein wenig, als er bemerkte, daß sein Wirt während seiner kurzen Abwesenheit die Jolle verlassen hatte. Seiner übernommenen Verpflichtung gemäß erlaubte er sich jedoch keine Frage, als jener in einer halben Stunde zurückkam. Ohne ihn dazu aufgefordert zu haben, hörte er jedoch, daß Ilia Brusch geglaubt hatte, den Zeitungen einige Mitteilungen zugehen lassen zu sollen mit der Meldung, daß er übermorgen abend in Neustadt und am nächsten Tage in Regensburg einzutreffen hoffe. Jetzt, wo auch die Interessen Jägers mit ins Spiel kamen, lag ihm daran, nicht wieder so unerwartet und unbeobachtet zu erscheinen wie hier in Ulm. Ilia Brusch äußerte sogar sein Bedauern, nicht in den vor Neustadt gelegenen Städten anhalten zu können, vorzüglich in Neuburg und in Ingolstadt, die beide ziemlich wichtige Orte sind. Solche Unterbrechungen paßten nun einmal nicht in den seine Etappen betreffenden Plan, er mußte also darauf verzichten.

Jäger war sehr erfreut über die Reklame, die um seinetwillen gemacht wurde, und zeigte sich gar nicht verdrossen darüber, Neuburg und Ingolstadt nicht besuchen zu können. Er stimmte seinem Wirte vielmehr bei und versicherte ihm wiederholt, daß er, wie beide übereingekommen wären, in keiner Weise beabsichtige, ihn in seiner Freiheit zu beeinträchtigen.

Die beiden Genossen aßen dann, auf einer der Bänke rittlings und einander gegenübersitzend, ihre Abendmahlzeit. Als Willkomm bereicherte Jäger sogar noch die Speisekarte mit einem vorzüglichen Schinken, den er aus seinem unerschöpflichen Reisesack geholt hatte, und dieses Erzeugnis der Stadt Mainz fand den größten Beifall Ilia Bruschs, der an seinem Begleiter schon recht gute Eigenschaften zu entdecken anfing.

In Ulm, wo die Fahrt durch Württemberg ihr Ende fand und die durch Bayern begann, ist die Donau erst noch ein bescheidener Fluß. Sie hat noch nicht die großen Nebenarme aufgenommen, durch die sie sich stromabwärts so ansehnlich verbreitert, und nichts könnte hier zu der Vorhersage verleiten, daß sie sich noch zu einem der mächtigsten Ströme Europas entwickelte. Die schon etwas gemäßigte Strömung erreichte jetzt nahezu eine Schnelligkeit von viereinhalb Kilometer in der Stunde. Fahrzeuge von allen Größen, darunter schon schwere zur Talfahrt belastete Schiffe glitten darauf hinunter, zuweilen unterstützt durch ein großes Segel, das sich unter einer Nordwestbrise blähte. Das Wetter versprach gut zu bleiben, jedenfalls drohte vorläufig kein Regen.

Mitten in der Strömung angelangt, ergriff Ilia Brusch seine Riemen und trieb das Boot noch schneller vorwärts. Einige Stunden später fand ihn Jäger noch in gleicher Weise tätig, und das ging so bis zum Abend ohne Unterbrechung weiter, bis auf eine kurze Rast in der Frühstücksstunde, in der das Boot aber auch weiter hinabglitt. Der Passagier machte dazu keine Bemerkung, und wenn er sich darüber wunderte, behielt er das doch für sich.

Im Laufe dieses Tages wurden nur wenige Worte gewechselt. Ilia Brusch ruderte eifrig weiter. Jäger beobachtete mit einer Aufmerksamkeit, die dem andern, wenn er weniger geschäftig gewesen wäre, hätte auffallen müssen, die auf der Donau vorüberziehenden Schiffe oder ließ den Blick abwechselnd über die beiden Ufer schweifen, die jetzt wesentlich niedriger waren. Der Strom zeigte schon die Neigung, sich auf Kosten des anliegenden Geländes zu verbreitern. Das linke, da und dort etwas überschwemmte Ufer war nicht immer scharf zu erkennen, während auf dem rechten durch einen Bahndamm künstlich erhöhten Ufer die Züge dahinrollten, die Lokomotiven keuchten und ihren Rauch mit dem der Dampfboote vermischten, deren Schaufelräder das Wasser geräuschvoll aufwühlten.

In Offingen, woran man am Nachmittage vorüberkam, bog die vom Strome verdrängte Bahnlinie nach Süden ab, und nun wurde auch das rechte Ufer zu einem ausgedehnten Sumpfe, dessen Ende nicht zu erblicken war. Am Abend hielt das Boot dann für die Nacht vor Dillingen an.

Nach Zurücklegung einer ebenso anstrengenden Wegstrecke wie der gestrigen wurde der kleine Anker einige Kilometer oberhalb Neuburgs an einem verlassenen Punkte ausgeworfen, und aufs neue stieg am 15. August das Morgenrot erst am Himmel empor, als die Jolle schon wieder in der Strömung schwankte.

Für diesen Abend hatte Ilia Brusch seine Ankunft in Neustadt angemeldet. Es wäre beschämend gewesen, hier mit leeren Händen einzutreffen. Da der Zustand der Atmosphäre günstig und die zurückzulegende Strecke wesentlich kürzer war als die frühern, entschloß sich Ilia Brusch, einmal zu angeln.

Von den ersten Tagesstunden an sah er seine Geräte sorgsam nach. Sein auf dem Hinterteile sitzender Begleiter schien sich, wie es einem richtigen Sportliebhaber zukommt, für diese Vorbereitungen eifrig zu interessieren.

Bei diesen unterließ es Ilia Brusch jedoch nicht, ein wenig zu plaudern.

»Heute, Herr Jäger, will ich, wie Sie sehen, einmal fischen; die Vorbereitungen dazu dauern freilich etwas lange. Die Fische sind ziemlich mißtrauischer Natur, und man kann nicht vorsichtig genug sein, sie anzulocken. Einige darunter, z.B. die Schleie, sind geradezu intelligent zu nennen. Man muß sie zu überlisten verstehen, ihr Maul ist aber so hart, daß es zuweilen die Schnur zerreißt.«

»Soviel ich weiß«, meinte Jäger, »wird die Schleie nicht gerade hoch geschätzt.«

»Nein; sie liebt schlammiges Wasser, das ihrem Fleische oft einen unangenehmen Beigeschmack verleiht.«

»Und der Hecht?«

»Oh, das ist ein vortrefflicher Fisch«, erklärte Ilia Brusch, »vorausgesetzt, daß er seine fünf bis sechs Pfund wiegt; die kleinen sind weiter nichts als Gräten. Jedenfalls kann der Hecht aber nicht den intelligenten und listigen Fischen zugezählt werden.«

»Wirklich, Herr Brusch? . . . Der Haifisch des Süßwassers, wie man ihn nennt, ist also . . .«

». . . ebenso dumm wie der im Salzwasser, Herr Jäger. Beide stehen in dieser Hinsicht nicht höher als der Barsch und der Aal. Ihr Fang ist nutzbringend, rühmlich aber nicht. Es sind, wie ein Kenner sagt, Fische, die sich selbst fangen und die nicht der Angler fängt.«

Jäger mußte unwillkürlich die ansteckende Überzeugung Ilia Bruschs bewundern, und das nicht weniger als die peinliche Sorgfalt, womit er seine Geräte zurechtmachte.

Zuerst hatte er seine elastische und leichte Angelrute vorgenommen, die, vorher am äußern Ende fast zum Brechen gebogen, bald wieder so gerade war wie vorher. Die Rute bestand aus zwei Teilen, der eine am untern Ende fast vier Zentimeter dick und verjüngt bis zu einem Zentimeter am obern Ende, wo sich der zweite Teil daran anschloß, der aus feinem, besonders haltbarem Holze bestand. Der aus einem Zweige der Haselstaude angefertigte zweite Teil war fast vier Meter lang, was es dem Fischer ermöglichte, auch den ein Stück vom Ufer am Grunde stehenden Fischen, wie den Brachsen und den Rotzungen, nachzustellen.

Ilia Brusch zeigte Herrn Jäger auch die Haken, die er an dem Florentiner Haar befestigte.

»Sie sehen, Herr Jäger«, sagte er dazu, »das sind sehr dünne Haken, solche von Nummer elf. Als Köder gibt es für das Rotauge nichts Besseres als aufgequellte Getreidekörner, die an einer Seite aufgeplatzt und durchweg hübsch weich sind. Na, das wäre ja fertig, und nun will ich mein Glück versuchen.«

Während Jäger sich jetzt an das niedrige Kojendach lehnte, setzte er sich, seinen kleinen Hamen zur Hand, auf eine der Bänke und warf unter gebührendem, einer gewissen Grazie nicht entbehrendem Balancieren die Schnur weit hinaus. Die Haken versanken in dem gelblichen Wasser, und die Bleistücke darüber sicherten ihnen eine lotrechte Lage, die nach der Ansicht aller Fischer von Beruf vorzuziehen sein soll. Über ihnen schaukelte der Schwimmer, der, aus einer Schwanenfederspule und Kork hergestellt, kein Wasser ansaugt und vor allem nicht untersinken kann.

Natürlich herrschte im Boote von jetzt an tiefes Schweigen. Stimmengeräusch erschreckt die Fische gar zu leicht, und ein ernstlicher Fischer hat andres zu tun, als bei seiner Arbeit zu schwätzen. Er muß den Schwimmer aufmerksam beobachten und darf den richtigen Augenblick, die Beute mit dem Haken zu fesseln, nicht vergessen.

Mit dem heutigen Vormittage konnte Ilia Brusch zufrieden sein. Er hatte gegen zwanzig Rotaugen und daneben noch ein Dutzend Alante und noch andre Fische gefangen.

Wenn Jäger wirklich ein so leidenschaftlicher Angelliebhaber war, wie er sich dessen rühmte, mußte er jedenfalls die Sicherheit bewundern, womit sein Wirt den Haken etwas aufschnellen ließ, wie es bei den Fischen dieser Art nötig ist. Sobald er fühlte, daß »etwas anbiß«, hütete er sich jedoch, den Fang sofort an die Wasseroberfläche heraufzuziehen, sondern ließ den Fisch bei dessen Bemühungen, vom Haken wieder loszukommen, sich erst ermüden, und er zeigte dabei das unerschütterlich kalte Blut, das eine der Haupteigenschaften des seines Namens würdigen Fischers ist.

Der Fischfang wurde um elf Uhr beendigt. In der schönen Jahreszeit beißt der Fisch in den Stunden nicht an, wo die Sonne in ihrem Hochstande das Wasser zum Glitzern bringt. Übrigens war die Ausbeute ja für heute schon genügend. Ilia Brusch hielt sie gegenüber dem ziemlich unbedeutenden Neustadt, wo er um fünf Uhr haltmachte, sogar für etwas zu groß.

Damit täuschte er sich freilich. Fünfundzwanzig bis dreißig Personen harrten hier schon seiner Ankunft und begrüßten ihn, sobald das Boot angelegt war, mit lautem Beifall. Bald wußte er nicht mehr, auf welches Gebot er hören sollte, und in kürzester Zeit waren die Fische gegen siebenundzwanzig Gulden vertauscht, die Ilia Brusch als erste Dividende seinem Begleiter auf der Stelle aushändigte.

Im Bewußtsein, an der Bewunderung der Leute keinen Anteil zu haben, hatte der sich bescheiden unter das Kojendach zurückgezogen, wo Ilia Brusch ihn aufsuchte, sobald er seiner enthusiastischen Bewunderer quitt geworden war. Es galt jetzt keine Zeit zu verlieren, um zu schlafen, da die Nachtruhe nur kurz sein sollte. Da Ilia Brusch daran gelegen war, in dem volle sechzig Kilometer entfernten Regensburg beizeiten einzutreffen, hatte er sich vorgenommen, in sehr früher Morgenstunde weiterzufahren, weil er dann trotz der langen Strecke noch Zeit gewann, auch morgen zu fischen.

Gegen dreißig Pfund Fische hatte Ilia Brusch denn auch schon am Vormittag erbeutet, und die Neugierigen, die sich auf dem Kai in Regensburg drängten, hatten es nicht zu bereuen, sich seinetwegen hierherbegeben zu haben. Der Enthusiasmus der Menge nahm sichtlich zu. Die Liebhaber überboten einander, und die dreißig Pfund Fische brachten dem Preisträger des Donaubundes nicht weniger als einundvierzig Gulden ein.

Dieser selbst hätte sich einen solchen Erfolg niemals träumen lassen, und er kam schon auf den Gedanken, daß Jäger schließlich ein vorzügliches Geschäft machen werde. Jetzt fühlte er sich natürlich verpflichtet, die einundvierzig Gulden ihrem rechtmäßigen Eigentümer zu überliefern, sah sich augenblicklich dazu aber außerstande. Jäger hatte sich unbemerkt von der Jolle entfernt und an seinen Begleiter nur die kurze Mitteilung hinterlassen, daß dieser mit dem Abendessen nicht auf ihn warten möge, da er erst spät am Abend zurückkehren würde.

Ilia Brusch fand es ganz natürlich, daß Jäger die Gelegenheit benützen wollte, eine Stadt zu besuchen, die einst fünfzig Jahre lang kaiserliche Residenz gewesen war. Vielleicht wäre er darüber weniger zufrieden als erstaunt gewesen, wenn er gewußt hätte, was sein Passagier hier vorhatte, und wenn ihm dessen Person richtig bekannt gewesen wäre.

»Herr Jäger, Wien, Leipziger Straße 43« hatte Ilia Brusch gelehrig nach dem Diktat des neuen Ankömmlings geschrieben. Der wäre aber in arge Verlegenheit gekommen, wenn der Fischer neugieriger gewesen wäre und vielleicht, indem er selbst eine Befragung vornahm, deren Unannehmlichkeit er am eigenen Leibe gespürt hatte, von Jäger verlangt hätte, ihm seine Papiere vorzuzeigen.

Ilia Brusch vernachlässigte diese Vorsicht, deren Rechtmäßigkeit ihm ja deutlich demonstriert worden war, und diese Vernachlässigung sollte für ihn die schlimmsten Folgen haben.

Welchen Namen der Gendarm auf dem ihm von Jäger vorgewiesenen Passe gelesen hatte, wußte niemand; wenn das aber der des wirklichen Eigentümers gewesen war, konnte es nur der Name Karl Dragoch sein.

Der leidenschaftliche Angelfreund und der Chef der neuen Donaupolizei waren tatsächlich ein und dieselbe Person. Entschlossen, in Ilia Bruschs Boot um jeden Preis Aufnahme zu finden, hatte Karl Dragoch, in Voraussicht der Möglichkeit eines kaum zu überwindenden Widerstandes, seine Maßregeln danach getroffen. Das Eingreifen des Gendarmen war eine abgekartete Sache, und der Auftritt ebenso wie einer auf der Bühne vorbereitet gewesen.

Der Erfolg zeigte, daß Karl Dragoch richtig gerechnet hatte, denn Ilia Brusch betrachtete es jetzt gegenüber ähnlichen, ihm vielleicht drohenden Gefahren für ein Glück, einen Beschützer zu haben, an dessen mächtigem Einflusse er nicht zweifeln konnte.

Dieser Erfolg war sogar so groß gewesen, daß Dragoch sich darüber wunderte. Warum hatte sich Ilia Brusch dem Auftreten des Gendarmen gegenüber so auffallend ängstlich gezeigt? Warum hatte er eine solche Furcht, nochmals einem Abenteuer dieser Art zu begegnen, daß er dieser Furcht sogar die – übrigens auch etwas übertriebene – Vorliebe für das Alleinsein opferte? Ein ehrlicher Mann hat doch – zum Kuckuck! – das Erscheinen vor einem Polizeikommissar nicht zu fürchten. Die schlimmste Folge davon konnte doch nur eine Verzögerung von einigen Stunden, höchstens einigen Tagen sein, und wenn man keine besondere Eile hat . . . Doch, Ilia Brusch schien es ja sehr eilig zu haben, und das gab wiederum zu denken.

Von Natur mißtrauisch wie jeder gute Polizist, dachte Karl Dragoch darüber nach. Er hatte aber zuviel gesunden Menschenverstand, sich durch flüchtige Einzelheiten irreführen zu lassen, die später vielleicht eine ganz einfache Erklärung fanden. Er prägte seinem Gedächtnis also nur kleine Beobachtungen ein und verwendete seine geistigen Anlagen auf die Lösung des ihm am Herzen liegenden Problems, das ja wichtiger war als jener unbedeutende Zwischenfall.

Der Plan, den Karl Dragoch verfolgte, als er sich Ilia Brusch als Passagier aufdrängte, war keineswegs in seinem Gehirn entsprungen. Dessen wahrhafter Urheber war vielmehr Michael Michaelowitsch gewesen, der davon freilich nichts ahnte. Als der lustige Serbe scherzweise geäußert hatte, der Preisträger des Donaubundes könnte ja – je nach Belieben – entweder der verfolgte Verbrecher oder der verfolgende Polizist sein, da hatte Dragoch diesen leicht hingeworfenen Worten eine ernste Aufmerksamkeit geschenkt. Natürlich hatte er sie nicht wörtlich genommen. Er wußte ja recht gut, daß der Fischer und der Polizist nichts miteinander gemein hatten, und er betrachtete es deshalb als höchst wahrscheinlich, daß der Fischer auch nicht mehr Beziehung zu dem Verbrecher haben werde. Daraus aber, daß eine Tat nicht begangen worden ist, folgt ja nicht, daß dies nicht noch geschehen könnte, und Karl Dragoch dachte sogleich, daß der lustige Serbe damit recht haben könne, daß ein Detektiv, der die Donau zu überwachen wünschte, nichts Besseres tun könnte, als sich als Fischer zu verkleiden, damit niemand in ihm seinen wahren Beruf vermutete.

So verlockend diese Kombination auch erschien, mußte er sie doch außer acht lassen. Der Wettstreit von Sigmaringen hatte stattgefunden, und Ilia Brusch, der Sieger im Turnier, hatte öffentlich seine Absicht angekündigt, und gewiß würde er nicht zu haben sein, dabei einen andern an seine Stelle treten zu lassen. Übrigens wäre das auch ein sehr gewagter Personenwechsel gewesen, da die Züge des Preisträgers viel zu vielen seiner Kollegen bekannt waren.

Wenn er sich aber nun sagen mußte, daß Ilia Brusch nicht zustimmen würde, die angekündigte Reise unter seinem Namen von einem andern unternehmen zu lassen, konnte er seinen Zweck doch vielleicht auf Umwegen erreichen. Bei der Unmöglichkeit, selbst als Ilia Brusch aufzutreten, konnte sich Karl Dragoch ja damit begnügen, diesen auf der Fahrt in seinem Boote zu begleiten. Wer würde da auf den Begleiter eines Mannes achten, der fast berühmt geworden war und der folglich das öffentliche Interesse auf sich konzentrierte? Und selbst wenn einer einen flüchtigen Blick auf den unbekannten Begleiter warf, würde er doch niemals auf den Gedanken kommen, in diesem den Polizisten zu sehen, der hier im Schutze eines Inkognitos seinen Auftrag erledigte.

Nach langer Prüfung dieses Planes erschien er Karl Dragoch ganz vortrefflich, so daß er beschloß, ihn auszuführen. Der Leser weiß, wie ungemein geschickt er die erste Szene beim Zusammentreffen zu gestalten gewußt hatte; dieser wären, wenn nötig, aber auch noch andre ähnliche gefolgt. Wenn es nicht anders ging, wäre Ilia Brusch dem Polizeikommissar zugeführt, sogar unter irgendwelchem Vorwande in Haft genommen und auf hunderterlei Weise in Angst gesetzt worden. Karl Dragoch hätte jedenfalls ohne Gewissensbisse ganz nach Willkür gehandelt, bis der erschreckte Fischer in dem erst abgewiesenen Passagier nichts andres als seinen Retter aus der Not erblickt hätte.

Der Detektiv schätzte sich jetzt aber immerhin glücklich, ohne moralischen Zwang gesiegt zu haben und diese Komödie nur bis zum ersten Akte gespielt zu haben brauchen.

Jetzt saß er an dem gewünschten Platze, überzeugt, daß sein Wirt, wenn er diesen Platz verlassen wollte, dem ebenso bestimmt wie früher seiner Aufnahme in das Boot widersprochen haben würde. Nun galt es, die günstige Lage auszunützen.

Dazu brauchte sich Karl Dragoch ja nur von der Strömung mit hinabtragen zu lassen. Während sein Begleiter angelte oder ruderte, konnte er den Strom im Auge behalten, wo seinem geübten Blicke nichts Auffallendes entgehen würde. Unterwegs aber konnte er sich mit seinen längs der Ufer verstreuten Untergebenen besprechen. Auf die erste Meldung einer Untat oder eines Verbrechens wollte er sich von Ilia Brusch trennen, um den Übeltätern nachzuspüren, und dasselbe beabsichtigte er auch, wenn ein verdächtiges Vorkommnis, ohne daß es noch zur Ausführung eines Verbrechens gekommen war, seine Aufmerksamkeit erweckte.

Alles das war klug und weise ausgedacht, und je mehr er sich's überlegte, desto mehr beglückwünschte sich Karl Dragoch wegen seiner Idee, die seine Aussichten auf Erfolg vervielfältigte, während sie sein Inkognito auf der ganzen Donaustrecke sicherte.

Bei diesem Gedankengange hatte Karl Dragoch aber leider den Zufall außer Rechnung gelassen. Es kam ihm gar nicht in den Sinn, daß eine Reihe seltsamer Ereignisse seine Nachforschungen nach einer ganz andern Richtung ablenken und seiner Aufgabe unerwartet weitere Grenzen stecken würde.

Sechstes Kapitel

Die blauen Augen

Als Karl Dragoch die Jolle verlassen hatte, begab er sich nach den innern Stadtteilen. Er kannte Regensburg, und, ohne über die einzuhaltende Richtung im Zweifel zu sein, wanderte er durch die stillen, da und dort von zehn Stockwerk hohen Warttürmen unterbrochenen Straßen der einst geräuschvollen Stadt, die gegenwärtig kaum von einer Bevölkerung von sechsundzwanzigtausend Seelen belebt wird.

Karl Dragoch dachte jeoch nicht daran, die Stadt zu besuchen, wie Ilia Brusch glaubte; er reiste ja nicht als Tourist. Unweit von der Brücke kam er schon nach dem Dome, einem großen Bauwerke mit unvollendeten Türmen; er warf aber nur einen flüchtigen Blick auf dessen merkwürdiges Portal, das aus dem 15. Jahrhundert stammt. Ebensowenig dachte er daran, den Palast der Fürsten von Thurn und Taxis zu bewundern oder die gotische Kapelle und das spitzbogige Kloster, sowenig wie die merkwürdige Sammlung von Pfeifen –, übrigens eine Sehenswürdigkeit – die dieses enthält. Auch das Rathaus, den einstmaligen Sitz des Reichstags, dessen Saal mit sehr alten Tapeten geschmückt ist, wollte er nicht besuchen, wo noch vom Wachtmeister nicht ohne einen gewissen Stolz die Folterkammer mit all ihren schrecklichen Marterwerkzeugen gezeigt wird. Ein Trinkgeld für einen ortskundigen Führer brauchte er auch nicht auszugeben. Er bedurfte keines solchen, und ohne jemandes Hilfe kam er nach dem Postgebäude, wo mehrere Briefe unter verabredeter Chiffre seiner warteten.

Nachdem er die Briefe gelesen hatte, ohne daß seine Züge sich dabei veränderten, wollte er eben den Schalterraum verlassen, als ein ziemlich gewöhnlicher Mann ihm an der Tür entgegentrat.

Dieser Mann und Dragoch kannten einander, denn mit einer Handbewegung unterbrach der Detektiv den andern, als der zu sprechen anfangen wollte. Die Geste bedeutete offenbar: »Nicht hier.« Da begaben sich beide nach einem Platze in der Nähe.

»Warum hast du mich nicht am Stromufer erwartet?« fragte Karl Dragoch, als er sich vor indiskreten Lauschern geschützt glaubte.

»Ich fürchtete, Sie zu verfehlen«, lautete die Antwort. »Und da ich wußte, daß Sie nach der Post kommen würden . . .«

»Schon gut; du bist jetzt da, das ist die Hauptsache«, unterbrach ihn Karl Dragoch. »Nichts Neues?«

»Gar nichts.«

»Nicht einmal ein gewöhnlicher Diebstahl in dem Bezirke?«

»Weder im hiesigen Bezirke noch anderswo längs der Donau.«

»Bis wieweit reichen deine letzten eingelaufenen Meldungen?«

»Es war kaum vor zwei Stunden, wo ich vom Zentralbüro in Budapest ein Telegramm erhalten habe. Auf der ganzen Linie ist alles ruhig.«

Karl Dragoch sann einen Augenblick nach.

»Du wirst dich an meiner Stelle nach dem Polizeibüro begeben, dort deinen Namen, Friedrich Uhlmann, nennen und bitten, es dir schleunigst zu melden, wenn irgend etwas vorfallen sollte. Dann reisest du sofort nach Wien ab.«

»Aber unsre Leute?«

»Die laß meine Sorge sein. Ich werde sie schon im Vorüberkommen sehen. Stelldichein in Wien heut über acht Tage ... so lautet der Tagesbefehl.«

»Dann wollen Sie den obern Fluß also ohne Bewachung lassen?« fragte Uhlmann.

»Dort wird die Ortspolizei genügen«, antwortete Dragoch, »und beim geringsten Alarm sind wir sofort zur Stelle. Bisher ist übrigens oberhalb Wiens nichts passiert, was uns besonders anginge. So dumm sind unsre Leute nicht, ihre Tätigkeit so weit vom Hauptstützpunkte zu verlegen.«

»Ihrem Hauptstützpunkte?« wiederholte Uhlmann. »Hätten Sie darüber besondre Nachrichten?«

»Nein, jedenfalls aber eine Ansicht.«

»Und die wäre?«

»Zu neugierig, Uhlmann ... Ich sage aber, daß wir zuerst jedenfalls zwischen Wien und Budapest zu tun haben werden.«

»Warum dort zuerst?«

»Weil dort das letzte Verbrechen begangen worden ist. Du weißt doch von dem Landmann, dem sie ›eingeheizt‹ haben und den man bis zu den Knien verbrannt aufgefunden hat.«

»Für die Kerle ein Grund mehr, ihre Tätigkeit anderswohin zu verlegen.«

»Warum das?«

»Weil sie sich sagen werden, daß die Gegend, wo jenes Verbrechen verübt worden ist, besonders scharf überwacht sein wird. Sie müssen also weiterziehen, ihr Glück zu versuchen. So haben sie es wenigstens bis jetzt verhalten: nie zweimal hintereinander an demselben Orte.«

»Da haben sie wie Dummköpfe geurteilt, und du, Friedrich Uhlmann, du machst es nicht viel besser«, erwiderte Karl Dragoch. »Doch gerade auf ihre Dummheit rechne ich. Alle Zeitungen haben mir, wie du gesehen haben mußt, einen ähnlichen Gedankengang zugeschrieben. Sie haben mit lieblicher Übereinstimmung berichtet, daß ich die obere Donau verließe, wo die Burschen nicht wieder aufzutreten wagen würden, und daß ich mich nach dem südlichen Ungarn zu begeben gedächte. Ich brauche dir wohl nicht versichern, daß daran kein wahres Wort ist, du kannst aber glauben, daß jene tendenziösen Mitteilungen ihre Wirkung auf die Betreffenden nicht verfehlt haben.«

»Und daraus schließen Sie ...?«

»Daß sie das südliche Ungarn vermeiden werden, um dem Wolfe nicht in den Rachen zu laufen.«

»Die Donau ist nur sehr lang«, wendete Uhlmann ein; »sie geht durch Serbien, Rumänien und die Türkei ...«

»Richtig; aber der Krieg? Dort ist für sie nichts zu holen. Das wird sich ja bald zeigen.«

Karl Dragoch schwieg einen Augenblick still.

»Hat man meine Anweisungen gewissenhaft befolgt?« fuhr er dann fort.

»Ganz gewissenhaft.«

»Die Überwachung des Stromes ist fortgesetzt worden?«

»Tag und Nacht.«

»Ohne das etwas Verdächtiges bemerkt worden ist?«

»Nicht das geringste. Alle Jollen, alle Schuten hatten ihre Papiere in Ordnung. Ich muß Ihnen hierbei jedoch sagen, daß diese strenge Kontrolle rechte Unzufriedenheit erregte. Die Flußschiffer erheben dagegen Einspruch, und ich finde, daß sie damit nicht unrecht haben. Auf den Fahrzeugen, sagen sie, wäre doch nichts zu suchen, und auf dem Wasser wären doch keine Verbrechen begangen worden.«

Karl Dragoch runzelte die Brauen.

»Ich halte die Besichtigung der Jollen, der Schuten und selbst der kleinsten Boote für sehr wichtig«, antwortete er trocknen Tones, »und möchte hiermit ein für allemal ausgesprochen haben, daß ich Einwendungen dieser Art nicht liebe.«

Uhlmann bog sich, so zurechtgewiesen, etwas zusammen.

»Schön, wie Sie wünschen, Herr Dragoch!«

Dieser aber fuhr fort:

»Ich weiß noch nicht, was ich tun werde. Vielleicht bleib' ich in Wien, vielleicht begebe ich mich noch nach Belgrad. Das hängt von Umständen ab. Da es aber darauf ankommt, mich auf dem laufenden zu erhalten, wirst du mir immer schriftlich Nachricht, und zwar in so viel Exemplaren geben, wie zur Verteilung an unsre zwischen Regensburg und Wien stationierten Leute nötig ist.«

»Schön, Herr Dragoch«, antwortete Uhlmann. »Doch ich ... wo werde ich Sie wiedersehen?«

»Wie ich schon gesagt habe, nach acht Tagen in Wien«, erwiderte der Detektiv.

Dann dachte er einige Augenblicke nach.

»Vergiß nicht, nach der Polizei zu gehen, und dann benutze den ersten Zug.«

Uhlmann entfernte sich bereits, als Karl Dragoch ihn zurückrief.

»Du hast doch wohl von einem Fischer, einem gewissen Ilia Brusch, reden hören?« fragte er.

»Von dem, der es unternommen hat, mit der Angel in der Hand die ganze Donau hinunterzufahren?«

»Ganz recht. Wenn du mich also einmal mit dem siehst, so stelle dich, als ob du mich nicht kenntest.«

Hiermit trennten sich beide. Uhlmann verschwand im oberen Stadtteile, während Karl Dragoch das Hotel zum Goldnen Kreuz aufsuchte, wo er speisen wollte.

Als er an der Tafel Platz nahm, saßen bereits ein Dutzend Gäste daran, die sich von dem und jenem unterhielten. Karl Dragoch aß mit bestem Appetit, mischte sich aber nicht in das allgemeine Gespräch. Er horchte nur, wie ein Mann, der das Ohr offenzuhalten gewöhnt ist, auf alles, was rings um ihn gesagt wurde. Dabei hörte er auch, wie einer der Tischgäste an seinen Nachbarn die Frage richtete:

»Nun, und von der berüchtigten Bande weiß man noch weiter nichts?«

»Nicht mehr als von dem berühmten Brusch«, antwortete der andre. »Man erwartete sein Eintreffen in Regensburg, bis jetzt hat man aber noch nichts davon gehört.«

»Das ist merkwürdig.«

»Wenn Brusch und der Anführer der Bande nicht ein und dieselbe Person ist.«

»Das ist wohl zum Lachen!«

»Nun ... wer kann's wissen ...?«

Karl Dragoch hatte die Augen erhoben. Das war zum zweitenmal, daß diese Vermutung, wenn auch in der Luft schwebend, seine Aufmerksamkeit erregte. Er zuckte dazu aber nur unbemerkbar mit den Achseln und vollendete seine Mahlzeit, ohne ein Wort geäußert zu haben. Das waren doch wohl nur leichte Redereien. Und er mußte gut unterrichtet sein, jener Schwätzer, daß er von Bruschs Ankunft in Regensburg noch nicht einmal etwas wußte.

Nach Beendigung seines Abendessens ging Karl Dragoch wieder nach den Kais hinunter. Er wendete sich jedoch nicht gleich der Jolle zu, sondern blieb kurze Zeit auf der alten Steinbrücke stehen, die Regensburg mit seinem Vororte Stadt am Hof verbindet. Hier blickte er über den Strom hin, wo einige Fahrzeuge im letzten Tagesschimmer noch eilig dahinglitten.

Dabei versank er völlig in seine Gedanken, als sich eine Hand auf seine Schulter legte und ihn gleichzeitig eine wohlbekannte Stimme anrief.

»Man sollte glauben, Herr Jäger, daß das alles hier Sie besonders interessiere.«

Karl Dragoch sah sich um und erkannte, ihm dicht gegenüber, Ilia Brusch, der ihm lächelnd ins Gesicht sah.

»Ja gewiß«, antwortete er, »das Leben auf dem Strom hat etwas Anziehendes, so daß ich nicht müde werde, es zu betrachten.«

»Oh, Herr Jäger, da wird es Sie noch mehr interessieren, wenn wir erst auf den Unterlauf des Stromes kommen, wo noch weit mehr Schiffe verkehren. Sie sollen das einmal sehen, wenn wir am Eisernen Tor sind. Kennen Sie das?«

»Nein«, antwortete Karl Dragoch.

»Das muß man gesehen haben!« erklärte Ilia Brusch eifrig. »Wenn es auf Erden keinen schöneren Strom als die Donau gibt, so gibt es längs der ganzen Donau keine schönere Stelle als dieses Eiserne Tor.«

Inzwischen war es völlig dunkel geworden. Ilia Bruschs große Taschenuhr zeigte auf die neunte Stunde.

»Ich befand mich unten in der Jolle, als ich Sie, Herr Jäger, auf der Brücke erkannte. Wenn ich Sie aufgesucht habe, geschah das nur, um Ihnen zu melden, daß wir morgen ganz zeitig abfahren müssen und es deshalb wohl geraten erscheint, uns bald niederzulegen.«

»Ich folge Ihnen, Herr Brusch«, sagte einfach Karl Dragoch.

Beide stiegen nun zum Ufer hinunter. Als sie um das Ende der Brücke schritten, begann der Passagier:

»Nun, und der Verkauf unsrer Fische, Herr Brusch? Sind Sie damit zufrieden gewesen?«

»Mehr als zufrieden, Herr Jäger. Ich habe Ihnen einundvierzig Gulden zu überliefern.«

»Das wären mit den siebenundzwanzig früher eingenommenen schon achtundsechzig Gulden. Und jetzt sind wir erst in Regensburg. Ach, mein Herr Brusch, das Geschäft scheint nicht so schlecht zu werden!«

»Das glaub' ich jetzt fast selbst«, meinte der Fischer.

Eine Viertelstunde später schlummerten beide nebeneinander, und bei Sonnenaufgang war das Fahrzeug schon fünf Kilometer von Regensburg entfernt.

Stromabwärts von dieser Stadt gewähren die Ufer der Donau einen sehr wechselnden Anblick. Auf dem rechten dehnen sich über Sehweite hinaus fruchtbare Ebenen aus, ein lachender, ertragreicher Landstrich, wo es weder an Dörfern noch an Städten fehlt, während das linke von dichten Waldmasssen gesäumt ist, hinter denen sich Hügel erheben, die bis zum Böhmerwalde reichen.

Im Vorüberfahren konnten Jäger und Ilia Brusch den Sommersitz der Fürsten von Thurn und Taxis sehen und auch das alte Bischofsschloß von Regensburg und weiterhin, auf dem Salvatorberge, die Walhalla, eine Art unter den Himmel Bayerns – denn der gleicht nicht dem Attikas – verirrter Parthenon, den einst König Ludwig I. erbaut hatte. Das Innere bildet ein Museum mit den Büsten der Helden und andern Berühmtheiten Deutschlands, es steht aber seiner Anlage nach gegen die schöne Außenarchitektur zurück. Wenn die Walhalla also auch nicht dem Parthenon Athens gleichkommt, so übertrifft sie doch bei weitem das entsprechende Gebäude, womit die Schotten einen der Hügel von Edinburg, den »alten Rauchfang«, geschmückt haben.

Die Entfernung zwischen Regensburg und Wien ist, wenn man den vielen Windungen der Donau folgt, sehr groß. An dieser vierhundertfünfundsiebzig Kilometer langen Wasserstraße liegen aber nur sehr wenige, einigermaßen bedeutende Städte. Von diesen wäre nur Straubing, die Kornkammer Bayerns, zu nennen, wo die Jolle am Abend des 18. August anhielt, ferner Passau, das am 20. erreicht wurde, und Linz, an dem sie im Laufe des 21. vorüberkam. Außer diesen Städten, von denen die beiden letzten eine gewisse strategische Bedeutung haben, von denen aber keine über zwanzigtausend Einwohner zählt, gibt es hier nur ganz unbedeutende Ortschaften.

Statt der Menschenwerke genießt hier der Tourist, um der Langeweile zu entgehen, wenigstens das wechselnde Bild, das die Stromufer bieten. Unterhalb Straubings, wo die Donau schon eine Breite von vierhundert Metern hat, wird sie wieder schmäler, während die ersten Verzweigungen der Rätischen Alpen das rechte Ufer überragen.

In Passau, das an der Vereinigung dreier Wasserläufe, der Donau, des Inn und der Ilz liegt, von denen angeblich die beiden ersten zu den bedeutendsten gehören, verläßt man das Deutsche Reich, und unmittelbar unterhalb der Stadt wird das rechte Ufer schon österreichisch, während das linke Ufer erst einige Kilometer weiter, von der Einmündung des Dadelsbachs an, zum habsburgischen Gebiete gehört. An dieser Stelle ist das Bett des Stromes zu einer engen, etwa zweihundert Meter breiten Talschlucht eingeengt, die ähnlich bis Wien weitergeht, wobei sich das Bett zuweilen zu wirklichen Seen mit Inseln und Eilanden verbreitert, zuweilen aber noch mehr seine Wände zusammenzieht, zwischen denen das Wasser in wilden Strudeln dahinschäumt.

Ilia Brusch schien für diese Reihe herrlicher Wandelbilder keinerlei Interesse zu verspüren und nur bedacht zu sein, die Fortbewegung des Fahrzeugs mit der ganzen Kraft seiner Arme zu beschleunigen. Die Aufmerksamkeit, die er hier der Führung der Jolle widmen mußte, entschuldigte ja einigermaßen seine Gleichgültigkeit. Außer der von vielen Sandbänken herrührenden Schwierigkeit, von der man bei einer Donaufahrt allenthalben bedroht ist, waren auch noch ernstere zu überwinden. Einige Kilometer vor Passau hatte man mit den Stromschnellen von Vilshofen zu kämpfen, und fünfzig Kilometer weiter, ein wenig unterhalb von Grein, einem der Städtchen Oberösterreichs, mit dem Strudel und dem Wirbel, die nicht weniger zu fürchten sind.

An dieser Stelle verengt sich das Tal fast zu einem von drohenden Wänden eingefaßten Gange, durch den das Wasser siedend dahinschießt. Früher machten zahlreiche Klippen die Fahrt hier höchst gefährlich, und es war nicht selten, daß die Schiffahrt ernstliche Schäden zu beklagen hatte. Jetzt ist diese Gefahr wesentlich vermindert. Man hat die schlimmsten Felsrücken, die von einem Ufer bis zum andern reichten, durch Sprengung beseitigt. Die Stromschnellen sind dadurch gemildert worden; sie ziehen die Schiffe nicht mehr so gewaltsam in ihre Wirbel, und Unfälle kommen deshalb jetzt weit seltener vor. Noch immer ist hier aber, sowohl für die großen Schuten wie für die kleinen Fahrzeuge, große Vorsicht nötig.

Das alles brachte Ilia Brusch jedoch nicht in Verlegenheit. Er folgte den Fahrrinnen, vermied die Sandbänke und überwand die Wirbel und Stromschnellen mit erstaunlicher Geschicklichkeit. Diese Geschicklichkeit bewunderte Karl Dragoch zwar aufrichtig, er wunderte sich aber doch darüber, daß ein einfacher Fischer eine so gründliche Kenntnis der Donau und ihrer tückischen Überraschungen hatte.

So wie Karl Dragoch über Ilia Brusch erstaunte, war aber auch das Gegenteil der Fall. Der Fischer wunderte sich, ohne sich's erklären zu können, über die vielfachen Bekanntschaften, die sein Passagier hatte. So unbedeutend der für den Halt am Abend gewählte Ort auch sein mochte, war es nur selten, daß Jäger da keinen Bekannten getroffen hätte. Dabei kam es aber nie zu einer längeren Unterhaltung. Nach dem Austausch weniger Worte trennten sich die Betreffenden wieder, und Jäger kehrte in die Jolle zurück, während die Fremden verschwanden.

Endlich konnte sich Ilia Brusch nicht mehr halten.

»Sie haben ja überall einige Freunde, Herr Jäger?« fragte er eines Tages.

»Ja, so ist es, Herr Brusch«, gab Karl Dragoch unumwunden zu. »Das kommt daher, daß ich in diesen Landesteilen oft gewesen bin.«

»Als Lustreisender, Herr Jäger?«

»Nein, Herr Brusch, das nicht. Ich reiste früher für ein Handelshaus in Budapest, und da sieht man ja nicht allein das Land, sondern knüpft auch, wie Sie wohl wissen, vielerlei Beziehungen mit andern Leuten an.«

Das waren die einzigen Zwischenfälle – wenn hier von solchen die Rede sein kann –, die sich vom 18. bis zum 24. August ereigneten. Nach einer am Ufer und fern von jeder Ortschaft unterhalb der kleinen Stadt Tulln verbrachten Nacht brach Ilia Brusch am letztgenannten Tage seiner Gewohnheit gemäß schon vor Sonnenaufgang wieder auf. Der heutige Tag sollte nun nicht mehr den früheren gleichen. Am Abend hoffte man in Wien zu sein, und zum ersten Male seit einer Woche fing Ilia Brusch wieder an zu angeln, um die Bewundrer seiner Person nicht zu enttäuschen, an denen es ihm in der Hauptstadt nicht fehlen konnte, wo er sein Eintreffen durch hundert Stimmen der Presse hatte ankündigen lassen.

Übrigens mußte er sich doch auch der seit einer Woche möglichst beschleunigter Fahrt vernachlässigten Interessen Jägers erinnern. Obgleich dieser sich, wie er versprochen hatte, nicht beklagte, konnte er damit, das gestand sich Ilia Brusch, doch nicht grade zufrieden sein, und, um ihm wenigstens eine scheinbare Befriedigung zu gewähren, hatte er es so eingerichtet, daß an diesem letzten Tage nur noch eine Strecke von dreißig Kilometern zurückzulegen war. Trotz Verminderung der Fahrgeschwindigkeit mußte es ihm also möglich sein, Wien zeitig genug zu erreichen, um den Ertrag seines Fischfangs veräußern zu können.

Als Karl Dragoch aus der kleinen Koje trat, war die Ausbeute schon recht beträchtlich, der Fischer hoffte sie aber noch zu vermehren. Um elf Uhr brachte er an der Schnur einen Hecht von zwanzig Pfund herauf. Das war ein so seltenes Stück, daß die Wiener Liebhaber dafür gewiß einen hohen Preis bezahlen würden.

Angeregt durch diesen Erfolg, wollte Ilia Brusch sein Glück noch ein letztes Mal versuchen; er tat damit aber, wie das Weitere zeigen wird, sehr unrecht.

Wie das kam? Er hätte es selbst nicht erklären können. Tatsächlich warf er, sonst so geschickt, dabei die Schnur sehr unglücklich aus. Ob er gerade etwas zerstreut war oder sonst welche andre Ursache vorlag, jedenfalls schlug ihm der zurückschwankende Angelhaken ins Gesicht und riß ihm da eine blutende Wunde, so daß er vor Schmerz laut aufschrie.

Nach Durchreißung der Fleischteile glitt der Haken weiter und hob dabei die Brille mit den großen rauchschwarzen Gläsern ab, die der Fischer Tag und Nacht trug, und dieses wie eine Feder davongetragene Instrument beschrieb schon einige regellose Kreise nur wenige Zentimeter über der Wasserfläche.

Eine halb unterdrückte Verwünschung ausstoßend, holte sich Ilia Brusch aber, nach einem unruhigen Blick auf seinen Begleiter, die davongegangene Brille wieder ein und beeilte sich, sie auf ihren frühern Platz zu setzen. Erst dann atmete er erleichtert auf.

Dieser Vorgang hatte nur wenige Sekunden gedauert, doch gerade lange genug, Jäger erkennen zu lassen, daß sein Wirt auffallend schöne blaue Augen hatte, deren lebhafter Blick mit einer etwaigen Augenkrankheit doch kaum harmonierte.

Der Detektiv mußte unwillkürlich über diese Eigenheit nachdenken, wie er ja gewöhnt war, über alles nachzudenken, was seine Aufmerksamkeit erregte, und dieses Nachsinnen fand auch noch kein Ende, als die blauen Augen hinter den sie gewöhnlich verbergenden dunkeln Gläsern wieder verschwunden waren.

Ilia Brusch angelte an diesem Tage natürlich nicht weiter. Nachdem seine mehr schmerzhafte als ernste Rißwunde oberflächlich verbunden war, packte er seine Geräte sorgfältig ein, während das Boot sich selbst überlassen der Strömung folgte, bis die Frühstücksstunde herankam.

Kurze Zeit vorher war das Fahrzeug am Fuße des Kahlenbergs vorübergekommen, der, sich vierhundertdreiundachtzig Meter erhebend, die Stadt Wien beherrscht. Je weiter man nun vorwärts trieb, desto mehr verriet das Leben an den Ufern die Nähe einer Großstadt. Zuerst zeigten sich Villen, nach und nach immer dichter beieinander; weiterhin verdunkelten Fabriken den Himmel mit dem Rauch ihrer hohen Schornsteine, und bald erblickten Ilia Brusch und sein Begleiter auch einzelne Fiaker, die diesen Vororten schon den großstädtischen Stempel aufprägten.

In den ersten Nachmittagsstunden passierte die Jolle dann Nußdorf, wo die Dampfschiffe ihres Tiefgangs wegen meist anhalten. Das bescheidene Fahrzeug des Fischers stellte bezüglich der Wassertiefe geringere Anforderungen. Es trug ja auch nicht wie die Dampfschiffe Passagiere, die auf dem Kanal bis zur Mitte der Stadt befördert zu werden verlangten.

Unbeschränkt in seinen Bewegungen, folgte Ilia Brusch dem großen Arm der Donau. Noch vor vier Uhr hielt er schon an dessen Ufer an und befestigte seinen Anker an einem der Bäume des Praters, des berühmten Lustparkes von Wien, der dem Bois de Boulogne in Paris entspricht.

»Was fehlt Ihnen denn eigentlich an den Augen, Herr Brusch?« fragte in diesem Augenblicke Karl Dragoch, der seit dem Vorfalle mit der Brille nur sehr wenige Worte gesprochen hatte.

Ilia Brusch unterbrach seine Tätigkeit und wendete sich seinem Passagier zu.

»An den Augen?« wiederholte er, etwas befangen.

»Ja, an den Augen«, sagte Jäger. »Ich setze doch voraus, daß Sie diese dunkle Brille nicht zum Vergnügen tragen.«

»Ach so«, versetzte Ilia Brusch, »Ihnen ist meine Brille aufgefallen. Ja, ich bin etwas schwachsichtig, und das Licht belästigt mich sehr.«

Schwachsichtig? . . . Und mit solchen Augen? . . .

Nach Abgabe seiner Erklärung legte Ilia Brusch seine Jolle vollends fest. Sein Passagier aber sah ihn recht nachdenklich an.

Siebtes Kapitel

Jäger und Wild

Am Ufer der Donau, die im Nordosten das Ende des Praters begrenzt, befanden sich an diesem Augustnachmittage nur einige Spaziergänger. Ob diese wohl Ilia Brusch erwarteten? Wahrscheinlich, denn der hatte es sich ja angelegen sein lassen, den Tag und fast die genaue Stunde seines Eintreffens durch die Zeitungen anzukündigen. Wie sollten aber die auf sehr großem Raum verstreuten Neugierigen die Jolle, auf die sie nichts Besonderes hinwies, herausfinden?

Ilia Brusch hatte diese Schwierigkeit vorausgesehen. Sobald sein Fahrzeug festgelegt war, beeilte er sich, ein Paar Stangen aufzurichten und dazwischen ein langes Stück Leinen anzubringen, worauf man die Worte »Ilia Brusch, der erste Preisträger des Angelwettbewerbs von Sigmaringen« lesen konnte. Auf dem Dache seines Unterschlupfs – stolz »Koje« genannt – veranstaltete er mit den am Vormittag gefangenen Fischen eine Art Ladenauslage, in der der große Hecht den Ehrenplatz einnahm.

Diese echt amerikanische Reklame hatte einen ungeahnten Erfolg. Einige Lustwandelnde blieben vor der Jolle stehen und lockten dadurch andre an. Die Ansammlung nahm in kürzester Zeit einen solchen Umfang an, daß die wirklich Neugierigen nichts andres tun konnten, als sie zu betrachten. Als sie alle diese Leute in derselben Richtung hinlaufen sahen, schlossen sie sich ihnen an, ohne eigentlich zu wissen, warum. In weniger als einer Viertelstunde hatten sich gegen fünfhundert Menschen in der Nähe der Jolle zusammengedrängt. Ilia Brusch hatte einen solchen Erfolg niemals erwartet.

Bald kam es auch zu einem Gespräch zwischen dem Publikum und dem Fischer.

»Herr Brusch?« fragte einer der Nächststehenden.

»Wie Sie sagen«, antwortete dieser.

»Erlauben Sie mir, mich vorzustellen: Claudius Roth, einer Ihrer Kollegen vom Donaubunde.«

»Sehr erfreut, Herr Roth.«

»Es sind übrigens auch noch andre Kollegen zur Stelle. Hier die Herren Hanisch, Tietze und Hugo Zwiedinek, außer noch andern, die ich nicht kenne.«

»Ich zum Beispiel, Matthias Kasselick aus Budapest«, meldete sich ein Zuschauer.

»Und ich«, fügte ein zweiter hinzu, »Wilhelm Bickel aus Wien.«

»Ich bin entzückt, meine Herren, hier unter Bekannten zu sein«, rief Ilia Brusch.

Fragen und Antworten kreuzten sich weiter, das Gespräch wurde allgemein.

»Haben Sie eine gute Fahrt gehabt, Herr Brusch?«

»Oh, eine ganz vortreffliche.«

»Jedenfalls eine schnelle Fahrt. Man hatte Sie hier nicht so bald erwartet.«

»Nun, ich bin doch bereits vierzehn Tage unterwegs.«

»Von Donaueschingen bis Wien ist es aber sehr weit.«

»Ungefähr neunhundert Kilometer; das macht für vierzehn Tage durchschnittlich wenig über sechzig Kilometer.«

»Die Strömung legt so viel aber kaum in vierundzwanzig Stunden zurück.«

»Das ist auf verschiedenen Strecken verschieden.«

»Ja freilich. Nun aber Ihre Fische; haben Sie die gut verkaufen können?«

»Sogar sehr gut.«

»So sind Sie also mit Ihrer Reise zufrieden?«

»Gewiß; in jeder Hinsicht.«

»Heute haben Sie offenbar einen recht glücklichen Fang getan; vorzüglich an dem prächtigen Hecht.«

»Ja, der ist wirklich schön.«

»Wieviel soll er kosten?«

»So viel Ihnen dafür zu zahlen beliebt. Ich denke, mit Ihrer Erlaubnis, meine Fische zu versteigern und den großen Hecht zuletzt.«

»Nun ja, das Beste zuletzt«, meinte einer scherzend.

»Ein vortrefflicher Gedanke!« sagte Herr Roth. »Der Ersteher des Hechtes könnte ihn dann, statt sein Fleisch zu verspeisen, zum Andenken an Ilia Brusch ausstopfen lassen.«

Diese hingeworfenen Äußerungen hatten einen großen Erfolg, und die Versteigerung war bald lebhaft im Gange. Eine Viertelstunde später hatte der Fischer eine hübsche runde Summe eingeheimst, wozu der berühmte Hecht nicht weniger als fünfunddreißig Gulden beigetragen hatte.

Nach Beendigung des Verkaufs setzte sich das Gespräch zwischen dem Preisträger und der Gruppe seiner Bewunderer, die am Ufer standen, noch eine Zeitlang fort. Über das Vorhergegangene unterrichtet, wollten diese auch noch etwas über seine Zukunftspläne erfahren. Ilia Brusch antwortete da ganz zuvorkommend und erklärte, ohne daraus ein Geheimnis zu machen, daß er morgen noch in Wien bleiben und dann am Abend des nächsten Tages in Preßburg zu schlafen gedenke.

Mit der fortschreitenden Stunde verminderte sich allmählich die Zahl der Neugierigen, die sich zum Abendessen zurückzogen. Da nun Ilia Brusch meinte, daß er Ursache habe, auch an das seinige zu denken, zog er sich zurück und überließ seinen Passagier der öffentlichen Bewunderung.

So kam es, daß zwei Umherschlendernde, die durch die noch immer gegen hundert Köpfe zählende Ansammlung herangelockt worden waren, jetzt nur Karl Dragoch sahen, der allein unter dem leinenen Schilde saß, das urbi et orbi den Namen und die Eigenschaft des Preisträgers vom Donaubunde verkündete.

Der eine der neuen Ankömmlinge war ein großer Bursche etwa von dreißig Jahren mit breiten Schultern und blondem Haar und Bart, von dem slawischen Blond, das ein Erbteil dieser Rasse zu sein scheint, der andre, ebenfalls eine kraftvolle Erscheinung, der sich durch ungewöhnlich viereckige Schultern auszeichnete, war älter, und seine leicht ergrauten Haare ließen darauf schließen, daß er schon die Vierzig überschritten hatte.

Beim ersten Blick, den der Jüngere auf die Jolle warf, erzitterte er ein wenig und machte eine Bewegung zurückzuweichen, wobei er seinen Begleiter mit sich zog.

»Das ist er«, sagte er mit verhaltener Stimme, als beide aus der Menge heraus waren.

»Glaubst du?« . . .

»Ganz sicher! Hast du ihn denn nicht erkannt?«

»Wie sollte ich ihn erkannt haben, ich habe ihn doch noch nie gesehen?«

Jetzt folgte ein kurzes Schweigen. Die beiden Sprecher dachten nach.

»Und er ist allein in der Jolle?« fragte der Ältere.

»Ganz allein!«

»Ist das auch wirklich die Jolle Ilia Bruschs?«

»Da ist kein Zweifel möglich. Der Name stand ja auf dem Leinenstreifen.«

»Das ist nicht zu begreifen.«

Ein erneutes Schweigen, worauf der Jüngere wieder das Wort nahm.

»Er wäre es also, der unter lautem Tamtam diese Reise unter dem Namen Ilia Brusch macht?«

»Jedenfalls, doch zu welchem Zwecke?«

Der Mann mit dem blonden Bart zuckte die Achseln.

»Nun, in der Absicht, unerkannt die Donau hinunterzufahren. Das ist doch klar.«

»Zum Teufel!« stieß sein halbergrauter Genosse hervor.

»Das nimmt mich nicht besonders wunder«, meinte der andre. »Er ist ein Schlaukopf, dieser Dragoch, und sein Streich würde gewiß gelungen sein, wenn wir nicht zufällig hier vorübergekommen wären.«

Der ältere der beiden schien noch nicht völlig überzeugt zu sein.

»Ach, das ist ein Roman«, murmelte er zwischen den Zähnen.

»Gewiß, Titscha, ganz richtig«, stimmte sein Begleiter ihm bei, »doch Dragoch liebt einmal die romanhaften Mittel. Über die Sache müssen wir uns noch mehr klarwerden. Man sagte um uns herum, daß die Jolle noch morgen den ganzen Tag in Wien bleiben werde. Wir brauchen also nur hierher zurückzukehren. Ist Dragoch dann noch immer da, so ist er es, der sich in die Haut Ilia Bruschs gesteckt hat.«

»Und was werden wir in diesem Falle tun?«

Der andre gab nicht sogleich Antwort.

»Das werden wir zu überlegen haben«, meinte er dann.

Beide schritten nun der Stadt zu und ließen die Jolle umgeben von einer mehr und mehr dünn werdenden Gaffermenge.

Friedlich verlief die Nacht für Ilia Brusch und dessen Passagier. Als dieser aus der Koje trat, fand er den ersten dabei, seine Angelgeräte einer gründlichen Besichtigung zu unterziehen.

»Schönes Wetter heute, Herr Brusch«, sagte Karl Dragoch an Stelle eines »Guten Morgen«.

»Ja, sehr schönes Wetter, Herr Jäger«, stimmte ihm Ilia Brusch bei.

»Wollen Sie, Herr Brusch, das nicht zu einem Besuche der Stadt benützen?«

»O nein, Herr Jäger. Ich bin von Natur gar nicht neugierig und habe auch hier den ganzen Tag vollauf zu tun. Nach einer Fahrt von zwei Wochen ist es kein Luxus, alles ein bißchen wieder in Ordnung zu bringen.«

»Na, wie Sie denken, Herr Brusch. Ich werde Ihre Gleichgültigkeit aber nicht nachahmen und voraussichtlich bis zum Abend in der Stadt bleiben.«

»Das begreife ich, Herr Jäger«, erklärte Ilia Brusch, »da Sie ja in Wien wohnhaft sind. Vielleicht haben Sie hier auch Familie, die sich freuen wird, Sie wiederzusehen.«

»Da täuschen Sie sich, Herr Brusch; ich bin nicht verheiratet.«

»Schlimm genug, Herr Jäger, schlimm genug! Auch zwei sind nicht zuviel, die Last des Lebens zu tragen.«

Karl Dragoch mußte ein wenig lachen.

»Was zum Henker, Herr Brusch, Sie sind heute nicht bei rosiger Laune!«

»Ja, man hat so seine Tage, Herr Jäger«, erwiderte der Fischer. »Das soll Sie aber ja nicht verhindern, sich so gut wie möglich zu amüsieren.«

»Ich will's wenigstens versuchen, Herr Brusch«, antwortete Karl Dragoch im Fortgehen.

Quer durch den Prater begab er sich nach der Hauptallee, die in der Saison der Treffpunkt der eleganten Wienerinnen bildet. Zur jetzigen Jahreszeit und zu dieser Stunde war die Hauptallee aber verhältnismäßig leer, und er konnte eilig dahinschreiten, ohne von einer Menschenmenge aufgehalten zu werden.

Immerhin waren noch genug Besucher hier, daß ihm zwei Spaziergänger, die er gleichzeitig mit andern kreuzte, nicht besonders auffielen, als er auf die Höhe des – künstlichen – Konstantinhügels gelangt war, mit dem man die Perspektive des Praters unterbrechen zu sollen geglaubt hat. Ohne sich um die beiden Männer zu kümmern, setzte Karl Dragoch seinen Weg ruhig fort und betrat nach zehn Minuten ein kleines Café am sogenannten Praterstern. Hier wurde er erwartet. Ein schon an einem Tischchen sitzender Gast erhob sich, als er ihn erblickte, und ging ihm entgegen.

»Guten Tag, Uhlmann«, grüßte Karl Dragoch.

»Guten Tag, Herr Dragoch«, antwortete Friedrich Uhlmann.

»Nun, noch immer nichts Neues?«

»Noch immer nichts.«

»Das ist gut. Diesmal haben wir einen ganzen Tag vor uns und können reiflich überlegen, was nun zu tun ist.«

Während Karl Dragoch die beiden Spaziergänger in der Hauptallee nicht bemerkt hatte, hatten ihn diese – dieselben Individuen, die durch Zufall gestern vor die Jolle Ilia Bruschs gekommen waren – im Gegenteil sehr genau gesehen. Mit einer gleichzeitigen Bewegung hatten sie sich, als der Chef der Donaupolizei vorbei war, umgesehen und waren ihm, um jedes Aufsehen zu vermeiden, in genügender Entfernung gefolgt. Nach Dragochs Verschwinden in dem kleinen Café hatten sie sich in ein ähnliches, diesem gegenüber an der andern Seite des Sterns gelegenes Etablissement begeben, entschlossen, hier, wenn nötig, den ganzen Tag im Hinterhalte auszuharren.

Ihre Geduld wurde hart auf die Probe gestellt. Nachdem sie mehrere Stunden der Besprechung über ihr nächstes Tun und Lassen gewidmet hatten, setzten sich Dragoch und Uhlmann gemütlich zu einer Mahlzeit nieder und ließen sich, um der erstickenden Luft des Raumes zu entgehen, im Freien noch eine Tasse Kaffee bringen, die ja einmal zur Vervollständigung eines Essens unentbehrlich geworden ist. Schon waren sie dabei, sich daran zu laben, als sich auf Dragochs Gesicht plötzlich ein lebhaftes Erstaunen malte. Als wäre es ihm wichtig, unerkannt zu bleiben, eilte er ins Innere des Restaurants zurück, wo er durch die Vorhänge eines Fensters einen Mann beobachtete, der eben über den Platz ging.

»Gott verzeihe mir ... er ist es!« murmelte Dragoch, indem er Ilia Brusch mit den Augen folgte.

Wirklich war es Ilia Brusch, leicht erkennbar an seinem glattrasierten Gesicht, seiner Brille und an den schwarzen, denen eines Süditalieners ähnlichen Haaren.

Als dieser in die Kaiser-Josef-Straße eingetreten war, kam Dragoch wieder zu dem noch auf der Terrasse sitzenden Uhlmann heraus, befahl diesem, solange wie nötig hier zu warten, und machte sich dann zur Verfolgung des Fischers auf.

Ilia Brusch ging, ohne sich umzusehen, mit der Ruhe eines friedlichen Gewissens seines Weges dahin. Gemächlichen Schrittes wanderte er bis zum Ende der Kaiser-Josef-Straße, dann in gerader Linie durch die Anlagen des Augartens und gelangte von hier zur Brigittenau. Einige Augenblicke schien er zu zögern, trat aber schließlich in einen ziemlich unsauber aussehenden Trödlerladen, dessen mageres Schaufenster nach einer der elendesten Straßen dieses Arbeiterviertels hinauslag.

Eine halbe Stunde später kam er, immer, ohne es zu ahnen, von Dragoch verfolgt, der es im Vorübergehen aber nicht unterließ, die Firma des Ladens zu lesen, worin sein Reisegefährte verschwunden war, wieder heraus und schlug den Weg erst nach der Rembrandtgasse ein, ging hierauf an der linken Seite des Kanals hin und erreichte die Praterstraße, der er bis zum Praterstern folgte. Offenbar begab er sich nach der Jolle zurück, so daß es Karl Dragoch für nutzlos hielt, ihm noch länger an den Fersen zu bleiben.

Dieser kehrte nun nach dem kleinen Café zurück, wo Friedrich Uhlmann ihn getreulich erwartet hatte.

»Kennst du einen Juden namens Simon Klein?« fragte er, an ihn herantretend.

»Gewiß«, antwortete Uhlmann.

»Was ist's mit diesem Juden?«

»An dem ist nicht viel Gutes. Ein Trödler, Wucherer und gelegentlich Hehler; ich glaube, mit diesen drei Worten ist er vom Kopf bis zu den Füßen charakterisiert.«

»Das dachte ich mir doch gleich«, murmelte Dragoch, der in tiefes Nachdenken versunken zu sein schien.

Nach kurzer Zeit fuhr er fort mit den Worten:

»Wie viele Leute haben wir hier?«

»Gegen vierzig«, antwortete Uhlmann.

»Das genügt . . . Nun passe wohl auf. Von dem, was wir diesen Morgen besprochen haben, ist abzusehen. Ich ändre meinen Plan, denn je weiter ich gehe, desto mehr habe ich die Empfindung, daß sich die Geschichte an dem Orte – sei es, wo es ist – entwickeln wird, wo ich selbst mich befinde.«

»Und wo werden Sie da sein? . . . Ich verstehe das nicht.«

»Das ist auch nicht nötig. Du wirst unsre Leute, je zwei und zwei Mann am rechten Donauufer staffelförmig von fünf zu fünf Kilometer aufstellen, und zwar von zwanzig Kilometer jenseits Preßburgs an. Ihre einzige Aufgabe wird darin bestehen, mich zu bewachen. Sobald der nächste Posten mich bemerkt hat, hat er sich bis fünf Kilometer von der äußersten zu begeben und in gleicher Weise weiter. Verstanden? . . . Daß sie mir jedenfalls nicht fehlen!«

»Und ich?« fragte Uhlmann.

»Du wirst es so einrichten, daß du mich nie aus dem Auge verlierst. Da ich mich mitten auf dem Flusse in einer Jolle befinde, wird das nicht schwierig sein. Deine Leute haben, wenn sie ihren Posten antreten, alle möglichen Nachrichten einzuziehen. Im Notfalle wird der Posten, bei dem sich ein ernster Vorgang ereignet, die andern davon benachrichtigen, die dann bei diesem zusammenzukommen haben.«

»Verstanden und zu Befehl, Herr Dragoch.«

»Sie sollen auch unverzüglich aufbrechen, und ich erwarte, sie morgen auf ihrem Posten zu finden.«

»Sie werden an ihrer Stelle sein«, versicherte Uhlmann.

Noch zwei- oder dreimal erläuterte Karl Dragoch seinen Plan, ohne zu ermüden und bis zu dem Augenblick, wo er sich, überzeugt, von seinem Untergebenen völlig verstanden zu sein, anschickte, wegen der vorgeschrittenen Stunde zur Jolle zurückzukehren.

In dem kleinen Café an der andern Seite des Platzes hatten die beiden Spaziergänger aus dem Prater ihre Spionage nicht unterbrochen. Sie hatten, ohne den Grund zu vermuten, Dragoch fortgehen sehen, da Ilia Brusch ihre Aufmerksamkeit nicht mehr erregt hatte als jeder andre, der hier vorüberkam. Ihr erster Gedanke war der gewesen, ihm nachzuschleichen; das Zurückbleiben Uhlmanns hielt sie aber davon ab. Durch dessen Anwesenheit beruhigt, hatten sie auch selbst gewartet, überzeugt, daß Karl Dragoch jedenfalls bald zurückkehren würde. Das Wiedererscheinen des Detektivs hatte die Richtigkeit dieses Gedankenganges bestätigt, und als dieser mit Uhlmann im Innern des Cafés verschwunden war, hielten sie sich weiter verborgen, bis sich der Chef der Polizei von seinem Untergebenen trennte.

Während sie den einen ruhig davongehen ließen, folgten die beiden Kumpane Karl Dragoch nach und gingen hinter ihm die Hauptallee, aber in entgegengesetzter Richtung als heute morgen, hinauf. Nach dreiviertelstündigem Marsche blieben sie stehen, da jetzt die Baumreihe am Donauufer sichtbar wurde und es nicht mehr zweifelhaft war, daß Dragoch nach seinem Fahrzeuge zurückkehrte.

»Es ist nutzlos, noch weiter zu gehen«, sagte der Jüngere. »Wir sind jetzt überzeugt, daß Ilia Brusch und Karl Dragoch ein und dieselbe Person sind. Der Beweis dafür liegt vor, und wenn wir ihm noch weiterfolgen, laufen wir Gefahr, von ihm bemerkt zu werden.«

»Was werden wir nun tun?« fragte sein Genosse mit dem Körperbau eines Preisringers.

»Das wollen wir besprechen«, erwiderte der andre. »Ich habe schon einen Gedanken.«

Und während die beiden Männer sich so lebhaft mit seiner Person beschäftigten und, indem sie sich nach dem Praterstern entfernten, Pläne schmiedeten, deren Durchführung nicht viel voneinander abwich, begab sich Karl Dragoch wieder in die Jolle, ohne etwas von der Spionage zu ahnen, deren Gegenstand er im Laufe des Tages gewesen war. Hier fand er Ilia Brusch, eifrig mit der Herrichtung des Abendessens beschäftigt, das beide eine Stunde später und gewohnheitsgemäß rittlings auf einer der Bänke sitzend gemeinschaftlich verzehrten.

»Nun, Herr Jäger, sind Sie mit Ihrem Spaziergange zufrieden?« erkundigte sich Ilia Brusch, als aus den Pfeifen wieder die duftenden Wolken aufwirbelten.

»Über alle Erwartung«, antwortete Karl Dragoch. »Und Sie, Herr Brusch, haben Sie Ihren Vorsatz nicht geändert und haben Sie sich nicht entschlossen, die Stadt Wien ein wenig zu durchstreifen? Vielleicht, um hier den oder jenen Besuch abzustatten?«

»Ich bitte Sie, nein, Herr Jäger«, versicherte Ilia Brusch. »Ich kenne hier ja keine Seele. Seit Sie fortgegangen waren, hab' ich keinen Fuß auf den Erdboden gesetzt.«

»Das ist stark!«

»Es ist aber so. Ich habe meine Jolle nicht verlassen, wo ich ja bis zum Abend gerade Arbeit genug hatte.«

Karl Dragoch erwiderte nichts. Die Gedanken, die die offenbare Lüge seines Wirtes in ihm erweckten, behielt er für sich, und beide sprachen noch von dem und jenem, bis die Stunde zum Schlafen herankam.

Achtes Kapitel

Ein Frauenbildnis

Ob sich Ilia Brusch nun einer vorsätzlichen Lüge schuldig gemacht oder nur aus seltsamer Laune die Wahrheit verschwiegen hatte, das stand ja noch dahin, jedenfalls waren seine Äußerungen über die Gründe zu dieser Reise offenbar unrichtig gewesen.

Am Morgen des 26. August, zwei Stunden vor Sonnenaufgang abgefahren, hielt er, seiner Ankündigung zuwider, in Preßburg doch nicht an. Zwanzig Stunden eifrigen Ruderns brachten ihn in ununterbrochener Fahrt bis fünfzehn Kilometer jenseits dieser Stadt, und er begann nach wenigen Stunden der Ruhe mit dieser übermäßigen Anstrengung von neuem.

Warum er sich mit so fieberhafter Hast bemühte, seine Reise so zu beschleunigen, darüber Jäger aufzuklären hielt sich Ilia Brusch nicht für verpflichtet, obgleich die Interessen seines Gastes dadurch stark gefährdet wurden und dieser selbst, treu seiner ursprünglichen Zusage, durch kein Zeichen die Enttäuschung verriet, die ihm eine solche Eile bereiten mußte.

Die Vermutungen Karl Dragochs lenkten übrigens die Aufmerksamkeit Jägers von solchen Erwägungen ab. Der kleine Schaden, der dem zweiten vielleicht drohte, verlor ja gänzlich seine Bedeutung gegenüber den Besorgnissen des ersten.

An diesem Morgen des 26. August hatte Karl Dragoch auch noch eine höchst merkwürdige Wahrnehmung gemacht, die, in Verbindung mit denen der früheren Tage gesetzt, anfing, ihn ernstlich zu beunruhigen. Es war gegen zehn Uhr des Vormittags. Tief in Gedanken versunken, sah Dragoch eben mehr maschinenmäßig Ilia Brusch zu, der mit der Hartnäckigkeit eines Arbeitstiers, auf dem Hinterteile der Jolle stehend, dahinruderte. Infolge des gewundenen Verlaufs des Flußbettes mußte dieser das Boot kurze Zeit nach Nordwesten steuern, wobei der Fischer die Sonne gerade im Rücken hatte. Dieser war jetzt barhäuptig, denn buchstäblich von Schweiß triefend, hatte er die gewöhnlich getragene Otterfellmütze abgeworfen, und das Sonnenlicht fiel voll auf sein dichtes, schwarzes Haar.

Da fiel Karl Dragoch plötzlich eine höchst merkwürdige Eigentümlichkeit ins Auge. Wenn Ilia Brusch brünett war, und das sah man ja deutlich, so . . . war er das wenigstens nur teilweise. Seine im äußeren Teile schwarzen Haare sahen nahe der Kopfhaut etwa vier Millimeter lang unleugbar blond aus.

Konnte dieser Farbenunterschied wohl ein natürlicher sein? ... Vielleicht. Weit wahrscheinlicher war es aber doch, daß er die Folge einer ganz ungewöhnlichen, nur nicht zeitig genug wiederholten Färbung wäre.

Hatte Karl Dragoch über die merkwürdige Erscheinung ja noch einen Zweifel gehabt, so mußte der doch bald schwinden, da die Haare Bruschs am nächsten Morgen die zweifache Farbe nicht mehr zeigten. Der Fischer hatte jedenfalls seine Nachlässigkeit bemerkt und sie in der Nacht wiedergutgemacht.

Diese Augen, die der Mann so sorgfältig hinter undurchsichtigen Gläsern verbarg, die offenbare Lüge während des Aufenthaltes in Wien, die unbegreifliche und dem angeblichen Zweck der Reise so wenig angepaßte Eile, die blonden, zu schwarzen verwandelten Haare, alles das bildete eine solche Menge von Verdachtsmomenten, daß man notwendig daraus schließen mußte ... Doch ja, was mußte man denn daraus schließen? Karl Dragoch wußte im Grunde eigentlich nichts. Daß das Verhalten Ilia Bruschs verdächtig war, das lag ja auf der Hand; doch welche Schlüsse konnte man daraus ableiten?

Dem Karl Dragoch drängte sich jetzt aber doch eine anfänglich hundertmal verworfene Vermutung auf und zwang ihn, über die seinem Scharfsinn gestellte Aufgabe noch mehr nachzudenken. Diese Vermutung war dieselbe, die ihm schon zweimal durch Zufall eingeflößt worden war. Hatten nicht zuerst der lustige Serbe, Michael Michaelowitsch, und dann die Tischgäste des Regensburger Hotels halb im Scherz und halb im Ernste den Gedanken hingeworfen, daß sich unter der Verkleidung des Preisträgers der Anführer der Bande verbarg, die weite Landesgebiete in Schrecken setzte? Lohnte sich's aber wirklich, eine Vermutung eingehend zu prüfen, der die, die sie ausgesprochen hatten, offenbar selbst nicht den mindesten Glauben schenkten?

Ja warum denn nicht? Die beobachteten Tatsachen verbürgten freilich noch keine Gewißheit, sie verstärkten aber doch alle Verdachtsgründe. Und wenn spätere Beobachtungen ihnen nicht widersprechen sollten, wäre es wirklich ein lustiges Abenteuer, daß dasselbe Fahrzeug den Anführer der Raubgesellen und den Polizisten, der ihn verhaften sollte, so viele Kilometer weit gleichzeitig getragen hätte.

Von dieser Seite betrachtet, verwandelte sich das Drama fast zur Posse; Karl Dragoch sträubte sich jedoch, die Möglichkeit eines so merkwürdigen Zusammentreffens zuzugestehen. Der technische Aufbau einer Posse besteht aber nicht allein in der Konzentration von Verwechslungen und Überraschungen, an ein und demselben Orte, von Vorgängen, die man im wirklichen Leben nicht beobachtet oder die hier doch infolge ihres Auseinanderliegens oder sozusagen ihrer Verdünnung weniger erheiternd wirken. Immerhin wäre es unverständig, eine Tatsache von vornherein deshalb abzuleugenen, weil sie einem abnorm und unwahrscheinlich vorkommt. Man muß da bescheiden sein und darf den unendlichen Reichtum der Spiele des Zufalls nicht außer acht lassen.

Unter der Herrschaft dieser Verdachtsgründe brachte Karl Dragoch am Morgen des 28. nach einer in öder Umgebung einige Kilometer stromabwärts von Komorn verbrachten Nacht das Gespräch auf ein Thema, das bisher noch nicht angeschnitten worden war.

»Guten Morgen, Herr Brusch«, begann er beim Heraustreten aus der Koje, wo er sich seinen Angriffsplan in Ruhe hatte zurechtlegen können.

»Guten Morgen, Herr Jäger«, erwiderte der Fischer, während er mit gewohnter Anstrengung weiterruderte.

»Haben Sie gut geschlafen, Herr Brusch?«

»Ganz vortrefflich. Und Sie, Herr Jäger?

»Eh . . . doch nur so halb und halb.«

»Wie«, rief Ilia Brusch, »warum haben Sie mich aber nicht geweckt, wenn Ihnen etwas fehlte?«

»Oh, gesundheitlich hat mir nichts gefehlt, Herr Brusch«, versicherte Jäger. »Das hindert aber doch nicht, daß mir die Nacht etwas lang geworden ist. Ich bin, offen gestanden, froh, daß sie vorüber ist.«

»Warum denn aber?«

»Weil ich – ich kann's ja jetzt gestehen – etwas unruhig war.«

»Unruhig?« wiederholte Ilia Brusch deutlich verwunderten Tones.

»Es ist auch nicht das erste Mal, daß ich so unruhig war«, erklärte Jäger. »Ich habe mich nie so recht sicher gefühlt, wenn es Ihnen beliebte, die Nacht fern von jeder Stadt oder jedem

Dorfe zuzubringen.«

»Bah!« platzte Ilia Brusch wie aus den Wolken gefallen heraus. »Das hätten Sie mir nur zu sagen brauchen, da würde ich mich anders eingerichtet haben.«

»Sie vergessen, daß ich mich verpflichtet habe, Ihnen unbeschränkte Freiheit in Ihren Handlungen zu lassen. Ein Mann, ein Wort, Herr Brusch! Das hindert aber doch nicht, daß ich mich zuweilen recht unsicher gefühlt habe. Bedenken Sie, ich bin Großstädter und empfinde die Stille und Einsamkeit des offenen Landes bedrückend.«

»Das ist eine Sache der Gewohnheit, Herr Jäger«, erwiderte Ilia Brusch heiter. »Sie würden darunter gar nichts mehr finden, wenn unsere Reise länger wäre. Tatsächlich droht einem auf freiem Lande weit weniger Gefahr als im Herzen einer großen Stadt, wo es an Einbrechern und Mördern niemals fehlt.«

»Sie haben vielleicht recht, Herr Brusch«, gab Jäger zu, »Empfindungen lassen sich nur nicht beliebig kommandieren. Im vorliegenden Falle sind meine Befürchtungen ja auch nicht so unbegründet, da wir jetzt durch eine besonders übel berüchtigte Gegend fahren.«

»Eine übel berüchtigte?« stieß Ilia Brusch hervor. »Was verstehen Sie darunter? Ich, der ich mit Ihnen spreche, wohne selbst hier, habe aber noch niemals gehört, daß das Land in schlechtem Rufe stände!«

Jetzt war die Reihe des Erstaunens an Jäger.

»Sprechen Sie im Ernst, Herr Brusch?« rief er. »Da wären Sie der einzige, der das nicht wüßte, was von Bayern bis Rumänien jedem Kinde bekannt ist.«

»Ja, was denn?« fragte Ilia Brusch.

»Sapperment! Daß eine Bande bisher unfaßbarer Verbrecher die beiden Ufer der Donau, von Preßburg bis zu ihrer Mündung, fast regelmäßig heimsucht.«

»Das ist wahrlich das erste Mal, daß ich davon reden höre«, erklärte Ilia Brusch mit scheinbar aufrichtigem Stimmklang.

»Unmöglich!« rief Jäger erstaunt. »Man spricht ja von einem Ende des Stromes bis zum andern von keiner andern Sache.«

»Ja, ja, man erfährt doch alle Tage etwas Neues«, bemerkte Ilia Brusch lässig. »Sind denn diese Räubereien schon längere Zeit vorgekommen?«

»Etwa seit achtzehn Monaten«, belehrte ihn Jäger. »Und

wenn es sich nur um Diebstähle und Räubereien handelte! Die Burschen schrecken aber auch vor einem Morde nicht zurück. In den achtzehn Monaten schreibt man ihnen wenigstens zehn Mordtaten zu, deren Urheber unbekannt geblieben sind. Gerade der letzte Mord ist kaum fünfzig Kilometer von hier begangen worden.«

»Dann begreife ich allerdings Ihre Unruhe«, lenkte Ilia Brusch ein. »Vielleicht hätte ich sie selbst geteilt, wenn ich besser unterrichtet gewesen wäre. Zukünftig werden wir, soweit das irgend möglich ist, am Abend in der Nähe eines Dorfes oder einer Stadt haltmachen, und das soll schon heute der Fall sein, wo ich Gran zu erreichen hoffe.«

»Ah, dort werden wir ruhig sein können«, äußerte Jäger beifällig. »Gran ist ja eine bedeutende Stadt.«

»Mir ist es desto lieber«, fuhr Ilia Brusch fort, »daß Sie sich dort in Sicherheit befinden werden, da ich Sie die nächste Nacht allein zu lassen denke.«

»Sie haben die Absicht, sich zu entfernen?«

»Ja, Herr Jäger, doch nur für wenige Stunden. Von Gran, wo ich bei guter Zeit einzutreffen hoffe, gedachte ich einen Abstecher nach Szalka zu machen, wohin es von da aus nicht weit ist. Dort wohne ich, wie Sie ja wissen. Ich werde übrigens vor Sonnenaufgang zurück sein, und unsere Abfahrt morgen früh wird also in keiner Weise verzögert werden.«

»Nun, wie es Ihnen beliebt, Herr Brusch«, beendete Jäger das Zwiegespräch. »Ich begreife ja vollständig, daß es Sie drängt, einmal Ihr Heim aufzusuchen, und ich wiederhole: In Gran ist sicher nichts zu fürchten.«

Eine halbe Stunde lang blieb es auf der Jolle still. Nach diesem Zwischenakte aber nahm Karl Dragoch einen neuen Anlauf.

»Es ist wirklich sonderbar«, begann er, »daß Sie von den Verbrechen längs der Donau nichts gehört haben sollten, ja, desto merkwürdiger, als man sich wenige Tage nach dem Angelwettstreit von Sigmaringen ganz besonders mit dieser Angelegenheit beschäftigte.«

»Damals? Weswegen denn?« fragte Ilia Brusch.

»Wegen der Errichtung einer besonderen Polizeibrigade unter dem Befehl eines Chefs, eines gewissen Karl Dragoch, der von Budapest her den Ruf eines geschickten Detektivs genießt.«

»Na, der wird schwer zu tun haben«, bemerkte Ilia Brusch, dem jener Name nicht aufzufallen schien. »Die Donau ist lang, und leicht kann's doch nicht sein, Leute aufzuspüren, die man nicht einmal kennt.«

»Da täuschen Sie sich doch etwas«, wendete Jäger gegen diese Worte ein. »Die Polizei wird nicht so blind vorzugehen haben. Aus den Angaben von Zeugen ist zunächst ein ziemlich vollständiges Signalement des Anführers der Bande hervorgegangen.«

»So? Und wie soll der Bursche denn aussehen?« fragte Ilia Brusch.

»Im großen und ganzen wie ein Mann Ihres Schlages...«

»Oho... danke schön!« unterbrach ihn Ilia Brusch lachend.

»Ja«, fuhr Jäger fort, »angeblich wäre er von Ihrer Größe und Stärke, im übrigen aber gliche er Ihnen nicht.«

»Das ist ja ein wahres Glück!« rief Ilia Brusch mit sichtbarer, komisch angehauchter Erleichterung.

»Er soll, wie man sagt, schöne blaue Augen haben und nicht wie Sie gezwungen sein, eine Brille zu tragen. Während Sie ferner sehr brünett und glatt rasiert sind, soll er angeblich einen blonden Vollbart haben. Bezüglich des letzten Punktes stimmen die Zeugenaussagen allerdings nicht überein.«

»Das wäre ja ein Hinweis«, erkannte Ilia Brusch an, »aber doch nur ein sehr unsicherer. Blonde Männer gibt's viele, und wenn man daraus den Rechten suchen soll...«

»Oh, man weiß ja auch noch mehr. Den Aussagen nach wäre der Anführer Bulgare... wie Sie selbst, Herr Brusch!«

»Was wollen Sie damit sagen?« fragte Ilia Brusch mit unruhiger Stimme.

»Ihrem Tonfalle nach«, entschuldigte sich Karl Dragoch mit harmlosester Miene, »mußte ich Sie auch für einen Bulgaren halten. Doch hab' ich mich vielleicht getäuscht?«

»Nein, getäuscht haben Sie sich damit nicht«, gestand Ilia Brusch nach einigem Zögern.

»Jener Anführer wäre demnach ein Landsmann von Ihnen. Sein Name geht auch öffentlich von Mund zu Mund.«

»Ah... freilich... wenn man seinen Namen kennt!«

»Nun wohlverstanden: Offiziell ist das nicht.«

»Ah, offiziell oder offiziös, wie soll denn der Mann heißen?«

»Die Uferbewohner schreiben, mit Recht oder Unrecht, die Schandtaten, worunter sie zu leiden haben, einem gewissen Ladko zu.«

»Ladko!« wiederholte Ilia Brusch, der, offenbar plötzlich betroffen, seinen Riemen ruhen ließ.

»Ja, Ladko«, versicherte Karl Dragoch, der seinen Wirt unbemerkt scharf beobachtete.

Der hatte jedoch seine Fassung bald wiedergewonnen.

»Das ist drollig«, sagte er einfach, während der Riemen in seinen Händen schon wieder in die Fluten tauchte.

»Was ist daran Drolliges?« fragte Karl Dragoch. »Sollten Sie diesen Ladko kennen?«

»Ich?« wehrte der Fischer ab. »Keine Spur; Ladko ist aber gar kein bulgarischer Name. Das kam mir so drollig vor.«

Karl Dragoch führte dieses Frage-und-Antwort-Spiel nicht weiter fort, das allgemach gefährlich werden konnte und dessen Ergebnis schon jetzt recht befriedigend erschien. Das Erstaunen des Fischers, als er das Signalement des Übeltäters erfuhr, seine Erregung bei Nennung der wahrscheinlichen Nationalität des Mannes, die bei der Nennung von dessen Namen noch zunahm, alles das war unverkennbar und stützte aufs neue die früheren Vermutungen, wenn es auch noch keinen handgreiflichen Beweis lieferte.

Wie Ilia Brusch vorausgesehen hatte, war es noch nicht zwei Uhr, als die Jolle in Gran eintraf. Fünfhundert Meter vor den ersten Häusern ging der Fischer hier am linken Ufer ans Land, um, wie er angab, der Belästigung durch Neugierige zu entgehen. Seinen Begleiter ersuchte er aber, die Jolle allein an das rechte Ufer zu steuern, wo er im Herzen der Stadt anlegen könnte ... ein Auftrag, den sein Passagier mit großer Befriedigung annahm.

Nach dessen Ausführung verwandelte sich dieser zum Detektiv, und nach Festlegung der Jolle sprang er auf den Kai hinauf und suchte nach einem seiner Leute.

Er hatte kaum zwanzig Schritte getan, als er schon auf Friedrich Uhlmann stieß. Die beiden Polizisten kamen bald in ein eifriges Gespräch.

»Es geht doch alles gut?«

»Alles.«

»Wir müssen die Schlinge etwas enger zuziehen, Uhlmann. Deine Posten werden sich fortan nur einen Kilometer voneinander aufstellen.«

»Aha . . . es ›raucht‹ wohl schon?«

»Jawohl.«

»Desto besser.«

»Achte darauf, mich morgen nicht aus den Augen zu verlieren. Mir ahnt, es wird bald ›brennen‹.«

»Desto besser.«

»Und daß mir keiner einschläft. Jetzt heißt's aufpassen und zugreifen.«

»Rechnen Sie auf mich.«

»Wenn du etwas bemerkst, ein Signal vom Ufer her, nicht wahr?«

»Zu Befehl, Herr Dragoch.«

Die beiden Männer schieden voneinander, und Karl Dragoch begab sich auf das Fahrzeug zurück.

Sein Schlummer wurde diesmal nicht von einer vorgeschützten Unruhe gestört, die ihn angeblich gewöhnlich plagte, im Laufe der heutigen Nacht dagegen durch den Lärm der aufgeregten Elemente. Gegen Mitternacht erhob sich aus Osten ein Sturm, der von Stunde zu Stunde unter furchtbarem Platzregen noch an Heftigkeit zunahm.

Als Ilia Brusch dann gegen fünf Uhr früh wieder in der Jolle erschien, strömte der Regen noch immer herab, und der Wind wehte mit voller Wut aus einer der Strömung gerade entgegengesetzten Richtung. Der Fischer zögerte trotzdem nicht, vom Lande abzustoßen. Nach Einholung seines Ankers steuerte er sofort nach der Mitte des Stromes und griff wieder zu dem unausbleiblichen Riemen. Es gehörte ein wirklicher Mut dazu, nach einer Nacht, die ihn gewiß erschöpft hatte, und unter den vorliegenden Umständen schon wieder an die Arbeit zu gehen.

Der Sturm zeigte in den ersten Morgenstunden noch keine Neigung abzunehmen; im Gegenteil. Die Jolle kam trotz der Unterstützung durch die Strömung nur mühsam gegen den mächtigen Wind vorwärts, und nach vier Stunden unsäglicher Anstrengung schaukelte sie höchstens zehn Kilometer von Gran entfernt. Die Mündungsstelle der Ipoly, an deren rechtem Ufer Szalka liegt, konnte von hier nicht mehr fern sein.

Da verdoppelte sich aber die Wut des Sturmes so weit, daß die Lage anfing, gefährlich zu werden. Wenn die Donau auch nicht mit dem Meere zu vergleichen ist, ist sie doch breit genug, daß sich darauf tüchtige Wellen bilden können, sobald die Windgeschwindigkeit sehr groß wird. So war es auch heute, und trotz der Eile, die Ilia Brusch an den Tag legte, sah er sich doch gezwungen, nach dem linken Ufer zu flüchten.

Das sollte er aber nicht erreichen.

Fünfzig Meter trennten ihn noch davon, als sich ein erschreckender Vorgang abspielte. Nicht weit von ihm stromaufwärts wurden die am Ufer aufragenden Bäume plötzlich in den Fluß gestürzt, dicht am Boden geknickt, als wären sie von einer Riesensense abgeschnitten worden. Gleichzeitig wallte das Wasser mit ungeheurer Gewalt auf und brandete gegen das Ufer, von dem eine hohe Woge zurückprallte, die der Jolle schäumend nachschoß.

Offenbar hatte sich in der Luft eine Windhose gebildet, die das Wasser unwiderstehlich ansaugend über den Strom dahinbrauste.

Ilia Brusch erkannte die Gefahr. Mit kräftigem Ruderschlage warf er die Jolle herum und steuerte sie dem rechen Ufer zu. Wenn dieses Manöver nicht ganz das erwartete Resultat hatte, so verdankten der Fischer und sein Passagier gerade diesem Umstande ihre Rettung.

Beiseite geschleudert durch das Meteor, das seinen wütenden Lauf fortsetzte, entging die Jolle wenigstens dem Wasserberge, der sich bei dessen Vorübergang erhob. Deshalb wurde das Fahrzeug jetzt nicht versenkt, was ohne das Manöver Ilia Bruschs zweifellos der Fall gewesen wäre. Vom äußersten Rand des Wirbels gepackt, wurde es nur heftig in großem Bogen herumgeschleudert.

Kaum gestreift von dem Luftgebilde, dessen Fangarme das Boot verfehlt hatten, wurde dieses mehr fortgetrieben als in die Höhe gehoben. In wenigen Minuten war die Windhose vorüber, und die Woge stürmte donnernd stromabwärts, während der Widerstand des Wassers die Geschwindigkeit der Jolle allmählich verminderte.

Unglücklicherweise türmte sich dieser, als ihr Lauf noch nicht ganz zu beherrschen war, eine neue Schwierigkeit entgegen. Gerade vor dem Fahrzeug, das die Fluten noch mit Eilzugsschnelligkeit durchschnitt, bemerkte der Fischer plötzlich einen der umgestürzten Bäume, der, die Wurzeln in der Luft, mit der Strömung hinuntertrieb. Wenn das Boot in das Gewirr seiner Wurzeln getrieben wurde, mußte es jedenfalls kentern oder wenigstens stark beschädigt werden. Ilia Brusch stieß einen Schreckensruf aus, als er das unvorhergesehene Hindernis bemerkte.

Karl Dragoch hatte die Gefahr jedoch auch gesehen und ihre Bedeutung sofort erkannt. Ohne Zögern sprang er nach dem Vorderteile der Jolle; von hier aus packte er die auf der Wasserfläche liegenden Wurzeln, und, sich dagegenstemmend, um den Druck des Bootes besser auszuhalten, bemühte er sich, dieses nach und nach aus der gefährlichen Richtung zu drängen.

Das gelang ihm auch. Die aus ihrer Richtug geworfene Jolle schoß wie ein Pfeil dahin und streifte dabei nur die Wurzeln des Baumes und darauf seine noch mit Blättern geschmückte Krone. Einen Augenblick später sollte sie die grünende, mit der Strömung gemächlich hinabgleitende Trift verlassen, als Karl Dragoch von einem der äußersten Äste mitten gegen die Brust gestoßen wurde. Vergeblich suchte er sich noch zu halten; er verlor das Gleichgewicht, stürzte kopfüber über Bord und verschwand unter dem Wasser.

Seinem Falle folgte augenblicklich ein andrer, diesmal aber ein freiwilliger. Als Ilia Brusch seinen Passagier hinaustürzen sah, zauderte er keinen Augenblick, ihm zu Hilfe nachzuspringen. Es war aber nicht leicht, etwas in den schlammigen, von dem Meteor aufgewühlten Fluten zu sehen. Eine Minute lang bemühte sich Ilia Brusch vergeblich, und er wollte schon daran verzweifeln, Jäger zu finden, als er endlich den Unglücklichen ergriff, der eben im Wasser bewußtlos ein wenig auftauchte.

Das war ja im Grunde recht günstig. Ein Mensch, der dem Ertrinken nahe ist, schlägt gewöhnlich um sich herum und vermehrt so, natürlich ohne es zu wollen, die Schwierigkeit seiner Rettung. Bewußtlos ist er nur eine träge Masse, deren Heil von der Geschicklichkeit des Retters abhängt.

Ilia Brusch gelang es nun bald, den Kopf Jägers über das Wasser zu heben, und mit kräftigem Arm schwamm er sofort auf die Jolle zu, die inzwischen gegen dreißig Meter hinabgetrieben war. Er erreichte sie auch mit wenigen Stößen, die für den muskulösen Schwimmer nur ein Spiel zu sein schienen, und ergriff ihren Rand, während die andre Hand den noch immer leblosen Passagier festhielt.

Jetzt galt es, Jäger in das Boot zu ziehen, und das war wirklich keine leichte Aufgabe, die aber Ilia Brusch unter größter Anstrengung schließlich gelang.

Sobald er den Halbtoten auf eine der Lagerstätten in der Koje gebracht hatte, entledigte er ihn der Kleidung, und nachdem er einer der Kisten einige Stücke Wollstoffe entnommen hatte, begann er ihn tüchtig zu frottieren.

Jäger schlug dabei bald die Augen auf und erinnerte sich einigermaßen des gefährlichen Vorfalls. Lange war er ja nicht unter Wasser gewesen, und so war zu hoffen, daß er davon keinen ernsten Nachteil haben würde.

»He, he, Herr Jäger!« rief Ilia Brusch, als er bemerkte, daß sein Kranker wieder etwas zum Bewußtsein kam, »Sie verstehen sich ja, wie es scheint, aufs Tauchen!«

Jäger lächelte schwach, ohne zu antworten.

»Die Geschichte wird vorübergehen«, fuhr Ilia Brusch fort, während er seine energischen Abreibungen nicht unterbrach. »Es gibt gar nichts Gesünderes als so ein Bad im August.«

»Ich danke schön dafür, Herr Brusch«, stammelte Jäger.

»Es ist wirklich nicht der Rede wert«, erwiderte der Fischer lustig. »Ich habe im Gegenteil Ihnen zu danken, Herr Jäger, daß Sie mir Gelegenheit zu einem so vortrefflichen Bade gegeben haben.«

Karl Dragoch kam sichtlich bald wieder mehr zu Kräften. Ein Schluck Branntwein, und er wäre völlig wiederhergestellt gewesen. Vergeblich durchwühlte Ilia Brusch aber, mehr erregt, als er sich den Anschein gab, alle Kisten und Kasten. Sein Vorrat an Alkohol war erschöpft, in der Jolle fand sich davon kein Tropfen mehr.

»Das ist ja ärgerlich!« rief Ilia Brusch. »Kein Tröpfchen Schnaps in unsrer Kombüse!«

»Das ist nicht so schlimm, Herr Brusch«, sagte Karl Dragoch mit schwacher Stimme. »Ich versichere Ihnen, ich werde mich auch allein erholen.«

Karl Dragoch zitterte jedoch vor Kälte trotz seiner Versicherung, und eine kleine Herzstärkung hätte ihm gewiß recht wohl getan.

»Da irren Sie sich doch«, antwortete Ilia Brusch, der sich über den Zustand seines Passagiers keiner Täuschung hingab, »so schnell geht das nicht. Lassen Sie mich nur machen; es soll nicht lange dauern.«

Im Handumdrehen hatte Ilia Brusch seine durchnäßte Kleidung gegen trockene vertauscht. Dann trieben einige Ruderschläge die Jolle an das linke Ufer, wo sie sorgfältig festgelegt wurde.

»Ein wenig Geduld, Herr Jäger«, sagte Ilia Brusch, schon ans Land springend. »Hier, nahe der Einmündung der Ipoly, bin ich gut bekannt. Kaum fünfzehnhundert Schritte von hier liegt ein Dorf, wo ich alles Nötige bekommen werde. In einer halben Stunde bin ich wieder da.«

Hiermit entfernte sich Ilia Brusch, ohne eine Antwort abzuwarten.

Allein zurückgeblieben, ließ sich Karl Dragoch auf sein Lager zurücksinken. Er war kraftloser, als er's gestehen wollte, und einen Moment schloß er vor Erschöpfung die Augen.

Das Leben erwachte jedoch schnell in ihm aufs neue; das Blut rollte kräftiger durch seine Adern. Bald öffnete er wieder die Augen und ließ seine von Minute zu Minute klareren Blicke umherschweifen.

Das erste, was er, zunächst ungenau, sah, war einer der Kasten, den Ilia Brusch in der Eile seines Weggangs wieder zu schließen vergessen hatte. Durch das vergebliche Nachsuchen des Fischers durcheinandergeworfen, erschien der Inhalt nur wie ein Haufen der verschiedensten Gegenstände. Grobe Wäschestücke, dicke Kleider und starke Stiefel lagen hier in größter Unordnung durcheinander.

Warum leuchteten da die Augen Karl Dragochs plötzlich heller auf? Interessierte ihn das doch so wenig anziehende Bild in so hohem Grade, daß er sich nach wenigen Augenblikken des Nachdenkens auf die Ellbogen stützte, um besser in den offenstehenden Kasten hineinsehen zu können?

Sicherlich waren es nicht die Kleidungsstücke und die Leibwäsche, die die Neugier des indiskreten Passagiers so stark erregten, sein Auge hatte dagegen einen Gegenstand entdeckt, der mehr der Aufmerksamkeit wert zu sein schien. Eine Brieftasche! Papiere! Höchst wahrscheinlich eine Antwort auf die Fragen, die Karl Dragoch schon seit mehreren Tagen beschäftigten.

Der Detektiv konnte sich nicht zurückhalten. Nach kurzem Zögern und auf die Gefahr hin, die Gesetze der Gastfreundschaft zu verletzen, streckte sich seine Hand aus und griff in den Kasten, woraus sie die so verführerische Brieftasche nebst deren Inhalt hervorbrachte, der sofort einer Besichtigung unterzogen wurde.

Da waren zunächst Briefe, mit deren Durchlesung Karl Dragoch sich nicht aufhielt und deren Adresse an Herrn Ilia Brusch in Szalka lautete; ferner Empfangsbescheinigungen und Mietzinsquittungen auf denselben Namen. Das bot alles natürlich kein besonderes Interesse.

Karl Dragoch wollte schon auf das Weitere verzichten, als ein letztes »Dokument« ihn unwillkürlich erzittern ließ. Nichts konnte übrigens unschuldiger aussehen, und man mußte eben Geheimpolizist sein, um gegenüber einem solchen »Dokument« etwas andres als eine gewisse Teilnahme zu empfinden.

Es war ein Bild, das einer jungen Frau, deren auffallende Schönheit jeden Maler entzückt hätte. Ein Polizist ist aber kein Künstler, und so war es auch nicht die Bewunderung für das bezaubernde Gesicht, die Karl Dragochs Herz schneller klopfen machte. Die Gesichtszüge hatte er überhaupt kaum betrachtet und eigentlich von dem Porträt nichts gesehen als unter der Photographie ein paar Worte in bulgarischer Sprache: »Ihrem lieben Gatten . . . Natscha Ladko.«

Sein Verdacht erwies sich also als richtig und als logisch seine auf die einzelnen Beobachtungen aufgebauten Schlüsse. Ladko! Also war es doch Ladko, mit dem er hier die Donau schon seit so vielen Tagen hinunterfuhr; es war der gefährliche, bisher vergeblich verfolgte Verbrecher, der sich unter der harmlosen Persönlichkeit eines Preisträgers des Donaubundes verbarg.

Wie sollte sich nun Karl Dragoch nach einer solchen Aufklärung verhalten? Er war darüber sich noch nicht klargeworden, als er wegen eines Geräusches von Schritten am Ufer die Brieftasche wieder tief in den Kasten schleuderte und dessen Deckel schnell zuschlug. Der da kam, konnte Ilia Brusch unmöglich sein, denn dieser war erst vor zehn Minuten weggegangen.

»Herr Dragoch!« kam da eine Stimme von außen.

»Friedrich Uhlmann?« murmelte Karl Dragoch, der sich nur mit Mühe aufrecht erhalten konnte und schwankend aus der Koje hervortrat.

»Entschuldigen Sie, daß ich Sie gerufen habe«, sagte Friedrich Uhlmann, sobald er seines Chefs ansichtig wurde . . . »Ich habe Ihren Begleiter fortgehen sehen und wußte, daß Sie allein waren.«

»Was ist denn geschehen?« fragte Karl Dragoch.

»Etwas Neues: Heute nacht ist wieder ein Verbrechen begangen worden.«

»Diese Nacht!« rief Karl Dragoch, dem sogleich die Abwesenheit Ilia Bruschs in der vergangenen Nacht einfiel.

»Unweit von hier ist eine Villa ausgeplündert worden und deren Hausmann überfallen worden.«

»Ist der Mann tot?«

»Nein, aber schwer verwundet.«

»Das ist gut«, erklärte Karl Dragoch, während er mit einer Handbewegung zu schweigen aufforderte.

Er dachte reiflich nach. Was sollte er beginnen? Natürlich handeln, und dazu würde es ihm ja an Kraft nicht fehlen. Die eben erhaltene Nachricht war für ihn die beste Arznei. Jetzt spürte er schon gar nichts mehr von dem Unfall, der ihn betroffen hatte, und hatte nicht mehr nötig, sich am Dache der Koje zu stützen. Bei dem Peitschenschlag, der seine Nerven aufgerüttelt hatte, strömte ihm das Blut stärker ins Gesicht.

Ja, es mußte gehandelt werden, doch wie? Sollte er die Rückkehr Ilia Bruschs oder vielmehr Ladkos abwarten, da das ja der richtige Name seines Reisegefährten war, und sollte er dem unversehens mit einem »Im Namen des Gesetzes!« die Hand auf die Schulter legen? Das erschien ja als das richtigste, da jetzt über die Schuld des angeblichen Fischers kein Zweifel mehr bestehen konnte. Die Sorgfalt, womit er seine Persönlichkeit verbarg, das Geheimnis, mit dem er sich umgab, der Name, der der seinige und gleichzeitig der war, womit die öffentliche Meinung den Anführer der Räuberbande bezeichnete, seine Abwesenheit in der vergangenen Nacht, die mit der Entdeckung eines neuen Verbrechens zusammenfiel ... alles sagte dem Karl Dragoch, daß Ilia Brusch der lange gesuchte Bandit sei.

Dieser Bandit hatte ihm aber das Leben gerettet; das erschwerte seine Lage recht bedenklich.

Wie war wohl anzunehmen, daß ein Dieb, noch mehr als ein solcher, ein Mörder, sich ins Wasser gestürzt hätte, ihn zu retten? Und wenn es sich trotz aller Unwahrscheinlichkeit so verhielt, war es denkbar, daß man, dem Tode entrissen, für die Aufopferungsfähigkeit seines Retters in dieser Weise dankte? Und welche Gefahr lag denn in der Verschiebung einer Verhaftung? Jetzt, wo der falsche Ilia Brusch entlarvt, wo seine Persönlichkeit bekannt war, würde es ihm ja doch unmöglich sein, den längs des Stromes stationierten Polizeimannschaften zu entgehen, und wenn die Untersuchung wirklich die Schuld des angeblichen Fischers erwies, würde auch noch zahlreicheres Personal zur Verfügung stehen und die verzögerte Verhaftung nur um so sicherer erfolgen.

Fünf Minuten lang grübelte Karl Dragoch über die ihm aufgedrängte Gewissensfrage. Sollte er fortgehen, ohne Ilia Brusch wiederzusehen? Oder sollte er dableiben, Friedrich Uhlmann in der Koje verstecken, und wenn der Fischer erschien, sich, vorbehaltlich einer späteren Erklärung, schnell über ihn stürzen? Nein, das nicht. Eine so mutige Tat durch einen Verrat zu vergelten, der Gedanke schnitt ihm ins Herz. Besser war es da doch, selbst auf die Gefahr hin, einem Schuldbeladenen Gelegenheit zur eigenen Rettung gegeben zu haben, wenn er die Nachforschungen von neuem begann und das vergaß, was er schon wußte. Führten ihn die Nachforschungen dann auf Ilia Brusch zurück und zwang ihn die strenge Pflicht, seinen Retter als Feind zu behandeln, so würde er ihn wenigstens Auge in Auge gegenüberstehend bekämpfen, nachdem er ihm Zeit gelassen hatte, sich auf seine Verteidigung einzurichten.

Als er sich über alle möglichen Folgen dieser Entscheidung klargeworden war, trat Karl Dragoch wieder in die Koje zurück. Durch eine leicht auffindbar hingelegte Zeile teilte er Ilia Brusch mit, mindestens vierundzwanzig Stunden auf ihn zu warten. Dann machte er sich fertig fortzugehen.

»Wieviel Mann haben wir hier?« fragte er aus der Koje hervortretend.

»Hier befinden sich nur zwei; man ist aber schon dabei, Alarm zu schlagen, so werden wir am Abend jedenfalls zehn Mann zur Verfügung haben.«

»Gut. Hast du mir nicht gesagt, daß der Schauplatz des Verbrechens hier in der Nähe läge?«

»Ungefähr zwei Kilometer weit«, antwortete Uhlmann.

»So führe mich dahin«, sagte Karl Dragoch, indem er ans Ufer sprang.

Neuntes Kapitel

Die zwei Mißerfolge Dragochs

Die Karpaten beschreiben im nördlichen Teile Ungarns einen ungeheuern Bogen, dessen westliches Ende sich in zwei Ausläufer spaltet. Der eine reicht bis zur Donau in der Nähe von Preßburg, und der andre erreicht den Strom in der Umgebung von Gran, wo er auf dem rechten Ufer in einem siebenhundertsechsundsechzig Meter hohen Berge, dem Pilis, seine Fortsetzung findet.

Am Fuße dieses mittelhohen Berges war es, wo das Verbrechen stattgefunden hatte und wo Karl Dragoch zum ersten Male mit den schlimmen Gesellen, die er zu verfolgen beauftragt war, näher in Fühlung kommen sollte.

Einige Stunden vor dem Augenblick, wo er sich von seinem Wirte wegschlich und er sich, trotz seiner Schwäche, Gewalt antat, auf Uhlmanns Anzeige hin mit diesem zu gehen, hatte ein schwer beladener Planwagen vor einer elenden Schenke angehalten, die am Fuße eines der Hügel lag, die den Pilis mit dem Donautale verbinden.

Vom geschäftlichen Gesichtspunkte aus war die Lage dieser Schenke recht glücklich gewählt. Sie beherrschte die Kreuzung dreier Landstraßen, von denen die eine nach Norden, die zweite nach Südosten und die dritte nach Nordwesten verlief. Alle drei Straßen mündeten an der Donau, die von Norden an dem Bogen, den der Strom gegenüber dem Pilis beschreibt, die von Südosten am Flecken Sankt Andrä und die von Nordwesten bei der Stadt Gran . . . so lag die Schenke zwischen den Schenkeln eines großen flüssigen Zirkels und mußte aus dem Verkehr der Fuhrwerke nach oder von den Schiffen gewiß einen anständigen Nutzen ziehen.

Von Gran aus verläuft die Donau erst deutlich von Westen nach Osten, biegt dann, in einiger Entfernung von der Mündung der Ipoly, nach Süden ab, wendet sich aber hierauf und nach Beschreibung eines Halbkreises mit kurzen Radius wieder nach Norden. Endlich windet sie sich auf sich selbst zurück, um eine nordsüdliche Richtung einzuschlagen, die sie nun sehr viele Kilometer weit beibehält.

Gerade als der Wagen anhielt, ging die Sonne auf.

Im Hause mit seinen geschlossen Fensterläden schlief noch

alles.

»Holla ... He! ... Gastwirt!« rief einer der beiden den Wagen führenden Männer, indem er mit dem Peitschenstiel an die Tür klopfte.

»Gleich ...!« hörte man die Stimme des Schenkwirtes.

Einen Augenblick später zeigte sich schon ein Kopf mit wirren Haaren an einem Fenster des oberen Stockwerkes.

»Was wünschen Sie denn?« fragte der Wirt nicht allzu freundlich.

»Zuerst etwas zu essen und dann zu schlafen«, antwortete der Fuhrmann.

»Gleich ... gleich!« wiederholte der Wirt, während er im Innern verschwand.

Als der Planwagen durch das weitgeöffnete Tor auf den Hof eingefahren war, beeilten sich die Führer, ihre Pferde auszuspannen und sie in einen Stall zu bringen, wo ihnen ein reichliches Futter vorgeschüttet wurde. Inzwischen machte sich der Wirt eifrig mit seinen frühzeitigen Gästen zu schaffen. Offenbar hätte er gar zu gern ein kleines Gespräch eingeleitet, die Fuhrleute schienen aber nicht geneigt, ihm Rede und Antwort zu stehen.

»Ihr kommt ja zeitig am Morgen an, Kameraden«, begann der Schenkwirt. »Ihr seid wohl die ganze Nacht unterwegs gewesen?«

»Nun ja; ungefähr so etwas«, antwortete der eine Fuhrmann kurz.

»Und ihr wollt auch heute noch weit fahren?«

»Weit oder nicht weit; das ist doch unsere Sache«, lautete der Bescheid.

Der Gastwirt steckte die erhaltene Nase ein.

»Warum dem guten Mann zu nahe treten, Vogel?« meldete sich jetzt der andere Fuhrmann, der den Mund bisher noch nicht aufgetan hatte. »Wir haben doch keine Ursache, zu verheimlichen, daß wir nach Sankt Andrä wollen.«

»Mag sein, daß das nicht nötig ist«, erwiderte Vogel brummig, »es geht doch aber, meine ich, niemand etwas an.«

»Natürlich ... ganz richtig«, stimmte ihm der Wirt bei, der ja, wie jeder Geschäftsmann, andern nach dem Barte zu reden verstand. »Was ich da sagte, nun, das war so eine altgewohnte Redensart. Die Herren wünschen also zu essen?«

»Ja«, antwortete der umgänglichere der beiden Gäste.

»Bringt uns Brot, Speck, Schinken, Würste, was gerade da ist.«

Der Wagen mußte wohl einen weiten Weg zurückgelegt haben, denn seine Insassen taten den Speisen mehr als alle Ehre an. Sie waren aber auch müde, und deshalb blieben sie nicht so lange am Tische sitzen. Kaum hatten sie den letzten Bissen im Munde, als sie eiligst schlafen gingen, der eine im Stalle bei den Pferden und der andere auf dem Wagen selbst.

Als sie sich wieder zeigten, war es schon etwas über Mittag. Sofort bestellten sie sich eine zweite Mahlzeit, die ihnen, wie die frühere, im großen Gastzimmer der Schenke aufgetragen wurde. Da sie jetzt ausgeruht hatten, nahmen sie sich Zeit. Aufs Dessert folgten noch mehrere Gläser Branntwein, der in den rauhen Kehlen wie Wasser verschwand.

Am Nachmittage hielten noch verschiedene Wagen vor dem Gasthause an, und zahlreiche Fußgänger traten herein, einen Schoppen Bier zu genießen. Meist waren das Bauern, die mit dem Quersack auf dem Rücken und den Stock in der Hand sich nach Gran begaben oder von da zurückkehrten. Fast alle waren es alte Kunden, und der Gastwirt konnte sich nur beglückwünschen, einen guten Schluck vertragen zu können, denn er pokulierte mit allen Gästen, mit einem nach den andern. Das macht ja das Geschäft lebhafter. Wenn man trinkt und sich die Kehle trocken plappert, muß man ja immer zu erneuten Trankopfern greifen.

An diesem Tage war die Unterhaltung besonders lebhaft. Das in der Nacht begangene Verbrechen hatte die Gemüter in Aufruhr versetzt; die Neuigkeit war von den ersten Passanten mitgebracht worden, und jeder wußte ihr noch eine Einzelheit hinzuzufügen oder sprach seine Ansicht über die Untat aus.

Der Gastwirt erfuhr dabei nach und nach, daß die prächtige, fünfhundert Meter vom Donauufer gelegene Villa des Grafen Hagenau gänzlich verwüstet und der Hausmann Christian schwer verwundet worden sei, ferner, daß dieses Verbrechen ohne Zweifel das Werk der unergreifbaren Räuberbande wäre, der man so viele andre noch ungesühnte Schandtaten zuschrieb, endlich, daß die Polizei jetzt die Gegend absuche und den Verbrechern von der kürzlich zur Überwachung der Donau errichteten internationalen Brigade nachgespürt werde.

Die beiden Fuhrleute mischten sich nicht in das Gespräch, das sich um das neueste Ereignis drehte, ein allgemeines Gespräch, das unter vielen Ausrufen und argem Geschrei verlief.

Schweigend hielten sie sich beiseite, verloren aber jedenfalls keines der Worte, die rundumher gewechselt wurden, denn sie mußten ja an dem, was alle Welt erregte, ein besondres Interesse haben.

Allmählich wurde es in der Stube ruhiger, und gegen halb sieben waren sie wieder allein in dem großen Raume, aus dem der letzte Gast sich entfernt hatte. Da rief der eine von ihnen den Wirt an, der hinter seinem Buffet zwar beschäftigt war, die gebrauchten Gläser zu spülen, doch jetzt schnell herbeikam.

»Was wünschen denn die Herren?« fragte er.

»Noch ein Abendessen«, sagte einer der Fuhrleute.

»Und dann wohl Betten?« erkundigte sich der Wirt weiter.

»Nein, Gastwirt«, antwortete der der beiden Fuhrleute, der etwas freundlicherer Natur zu sein schien. »Wir denken in der Nacht weiterzufahren.«

»In der Nacht?« stieß der Wirt erstaunt hervor.

»Jawohl«, belehrte ihn der Gast, »um schon mit Sonnenaufgang auf dem Marktplatze zu sein.«

»In Sankt Andrä?«

»Oder in Gran, das wird von Umständen abhängen. Wir erwarten hier einen Bekannten, der deshalb Erkundigungen einzieht. Er wird uns erst sagen, wo wir die beste Aussicht haben, unsre Ware vorteilhaft zu verkaufen.«

Der Wirt verließ hierauf die Gaststube, um das verlangte Abendessen zu besorgen.

»Hast du alles gehört, Kaiserlick?« fragte mit gedämpfter Stimme der jüngere der beiden Fuhrleute, indem er sich zu seinem Genossen hinüberbeugte.

»Ja, freilich.«

»Der Streich ist bereits entdeckt.«

»Du hofftest doch wohl nicht, daß er unentdeckt bleiben würde?«

»Die Polizei streift durch die Umgebung ...«

»Laß sie umhertrotten.«

»... angeblich unter Führung Dragochs.«

»Ah, das ändert die Sache. Ich meine, daß die, die Dragoch zu fürchten haben, ruhig auf beiden Ohren schlafen können.«

»Was willst du damit sagen?«

»Was ich eben sage.«

»Dragoch wäre also ...«

»Nun, was denn?«

»Unschädlich gemacht?«

»Das wirst du morgen erfahren. Bis dahin: still!« schloß der Fuhrmann, da er den Wirt wieder erscheinen sah.

Die von den beiden Männern erwartete Persönlichkeit traf erst in stockfinstrer Nacht ein. Sofort entwickelte sich ein eifriges Gespräch zwischen den drei Genossen.

»Man sagt, daß die Polizei schon auf der Spur ist«, sagte Kaiserlick nur halblaut.

»Jawohl, die sucht, wird aber nichts finden.«

»Und Dragoch?«

»Kann sich nicht rühren.«

»Wer ist mit der Operation betraut gewesen?«

»Titscha.«

»Nun, dann ist es ja gut. Doch wir, was sollen wir nun tun?«

»Ohne zu zögern, anspannen.«

»Nach . . .?«

»Nach Sankt Andrä zu. Fünfhundert Meter von hier aus werdet ihr aber umkehren. Dann ist das Gasthaus hier geschlossen. Ihr kommt leicht unbemerkt vorüber und schlagt die Straße nach Norden ein. Während man euch auf der einen Seite vermutet, werdet ihr schon auf der andern sein.«

»Und wo liegt denn die Schute?«

»In der Bucht am Pilis.«

»Ist dort der Sammelpunkt?«

»Nein, etwas näher, an der Lichtung links vor der Straße. Du kennst sie doch?«

»Natürlich.«

»Etwa fünfzehn der Unsern sind schon zur Stelle. Ihr werdet euch ihnen anschließen.«

»Und du?«

»Ich kehre noch einmal zurück, unsre übrigen Leute, die ich als Wache zurückgelassen habe, zu holen. Die bringe ich dann gleich mit.«

»Dann also vorwärts!« stimmten die Fuhrleute ein.

Nach fünf Minuten schwankte der Wagen heraus. Der Wirt, der noch den einen Flügel des Einfahrtstores offenhielt, empfahl sich seinen Kunden höflich.

»Sie werden sich also wohl nach Gran begeben?« fragte er.

»Nein, guter Freund«, antworteten die Fuhrleute, »wir gehen nach Sankt Andrä.«

»Dann glückliche Reise, ihr Leute!«

»Schönen Dank, Kamerad!«

Der Wagen wendete sich nach rechts und schlug, nach Osten zu, den Weg nach Sankt Andrä ein. Als er in der Finsternis verschwunden war, entfernte sich von ihnen der dritte, den Kaiserlick und Vogel den ganzen Tag erwartet hatten, und ging nun auf der Straße nach Gran weiter.

Der Gastwirt bemerkte von dem allen nichts. Ohne sich um die Männer zu kümmern, die er doch wahrscheinlich nie wiedersah, beeilte er sich, sein Haus zu schließen und schlafen zu gehen.

Der Wagen, der sich eine Zeitlang beim ruhigen Schritte der Pferde entfernte, machte nach fünfhundert Metern Weges, entsprechend den erhaltenen Weisungen, rechtsum kehrt und folgte in umgekehrter Richtung der Straße, worauf er eben hierhergekommen war.

Als er sich wieder vor dem Gasthause befand, war hier alles geschlossen, und er wäre völlig ohne Zwischenfall vorübergekommen, wenn hier nicht ein Hund, der mitten auf der Straße geschlafen hatte, plötzlich laut bellend davongelaufen wäre, wodurch das Sattelpferd plötzlich scheu wurde und sich bis zu dem niedrigeren Fußwege an der Seite der Straße drängte. Die Fuhrleute brachten das Tier aber bald wieder in seine Richtung, und zum zweiten Male verschwand dann der Wagen in der Nacht.

Es mochte etwa halb elf Uhr sein, als er, von der Landstraße abschwenkend, unter das Blätterdach eines kleinen Gehölzes einfuhr, dessen düstre Masse sich zur Linken erhob. Hier wurde er bei der dritten Radumdrehung angehalten.

»Wer da?« rief eine Stimme aus der Finsternis.

»Kaiserlick und Vogel«, antworteten die Fuhrleute.

»Können passieren«, ertönte die frühere Stimme.

Hinter den ersten Baumreihen gelangte der Planwagen nach einer Lichtung, wo, auf dem Moose ausgestreckt, etwa fünfzehn Männer schliefen.

»Ist der Chef schon da?« erkundigte sich Kaiserlick.

»Noch nicht.«

»Er hat uns gesagt, ihn hier zu erwarten.«

Das sollte nicht lange dauern. Kaum eine halbe Stunde nach dem Wagen traf der Chef, derselbe Mann, der so spät nach dem Gasthause gekommen war, begleitet von zehn Genossen, auf dem Platze ein. Von der Bande waren also jetzt fündund-

zwanzig Mann hier vereinigt.
»Sind jetzt alle da?« fragte er.
»Jawohl«, antwortete Kaiserlick, der bei der Bande ein besonderes Ansehen zu genießen schien.
»Auch Titscha?«
»Hier!« ertönte eine klangvolle Stimme.
»Nun, wie steht's?«
»Voller Erfolg auf der ganzen Linie. Der Vogel sitzt auf der Schute im Käfig.«
»Dann laßt uns aufbrechen, aber schnell!« befahl der Chef. »Sechs Mann als Plänkler voraus, die übrigen als Nachhut, der Wagen in der Mitte. Die Donau ist nicht fünfhundert Meter von hier, und die Ausladung ist im Handumdrehen zu bewerkstelligen. Vogel wird dann den Wagen mitnehmen, die, die hier aus dem Lande sind, mögen nach Hause gehen, und die andern begeben sich auf die Schute.«
Alle beeilten sich, den Anordnungen nachzukommen, als einer, der zur Beobachtung der Landstraße zurückgelassen worden war, atemlos heranstürmte.
»Achtung!« rief er mit verhaltener Stimme.
»Was gibt es denn?« fragte der Anführer der Bande.
»Horcht nur!«
Alle spitzten die Ohren. Von der Straße her hörte man die Schritte einer Truppe. Zu diesem Geräusche gesellten sich einige halblaute Stimmen. Die Entfernung konnte kaum wenige hundert Meter betragen.
»Wir wollen hier auf der Waldblöße bleiben«, befahl der Chef. »Die da draußen ziehen schon vorüber, ohne uns zu sehen.«
Bei der tiefen Dunkelheit mußten sie ja wahrscheinlich unbemerkt bleiben, dagegen erhob sich ein andres Bedenken: wenn es unglücklicherweise eine Polizistenabteilung war, die diese Straße hinuntermarschierte, so bewegte sie sich auf den Strom zu. Deshalb brauchten sie freilich das dort verankerte Fahrzeug noch nicht zu entdecken, und überdies war für einen solchen Fall Vorsorge getroffen. Die Polizisten konnten es ruhig von oben bis unten durchsuchen, etwas Verdächtiges würden sie doch nicht finden. Selbst angenommen aber, daß diese Polizeitruppe gar nichts von der Schute ahnte, blieb sie in der Umgebung vielleicht im Hinterhalt liegen, und in diesem Falle wäre es unklug gewesen, sich mit dem Wagen sehen zu lassen.

Übrigens sollte im Notfall nach den vorliegenden Umständen gehandelt werden. Nachdem alle den ganzen folgenden Tag auf der Lichtung gewartet hatten, mußten doch endlich einige Mann in der Nacht bis zur Donau hinuntergehen, um sich von der Abwesenheit jedes Polizeiaufgebotes zu überzeugen.

Augenblicklich kam es vor allem darauf an, nicht aufgespürt zu werden und auf keine Weise die Aufmerksamkeit des sich nähernden Trupps zu erregen.

Dieser erreichte bald die Stelle, wo die Straße neben der Waldblöße verlief. Trotz der schwarzen Nacht war da zu erkennen, daß er aus zehn Mann bestand, und das Klirren stählerner Gegenstände verriet, daß die bewaffnet waren.

Die Truppe war schon über die Lichtung hinaus, als ein Zwischenfall die Sachlage vollständig veränderte.

Eines der Pferde, das durch das Vorüberkommen von Menschen erschreckt schien, fing an zu schnauben und wieherte dann laut, was das andre Pferd wiederholte.

Die dahinmarschierende Truppe machte sofort halt.

Es war in der Tat eine Polizeirotte auf dem Wege nach dem Strome und unter der Anführung Karl Dragochs, der sich von seinem Unfalle am Morgen völlig erholt hatte.

Wenn die Leute auf der Waldblöße das gewußt hätten, würden sie sich wohl noch ernster beunruhigt haben. Wie der Leser weiß, hielt ihr Chef aber den gefürchteten Polizisten für außer Gefahr gesetzt. Wie er zu diesem Irrtum kam, warum er glaubte, nicht mehr mit einem Gegner zu tun zu haben, der ihm doch jetzt gegenüberstand, das wird bald aus dem Verlauf der Erzählung hervorgehen.

Als Karl Dragoch am Morgen dieses Tages ans Ufer gesprungen war, wo ihn sein Untergebener erwartete, hatte ihn dieser stromaufwärts hingeführt. Nach zwei- bis dreihundert Metern waren die beiden Polizisten an ein im Ufergrase halb verstecktes Boot gekommen, das sie ohne Zögern bestiegen. Friedrich Uhlmann ergriff zwei Riemen und trieb das leichte Fahrzeug mit kräftigen Ruderschlägen an die andre Seite des Stromes.

»Das Verbrechen ist also auf dem rechten Ufer begangen worden?« fragte da Karl Dragoch.

»Jawohl«, bestätigte Friedrich Uhlmann.

»In welcher Richtung liegt der Tatort?«

»Stromaufwärts, in der Umgebung von Gran.«

»Wie?... In der Umgebung von Gran?« rief Dragoch. »Sagtest du mir nicht vorhin, wir hätten nur einen kurzen Weg vor uns?«

»Es ist auch nicht weit dahin«, versicherte Uhlmann, »etwa drei Kilometer.«

In Wirklichkeit waren es vier, und eine so lange Strecke konnte nicht ohne Beschwerden von einem Manne zurückgelegt werden, der kaum dem Tode entronnen war. Wiederholt mußte Karl Dragoch stehenbleiben, um Atem zu schöpfen, woran es ihm fehlte. So wurde es fast Nachmittag drei Uhr, als er endlich die Villa des Grafen Hagenau erreichte, wohin seine Pflicht ihn gerufen hatte.

Sobald er sich nach einer Herzstärkung, die er gleich verlangte, völlig bei Kräften fühlte, war es Karl Dragochs erste Sorge, sich zu dem Hausmann Christian Hoël führen zu lassen. Vor einigen Stunden hatte ihn ein Chirurg aus der Nähe kunstgerecht verbunden, er hatte aber ein wachsgelbes Gesicht, geschlossene Augen und atmete nur mühsam. Obgleich seine Verwundung sehr ernster Natur war und die Lunge mitbetroffen hatte, bestand doch noch die Hoffnung, ihn zu retten, wenn ihm vollständige Ruhe gegönnt wurde.

Karl Dragoch konnte dennoch einige Aufklärungen erhalten, die ihm der Verletzte mit kaum hörbarer Stimme und abgebrochenen Worten gab. Mit dem Aufwand vieler Geduld erfuhr er da, daß eine mindestens aus fünf bis sechs Männern bestehende Bande mitten in vergangener Nacht nach Aufsprengung der Tür in der Villa eingebrochen sei. Christian Hoël, der durch das Geräusch erwacht war, hatte kaum Zeit gefunden, aufzustehen, als er schon mit einem Dolchstich zwischen den Schultern zusammenbrach. Was später geschehen war, wußte er nicht und konnte auch über die Angreifer keine weitre Auskunft geben. Er glaubte nur, ihr Anführer müsse ein gewisser Ladko sein, dessen Namen seine Spießgesellen fast prahlerisch häufiger genannt hatten. Dieser Ladko, dessen Gesicht eine Maske bedeckte, war ein großer Bursche mit starkem blondem Vollbarte.

Diese letzte Einzelheit, die ja Karl Dragochs Verdacht bezüglich Ilia Bruschs stark abschwächte, ging dem Polizisten im Kopfe herum. Das Ilia Brusch von Natur blond war, daran zweifelte er nicht; dessen Blond war aber zu Dunkelbraun verwandelt, und man beseitigt doch nicht am Abend eine Färbung, um sie am Morgen wieder anzubringen, etwa wie eine Perücke. Hier lag also noch eine ernste Schwierigkeit vor, die Karl Dragoch jedoch zu überwinden hoffte.

Ausführlichere Einzelheiten war der sehr geschwächte Hoël zu berichten nicht imstande. Von den andern Räubern hatte er nichts Bemerkenswertes gesehen, da sie alle eine Larve vor dem Gesicht trugen.

Nachdem er diese Mitteilungen erhalten hatte, stellte der Detektiv noch einige Fragen bezüglich der Villa des Grafen Hagenau selbst. Diese war, wie er hörte, eine sehr reiche, mit fürstlichem Luxus ausgestattete Wohnung. Schmucksachen, Silberzeug und andre kostbare Dinge hatten hier alle Schubkasten gefüllt, Kunstgegenstände standen auf Kaminsimsen und Möbeln umher, und Meisterwerke der Malerei schmückten die Wände. In einem Panzerschrank der obern Etage waren auch zahlreiche Wertpapiere verwahrt gewesen. Kein Zweifel also, daß die Einbrecher hier eine reiche Beute machen konnten.

Davon konnte sich Karl Dragoch auch leicht überzeugen, als er durch die verschiedenen Wohnräume ging. Hier verriet alles eine regelrechte Plünderung, die nach wohlberechneter Methode ausgeführt war. Die Diebe hatten sich als Leute von Geschmack um minderwertige Dinge nicht gekümmert. Der größte Teil der kostbarsten Gegenstände war aber verschwunden. An Stelle der abgerissenen Tapeten sah man große Flächen nackten Mauerwerkes, und ihrer herrlichen, kunstvoll herausgeschnittenen Bilder beraubt, hingen nur die leeren Rahmen noch da. Die Räuber hatten auch die sichtlich unter den prachtvollsten ausgewählten Tür- und Fensterbehänge und die schönsten Teppiche mitgenommen. Der Panzerschrank war aufgesprengt und sein Inhalt verschwunden.

»Auf dem Rücken haben Menschen das nicht alles wegtragen können«, sagte sich Karl Dragoch beim Anblicke dieser Verwüstung. »Damit ist jedenfalls ein Wagen beladen worden, und den gilt es nun aufzuspüren.«

Die Erkundigungen und ersten Untersuchungen hier hatten viel Zeit in Anspruch genommen. Schon nahte sich der Abend, und es war doch wichtig, ehe es dunkel wurde, wenn irgend möglich, die Spuren des Wagens zu entdecken, dessen sich die Räuber nach der Ansicht des Detektivs bedient haben mußten. Dieser beeilte sich also, nun hinauszukommen.

Er hatte nicht weit zu gehen, bis er den von ihm gesuchten

Beweis entdeckte. Auf dem Erdboden des großen Vorhofs der Villa hatten breite Räder tiefe Eindrücke gerade vor der aufgesprengten Tür zurückgelassen, und in geringer Entfernung davon zeigte er Hufabdrücke, als ob hier Pferde längere Zeit gestanden hätten.

Nachdem Karl Dragoch das flüchtig überblickt hatte, näherte er sich der Stelle, wo die Pferde offenbar hatten warten müssen, und besichtigte nun aufmerksam den Erdboden. Dann überschritt er den Vorhof bis dicht an das nach der Straße hinausführende Gittertor, wo er wiederum die Erde scharf besichtigte, und dann folgte er gegen hundert Meter weit dem öffentlichen Wege, auf dem er endlich umkehrte.

»Uhlmann!« rief er beim Wiederbetreten des Vorhofs.

»Herr Dragoch?« antwortete der Polizist, der sofort aus dem Hause kam und auf seinen Vorgesetzten zuschritt.

»Wieviel Leute haben wir?« fragte dieser.

»Elf.«

»Das ist etwas wenig«, meinte Dragoch.

»Der Hausmann Hoël«, erwiderte Uhlmann, »schätzt die Zahl der Räuber aber nur auf fünf bis sechs.«

»Der Hausmann Hoël hat seine Ansicht und ich die meinige«, entgegnete Dragoch. »Doch immerhin, wir müssen uns mit dem begnügen, was wir haben. Du läßt einen der Leute hier und nimmst die zehn andern mit. Mit uns beiden macht das zwölf Mann. Das ist schon etwas.«

»Sie haben also einen Hinweis?« fragte Friedrich Uhlmann.

»Ich weiß, wo unsre Räuber sind ... wenigstens, nach welcher Seite sie sich hingewendet haben.«

»Darf ich da fragen ...?« begann Uhlmann.

»Woher ich das weiß?« unterbrach ihn Dragoch. »Oh, das ist sehr einfach, ja, fast kindlich! Ich habe mir zuerst gesagt, daß sie zu viele Dinge geraubt haben, um dafür nicht irgendeines Wagens zu bedürfen. Nach diesem Wagen hab' ich gesucht und ihn auch gefunden. Es ist ein vierrädriges, mit zwei Pferden bespanntes Gefährt. Das eine, das Handpferd, zeigt aber die Eigentümlichkeit, daß am Hufeisen seines rechten Vorderfußes ein Nagel fehlt.«

»Wie haben Sie das erkennen können?« fragte Uhlmann erstaunt.

»Nun, es hat ja vergangene Nacht geregnet, und die erst halbtrockene Erde zeigt noch jetzt deutlich die Eindrücke. In derselben Weise habe ich in Erfahrung gebracht, daß der Wagen von der Villa aus nach links, also in einer der nach Gran entgegengesetzten Richtung gelenkt worden ist. Wir werden uns nun nach derselben Seite wenden und, wenn nötig, der Fußspur des Pferdes mit dem mangelhaften Hufbeschlag folgen. Am Tage werden die Burschen kaum weitergefahren sein, sondern dürften sich bis zum Abend irgendwo aufgehalten haben. Die Gegend ist aber wenig bevölkert, und viele Häuser gibt's hier auch nicht. Wir durchsuchen nötigenfalls alle, auf die wir an der Landstraße treffen. Hole deine Leute zusammen, es wird schon dunkel, und das Wild könnte sein Lager verlassen.«

Karl Dragoch und seine Rotte mußten lange marschieren, ehe sie ein neues verdächtiges Anzeichen entdeckten. Es war fast halb elf Uhr, als sie, nach vergeblicher Durchsuchung einiger an der Straße gelegener Gehöfte, an der Kreuzung der drei Straßen das Gasthaus erreichten, wo die beiden Fuhrleute den Tag verbracht hatten und von wo sie drei Stunden vorher abgefahren waren. Karl Dragoch klopfte heftig an die Tür.

»Im Namen des Gesetzes!« rief er, als er an einem Fenster den Gastwirt erscheinen sah, dem es heute nun einmal beschieden war, aus dem Schlafe aufgestört zu werden.

»Im Namen des Gesetzes?« wiederholte der Wirt, der nicht wenig erschrak, sein Haus von einem zahlreichen Trupp umzingelt zu sehen. »Was hab' ich denn verbrochen?«

»Komm nur herunter, so wirst du es erfahren. Mach aber etwas schnell«, erwiderte Dragoch mit ungeduldiger Stimme.

Als der nur notdürftig bekleidete Gastwirt seine Tür geöffnet hatte, begann der Detektiv sofort, ihn auszufragen. War heute morgen ein Wagen hierhergekommen? Wie viele Leute hatten den begleitet? Hatte er hier haltgemacht? War er wieder abgefahren? Und in welcher Richtung?

Die Antworten ließen nicht auf sich warten.

Ja, ein von zwei Männern geführter Planwagen war heute sehr frühzeitig angelangt und bis zum Abend hiergeblieben. Weitergefahren war er erst nach dem Erscheinen eines dritten Mannes, den die beiden Fuhrleute erwartet hatten. Es hatte schon halb zehn Uhr geschlagen, als der Wagen in der Richtung nach Sankt Andrä weitergefahren war.

»Nach Sankt Andrä?« fragte Karl Dragoch. »Weißt du das genau?«

»Ganz genau«, versicherte der Gastwirt.
»Hat dir's einer gesagt, oder hast du es gesehen?«
»Ich habe es selbst gesehen.«
»Hm . . .!« murmelte Karl Dragoch. »Es ist gut«, setzte er hinzu, »du kannst dich wieder schlafen legen, braver Mann, doch hüte deine Zunge!«
Der Gastwirt ließ sich das nicht zweimal sagen. Die Tür ging zu, und der Polizistentrupp stand wieder allein auf der Straße.
»Einen Augenblick stillgestanden!« kommandierte Karl Dragoch, dann ergriff er eine Fackel und untersuchte sorgfältig den Erdboden.
Zunächst bemerkte er da nichts Auffallendes, das wurde aber anders, als er nach dem niedriger gelegenen Fußwege kam. Hier, wo die Erde weniger durch Wagen aufgewühlt und auch nicht gepflastert war, hatte sie mehr Plastizität bewahrt. Auf den ersten Blick erkannte Karl Dragoch hier den Abdruck eines Hufeisens, dem ein Nagel fehlte, und gleichzeitig, daß das Pferd mit dem mangelhaften Beschlag nicht auf dem Wege nach Sankt Andrä, auch nicht auf dem nach Gran, sondern nordwärts auf dem Wege nach dem Strome gewesen war. Den schlug nun auch Karl Dragoch an der Spitze seiner Leute ein.
So waren durch eine ganz öde Gegend ohne Zwischenfall etwa drei Kilometer zurückgelegt worden, als links von der Straße das Wiehern eines Pferdes hörbar wurde. Seine Leute mit einer Handbewegung zurückhaltend, trat Karl Dragoch an den Rand eines kleinen Gehölzes heran, das in der Dunkelheit gerade noch schwach zu erkennen war.
»Wer da?« rief er laut.
Da auf seine Frage keine Antwort folgte, zündete einer seiner Leute auf seinen Befehl eine Pechfackel an. Die rußende Flamme leuchtete stark in der mondlosen Nacht, aber doch nur über eine kleine Strecke, da sie die durch das Blätterwerk der Bäume noch vermehrte Dunkelheit nicht weit durchdringen konnte.
»Vorwärts!« kommandierte Karl Dragoch, während er an der Spitze der Rotte schon in das Dickicht eindrang.
Das Dickicht hatte jedoch seine Verteidiger.
Kaum war dessen Saum überschritten, da rief schon eine befehlerische Stimme:
»Noch einen Schritt, und wir geben Feuer!«
Eine solche Drohung war indes nicht geeignet, Karl Dra-

goch zurückzuhalten und um so weniger, als er beim Lichte der Fackel eine unbewegte Masse, ohne Zweifel einen Wagen, stehen zu sehen glaubte, um den herum sich eine Gruppe Männer aufhielt, deren Zahl er nicht beurteilen konnte.

»Vorwärts!« kommandierte er von neuem.

Dem Befehle gehorchend, setzten die Polizisten ihren unsichern Weg durch das unbekannte Gehölz fort. Die Schwierigkeit dabei wuchs immer mehr an. Plötzlich wurde die Fackel dem Polizisten, der sie trug, entrissen. Jetzt war es wieder ganz finster.

»Tölpel!« schimpfte Karl Dragoch. »Licht, Franz!... Licht!«

Sein Unmut wurde noch größer, als er vor dem Erlöschen der Fackel bei deren letztem Scheine gesehen zu haben glaubte, daß der Wagen sich zu bewegen und unter den Bäumen zu verschwinden begann. Leider konnte nicht davon die Rede sein, ihn zu verfolgen. Die Polizeitruppe stieß vor ihm auf eine lebende Mauer. Jedem Polizisten standen zwei bis drei Gegner gegenüber, und Dragoch sah erst etwas spät ein, daß er über unzureichende Kräfte verfügte, hier den Sieg davonzutragen. Bisher war, weder von der einen noch von der andern Seite, noch kein Schuß gefallen.

»Titscha!« rief da eine Stimme durch die Nacht.

»Hier!« antwortete eine andre Stimme.

»Wie ist's mit dem Wagen?«

»Der ist fort.«

»Dann vorwärts und der Sache ein Ende gemacht!«

Karl Dragoch prägte diese Stimme seinem Gedächtnis ein. Er sollte sie nie vergessen.

Nach kurzem Wortwechsel kamen die Revolver an die Reihe und erschütterten die Luft mit ihrem trockenen Knalle. Einige Polizisten wurden von den Kugeln getroffen, und Karl Dragoch, der einsah, daß jeder Widerstand töricht wäre, mußte sich entschließen, den Rückzug anzuordnen.

Die Polizeitruppe gelangte wieder auf die Straße, wohin ihr die Sieger doch nicht zu folgen wagten, und die Nacht wurde wieder still wie vorher.

Nun mußte zuerst für die Verwundeten gesorgt werden. Ihrer drei waren, übrigens nur leicht, verletzt. Nach einem vorläufigen Verbande wurden sie unter dem Schutze von vier ihrer Kameraden zurückgeschickt. Dragoch dagegen begab sich mit Friedrich Uhlmann und den drei letzten Polizisten über das offene Land hin nach der Donau zu, wobei die fünf ein wenig nach Gran zu schräg abwichen.

Er fand ohne Schwierigkeit die Stelle, wo er einige Stunden früher gelandet war, und das Boot, das Uhlmann und ihn über den Strom getragen hatte. Die fünf Mann stiegen hinein, und nach Überschreitung der Donau gingen sie längs ihres linken Ufers hinunter.

Wenn Karl Dragoch eben einen Mißerfolg erfahren hatte, hoffte er doch ihn auswetzen zu können. Daß Ilia Brusch und der berüchtigte Ladko dieselbe Person waren, darüber bewahrte er keine Spur eines Zweifels mehr, und er war fest überzeugt, daß das in der verflossenen Nacht begangene Verbrechen seinem Reisegenossen zuzuschreiben sei. Aller Wahrscheinlichkeit nach würde dieser nach Unterbringung seines Beuteanteils sich beeilen, seine gewohnte Verkleidung wieder anzunehmen, da er ja nicht wußte, daß die, die ihm bisher geholfen hatte, sich den Nachforschungen der Polizei zu entziehen, als solche erkannt worden war. Mit Tagesanbruch würde er sicherlich wieder in der Jolle sein und seinen noch abwesenden Passagier ebenso erwarten, wie es der harmlose, ehrbare Fischer getan hätte, als der er zu erscheinen sich bemühte.

Fünf Mann lauerten ihm jetzt auf. Diese von Ladko besiegten fünf Mann mußten doch leicht den Widerstand brechen können, den derselbe Ladko ihnen hier entgegenstellen konnte, wo er, um die Rolle Ilia Bruschs zu spielen, doch allein sein mußte.

Dieser wohlerwogene Plan sollte nur unglücklicherweise unausführbar sein. Karl Dragoch und seine Leute konnten das Ufer überallhin absuchen, die Jolle war nirgends mehr zu finden. Dragoch und Uhlmann hatten zwar keine Mühe, die Stelle wiederzuerkennen, wo der erste ausgestiegen war, von der Jolle selbst zeigte sich aber keine Spur mehr ... die war verschwunden und Ilia Brusch mit ihr.

Karl Dragoch war betrogen, und das brachte ihn in helle Wut.

»Uhlmann«, sagte er zu seinem Untergebenen, »ich bin am Ende; es wäre mir unmöglich, noch einen weiteren Schritt zu tun. Wir wollen hier im Grase schlafen, um neue Kräfte zu gewinnen. Einer von unsern Leuten soll aber das Boot nehmen und damit unverzüglich nach Gran fahren. Bei Eröffnung des dortigen Amtes soll er sofort den Telegrafen in Anspruch nehmen. Zünde eine Fackel an, ich werde diktieren. So, nun schreib:

›Vergangne Nacht in der Nähe von Gran ein neues Verbrechen begangen. Die Beute auf eine Schute verladen. Die vorgeschriebenen Untersuchungen strengstens durchführen.‹

Das wäre die eine«, sagte Dragoch, sich selbst unterbrechend; »nun also die andre Depesche:

›Verhaftsbefehl erlassen gegen den oftgenannten Ladko, der sich fälschlich Ilia Brusch nennt und ein Preisträger beim letzten Angelwettbewerbe des Donaubundes in Sigmaringen zu sein behauptet. Genannter Ladko, alias Ilia Brusch, der Verbrechen des Raubes und Mordes beschuldigt.‹

Beides soll noch in den ersten Tagesstunden an alle Ufergemeinden ohne Ausnahme telegrafiert werden«, befahl Karl Dragoch und streckte sich erschöpft im Grase am Ufer aus.

Zehntes Kapitel

Gefangen

Der Verdacht, der in Karl Dragoch aufgestiegen war und den die Entdeckung des Bildes bestätigt hatte, war nun, das müssen wir dem Leser zum Verständnis dieser Erzählung mitteilen, keineswegs ganz ungerechtfertigt. Bezüglich eines Punktes wenigstens trafen Karl Dragochs Schlußfolgerungen zu. Ja, Ilia Brusch und Serge Ladko waren ein und derselbe Mann.

Dragoch täuschte sich dagegen gründlich, wenn er seinem Reisegefährten jene Reihe von Diebstählen und Mordtaten zuschrieb, die nun seit so vielen Monaten die Gebiete längs der Donau heimsuchten. Vor allem glaubte er das bezüglich des letzten Einbruchs in Graf Hagenaus Villa und der schweren Verwundung Christian Hoëls. Ladko anderseits ahnte nicht im geringsten, daß sein Passagier solche gefährlichen Gedanken hatte. Er wußte nur, daß sein Name zur Bezeichnung eines berüchtigten Verbrechers diente, und konnte unmöglich begreifen, wie es zu einer solchen Verwechslung gekommen wäre.

Zuerst geradezu entsetzt, als er von einem so furchtbaren Namensvetter hörte, der, um das Unglück vollzumachen, obendrein sein Landsmann war, hatte er sich nach dem ersten instinktiven Schreck doch wieder zu fassen verstanden. Was ging ihn auch ein Übeltäter an, mit dem er nichts als den Namen gemein hatte? Ein Unschuldiger hat ja nichts zu fürchten, und unschuldig an allen den vorgekommenen Verbrechen war er sicherlich.

Serge Ladko – wir wollen ihn fortan bei seinem richtigen Namen nennen – war am vorigen Abend ganz sorglos weggegangen, um sich, wie er gesagt hatte, nach Szalka zu begeben. In dieser kleinen Stadt war es, wo er nach seinem Weggange von Rustschuk unter dem Namen Ilia Brusch seine Wohnstätte aufgeschlagen hatte, und hier hatte er drei volle lange Wochen auf Nachricht von seiner geliebten Natscha gewartet.

Dieses Warten war ihm, wie wir schon wissen, schließlich unerträglich geworden, und er zermarterte sich den Kopf, Mittel zu finden, um unerkannt nach Bulgarien zurückkehren zu können, als ihm der Zufall eine Nummer des »Pester Lloyd« in die Hand spielte, worin in nicht zu übersehender Weise der Angelwettkampf von Sigmaringen angekündigt war. Bei Durchlesung des betreffenden Artikels kam dem Verbannten, einem, wie man sich wohl erinnert, ebenso gewandten Fischer wie gesuchten Piloten, der Gedanke an eine Fahrt, deren Bizarrerie vielleicht allein schon den gewünschten Erfolg verbürgte.

Unter dem Namen Ilia Brusch, dem einzigen, dessen er sich in Szalka bedient hatte, wollte er in den Donaubund eintreten, am Wettbewerb in Sigmaringen teilnehmen, und wir wissen ja, daß er da, dank seiner Erfahrung und Geschicklichkeit, die beiden ersten Preise davongetragen hatte. Da nun sein angenommener Name schon hierdurch weit bekanntgeworden war, wollte er dann recht auffallend und, wenn es gelang, unter Eingehung von Wetten seine Absicht ankündigen, mit der Angel in der Hand die ganze Donau von ihrem Ursprunge an bis zur Ausmündung ins Schwarze Meer hinunterzufahren. Ohne Zweifel mußte dieser Plan in den Kreisen der Angelfischer besonderes Aufsehen erregen und seinem Urheber auch einen gewissen Ruf unter dem übrigen Publikum erwerben.

Als Vertreter eines bürgerlichen Berufs, den niemand anzweifeln konnte, hoffte Ladko unbelästigt die Donau hinunterzufahren. Die Bewegung seines Bootes gedachte er jedoch möglichst zu beschleunigen und mit dem Fischfange keine unnötige Zeit zu vergeuden. Immerhin würde er dabei von sich reden zu machen suchen, um nicht in Vergessenheit zu geraten und, dadurch geschützt, daß alle Welt ihn kannte, frei und offen in Rustschuk landen zu können.

Um diesen einzigen Zweck seiner Fahrt aber glücklich zu erreichen, war es notwendig, daß niemand seinen wahren Namen ahnte und daß kein Mensch am Äußern des Fischers Ilia Brusch den Piloten Serge Ladko erkennen konnte.

Die erste Bedingung war ja leicht zu erfülllen. Nachdem er zum Preisträger des Donaubundes geworden war, brauchte er diese Rolle nur gleichmäßig weiterzuspielen. Serge Ladko schwur sich also zu, mochte auf der Fahrt sonst etwas vorfallen, gegen jedermann Ilia Brusch zu sein. Übrigens war anzunehmen, daß die Fahrt nur verhältnismäßig langsam, aber in Sicherheit verlaufen und kein Zwischenfall es ihm erschweren würde, seinen Schwur zu halten.

Der zweiten Bedingung zu genügen erschien eher noch leichter. Sich den Bart abrasieren zu lassen, ein Färbemittel anzuwenden, das das Aussehen seiner Haare veränderte, und eine große Brille mit dunkeln Gläsern, seine Augen zu verbergen, mehr bedurfte es dazu ja nicht. Serge Ladko nahm diese Verkleidung in der seiner Abfahrt vorhergehenden Nacht vor und machte sich dann noch vor der Morgenröte auf, jetzt versichert, für jeden unerwarteten Blick unerkennbar zu sein.

In Sigmaringen war alles seiner Annahme entsprechend verlaufen. Die Ankündigung seines Planes, des eines Preisträgers aus dem Wettbewerb, war von der Presse aller Uferstaaten wohlwollend aufgenommen worden. Dadurch genügend bekanntgeworden, daß seine Identität nicht angezweifelt werden könnte, anderseits versichert, bei Kollegen vom Donaubunde, die überall an dem langen Laufe des Stromes wohnten, nötigenfalls Hilfe zu finden, hatte sich Ladko der Strömung ruhig anvertraut.

In Ulm erlebte er die erste Enttäuschung, als er sah, daß seine verhältnismäßige Berühmtheit ihn nicht vor dem Wetterstrahl der Polizei schützte. Da fühlte er sich denn höchst befriedigt, einen Passagier aufgenommen zu haben, dessen Legitimationspapiere gut in Ordnung waren und dessen Ehrbarkeit die Polizei von vornherein anzuerkennen schien. Freilich, wenn er dann nach Rustschuk kam und die vorgebliche Wette (Fische zu einem gewissen hohen Werte zu erbeuten) von ihm nicht mehr beachtet wurde, konnte die Gegenwart eines Fremden unbequem werden. Dann würde er sich seinem Begleiter jedoch erklären, während die Wette bis dahin die Wahrscheinlichkeit des Erfolgs der Reise vermehren mußte, deren glückliche Durchführung Serge Ladko vor allem am Herzen lag.

Zu erfahren, daß er denselben Namen hatte wie ein gefürchteter Bandit und daß dieser Bandit ebenfalls ein Bulgare war, das bereitete Serge Ladko eine zweite unangenehme Überraschung. So unbestreitbar seine Unschuld und folglich seine Sicherheit auch waren, konnte er doch nicht verkennen, daß eine solche Namensgleichheit zu recht ärgerlichen Verwechslungen, ja zu noch ernstern Komplikationen führen könnte.

Würde der Name, den er unter dem Ilia Bruschs verbarg, bekannt, so würde das nicht allein seine Ausschiffung in Rustschuk in Frage stellen, sondern es war auch zu befürchten, daß ihm daraus überhaupt lange Verzögerungen erwüchsen.

Gegen diese Gefahren hatte Serge Ladko kein Schutzmittel. Doch wenn sie auch ernst waren, brauchte man sie doch nicht zu übertreiben. Es war ja wirklich kaum zu glauben, daß die Polizei ohne besondere Veranlassung ihre Aufmerksamkeit einem harmlosen Angler zuwenden würde und vor allem einem solchen, der durch die beim Wettbewerb von Sigmaringen errungenen Lorbeeren geschützt war.

In Szalka, wohin er nach Sonnenuntergang gekommen und von wo er vor Tagesanbruch, ohne gesehen worden zu sein, wieder weggegangen war, hatte Serge Ladko nur sein Haus aufgesucht, wobei er sich leider überzeugte, daß ihn da auch keine Nachricht von Natscha erwartete. Ein so langes Schweigen raubte ihm fast den Verstand. Warum schrieb die junge Frau seit zwei Monaten nicht mehr? Was war ihr zugestoßen? . . . Die Zeiten öffentlicher Unruhen sind reich an privaten Unglücksfällen, und der Pilot fragte sich geängstigt, ob er bei einer glücklichen Landung in Rustschuk dort nicht schon zu spät erscheinen würde.

Dieser Gedanke, der ihm das Herz brach, verdoppelte gleichzeitig die Kraft seiner Muskeln. Der war es gewesen, der es ihm bei der Abfahrt von Gran möglich gemacht hatte, dem Unwetter zu trotzen und siegreich gegen den entfesselten Sturm zu kämpfen; derselbe Gedanke war es auch, der seinen Schritt beflügelte, als er mit der für Jäger bestimmten Herzstärkung zum Ufer zurückkehrte.

Wie groß war aber sein Erstaunen, hier den Passagier nicht zu finden, den er in einem fast hilflosen Zustande verlassen hatte, und die kurze schriftliche Nachricht, die er fand, verminderte dieses Erstaunen auch nicht. Welch zwingenden Grund konnte Jäger gehabt haben, sich trotz seiner Schwäche zu entfernen? Wie konnte es kommen, daß ein Wiener Bürger so dringliche Geschäfte hier auf plattem Lande und fern von jeder bewohnten Ortschaft haben könnte? Das war ein Rätsel, das der Lotse trotz eifrigen Nachsinnens nicht so bald lösen sollte.

Was der Grund dafür aber auch sein mochte, die Abwesenheit Jägers hatte in jedem Falle die Unannehmlichkeit, eine Reise, die an sich schon zu lang war, noch weiter zu verlängern. Ohne diesen unerwarteten Zwischenfall läge die Jolle jetzt schon wieder in der Strömung, und vor dem Abend wären noch viele Kilometer zu denen hinzugekommen, die sie bereits zurückgelegt hatte.

Die Versuchung war erst groß, Jägers Bitte nicht weiter zu beachten, gleich vom Lande abzustoßen und ohne eine Minute zu verlieren eine Fahrt fortzusetzen, deren Ziel Serge Ladko wie der Magnet das Eisen anzog.

Der Pilot entschloß sich jedoch zu warten; er hatte auf seinen Passagier Rücksicht zu nehmen, und es war am Ende besser, einen Tag zu verlieren, um keinen Vorwand zu späteren Streitigkeiten zu liefern.

Um das Ende des schon halb verflossenen Tages auszunutzen, fehlte es glücklicherweise nicht an Arbeit. Ja, der Tag würde kaum ausreichen, in der Jolle alles wieder in Ordnung zu bringen und die kleinen, durch den Sturm verursachten Schäden auszubessern.

Serge Ladko ging zuerst daran, die Kasten in Ordnung zu setzen, deren Inhalt er bei seinem vergeblichen Nachsuchen am Morgen durcheinandergeworfen hatte. Das hätte ihm nicht viel Zeit gekostet, wenn beim Ordnen des letzten sein Blick nicht auf dieselbe Brieftasche gefallen wäre, die schon Karl Dragochs Aufmerksamkeit erregt hatte. Er öffnete sie wie der Polizist vor ihm, und wie dieser, nur mit ganz andern Empfindungen, nahm er daraus das Bild hervor, das Natscha ihm bei ihrer Trennung übergeben und mit einer zärtlichen Widmung begleitet hatte.

Lange Zeit betrachtete Serge Ladko das liebliche Gesicht auf dem Bilde. Natscha! Ja, das war sie, das waren ihre geliebten Züge, ihre sonnenhellen Augen, ihre wie zum Sprechen halbgeöffneten Lippen.

Mit einem Seufzer legte er das ihm so teure Bild in die Brieftasche zurück und diese in den Kasten, den er sorgsam verschloß und dessen Schlüssel er in die Tasche steckte. Dann verließ er die Koje, um sich andern Arbeiten zu widmen.

Er hatte jedoch nicht mehr den richtigen Mut dazu. Bald ruhten seine Hände, und auf einer der Bänke mit dem Rücken dem Ufer zugewendet sitzend, blickte er auf den Strom hinaus. Seine Gedanken flogen nach Rustschuk. Er sah seine Gattin, sein freundliches Häuschen, worin so oft ein Lied erklang. Sicherlich bedauerte er nichts. Wie schon einmal würde er dem Vaterlande sein eignes Glück, wenn es notwendig wurde, auch nochmals opfern. Doch welcher Schmerz, ein so großes Opfer umsonst gebracht zu haben! Wie viele Jahre würde nun, nachdem der Aufstand vorzeitig ausgebrochen und blutig niedergeschlagen war, Bulgarien noch unter dem Joche seiner Unterdrücker seufzen? Würde er selbst dessen Grenze überschreiten können und die wiederfinden, die er liebte? Hatten sich die Türken ihrer, der Frau eines ihrer entschiedensten Gegner, nicht als Geisel bemächtigt? Und wenn es sich so verhielt, was war dann mit Natscha geschehen?

Ach, dieses kleine, intime Drama verschwand ja ganz unter den Zuckungen, die die Balkanländer erschütterten. Was zählte das Unglück zweier Wesen inmitten des öffentlichen Elends? Durch die ganze Halbinsel streiften jetzt zügellose Horden; überall erzitterte die Erde unter dem wilden Galopp der Pferde, und auch die ärmlichsten Dörfer zeigten die Verwüstungen des Krieges.

Dem türkischen Koloß standen zwei Pygmäen, Serbien und Montenegro, gegenüber. Würde es diesen Davids gelingen, den Goliath zu besiegen? Ladko sah ein, wie ungleich der Kampf war, und nachdenkend setzte er seine Hoffnung auf den Vater aller Slawen, auf den großen Zaren von Rußland, der einst schon noch seine schützende Hand über seine unterdrückten Söhne breiten werde.

Von solchen Gedanken eingenommen, hatte Serge Ladko völlig vergessen, wo er sich befand. Hinter ihm hätte ein ganzes Regiment am Ufer hinziehen können, ohne daß er sich umgedreht hätte. Desto weniger bemerkte er das Herannahen dreier Männer, die von stromaufwärts herkamen und sich vorsichtig heranschlichen.

Wenn aber Ladko die drei Männer nicht sah, so sahen sie ihn gar zu gut, sobald sie an einer Windung des Stromes die Jolle erblickten. Das Kleeblatt machte sofort halt und begann mit heimlicher Stimme eine Beratung.

Einen der drei Ankömmlinge hat der Leser schon bei der Schilderung des Aufenthalts in Wien unter dem Namen Titscha kennengelernt. Er war es, der sich mit einem Begleiter Karl Dragoch an die Fersen geheftet hatte, während der Detektiv selbst Ilia Brusch nachgegangen war, als dieser einen ganz unschuldigen Gang zu einem der Vermittler unternahm, die bei den Waffensendungen nach Bulgarien tätig gewese waren. Dabei waren die beiden Spione, wie man sich erinnern wird, bis in die Nähe der Jolle gekommen, und sicher in der Meinung, die schwimmende Wohnstätte des Polizisten zu kennen, hatten sie sich dann entfernt, um über die Ausnützung ihrer Entdeckung zu beratschlagen. Die damals entworfenen Pläne galt es jetzt auszuführen.

Die drei Männer hatten sich im hohen Grase des Ufers niedergestreckt und belauschten von hier Serge Ladko. In sein Nachsinnen verloren, wurde dieser ihre Gegenwart nicht gewahr und ahnte nicht im mindesten die Gefahr, die ihm jetzt drohte. Diese Gefahr war jedoch groß, denn die Männer im Hinterhalte, Zugehörige der Verbrecherbande, die gegenwärtig die Donaugegend heimsuchte, gehörten nicht zu denen, mit denen gut an einem einsamen Ort zusammenzutreffen ist.

Titscha war sogar ein hervorragendes Mitglied der Bande. Er konnte als erster nach dem Anführer betrachtet werden, dessen Taten genügend berüchtigt waren. Die beiden andern, Sakmann und Zerlanz, waren einfache Statisten, nur Arme, keine Köpfe.

»Das ist er!« murmelte Titscha, indem er seine Begleiter mit der Hand zurückhielt, sobald er die Jolle am Ufer erblickt hatte.

»Dragoch?« fragte Sakmann.

»Ja.«

»Bist du dessen sicher?«

»Vollkommen.«

»Du siehst ja aber sein Gesicht nicht, da er uns den Rücken

zukehrt«, wendete Zerlanz ein.

»Sein Gesicht zu sehen würde mir auch wenig nützen; ich kenne ihn so eigentlich nicht und hab' ihn nur ganz flüchtig in Wien gesehen.«

»Dann begreife ich nur nicht...«

»Ich erkenne aber ganz genau das Boot wieder«, fiel ihm Titscha ins Wort, »denn ich habe Muße genug gehabt, es zu sehen, während Ladko und ich von der Menschenmenge umdrängt waren. Nein, ich bin sicher, mich nicht zu täuschen.«

»Dann also ans Werk!« mahnte einer der Männer.

»Ans Werk«, stimmte Titscha ein, indem er schon ein Paket öffnete, das er bisher unter dem Arme trug.

Der Lotse merkte noch immer nichts davon, daß ihm ein Unheil bevorstand. Er hatte die drei Männer nicht herankommen hören und hörte von ihnen auch jetzt nichts, wo sie, nahe hinter ihm, den Laut ihrer Schritte durch das dichte Ufergras dämpften. In seine Träumereien verloren, eilten seine Gedanken mit der Strömung zu Natscha und nach seinem Vaterlande.

Plötzlich schlang sich eine Menge unentwirrbarer Fesseln um ihn, die ihn auch des Augenlichtes beraubten und ihn lähmten und erstickten.

Mit einem Rucke aufgerichtet, wehrte er sich instinktiv dagegen und erschöpfte sich in nutzloser Anstrengung, als ein heftiger Schlag auf den Kopf ihn auf den Boden der Jolle betäubt niederstreckte, doch nicht so schnell, daß er nicht hätte sehen können, daß er in den Maschen eines großen, sogenannten Wurfnetzes gefangen war, wie er ein solches beim Fischfang oft genug selbst benutzt hatte.

Als Serge Ladko aus seiner halben Bewußtlosigkeit wieder zu sich kam, war er nicht mehr von dem Netze umschlungen, mit dem man ihn zur Ohnmacht verurteilt hatte. Jetzt konnte er vor den vielfachen Touren eines festen Strickes nicht mehr die geringste Bewegung machen, ein Knebel hätte nötigenfalls jeden Hilferuf von ihm erstickt, und eine undurchdringliche Binde beraubte ihn des Sehvermögens.

Serge Ladkos erste Empfindung, als er wieder zum Leben erwachte, war die einer grenzenlosen Bestürzung. Was war mit ihm vorgegangen? Was bedeutete dieser unerklärliche Überfall, und was hatte man mit ihm vor? Einigermaßen konnte er sich jedoch beruhigen. Wenn man ihn hätte morden wollen, würde das doch wohl schon geschehen sein. Da er noch in dieser Welt war, stellte man jedenfalls nicht seinem Leben nach, sondern die Angreifer, wer sie auch sein mochten, hatten wohl keine andere Absicht, als sich seiner Person zu bemächtigen.

Warum und zu welchem Zwecke aber das?

Diese Frage war schwer zu beantworten. Diebe? . . . Die hätten sich kaum die Mühe genommen, ihr Opfer mit einem solchen Luxus von Vorsichtsmaßregeln zu fesseln, wenn ein Dolchstoß ihnen schneller und sicherer geholfen hätte. Wie heruntergekommen mußten auch Diebe sein, die der dürftige Inhalt der Jolle zu einem solchen Überfalle verleiten konnte!

Handelte es sich um einen Akt der Rache? Das schien noch unmöglicher zu sein. Ilia Brusch hatte keine Feinde. Die einzigen Feinde Ladkos, die Türken, konnten gar nicht ahnen, daß sich der bulgarische Patriot unter dem Namen eines Fischers verbarg, und selbst wenn sie davon unterrichtet gewesen wären, war er doch keine so außerordentlich wichtige Persönlichkeit, daß sie so weit von der Grenze, fast im Herzen des österreichischen Kaisertums, einen solchen Gewaltakt gewagt hätten. Übrigens würden ihn auch die Türken, noch sicherer als einfache Diebe, jedenfalls auf der Stelle umgebracht haben.

In der Überzeugung, daß dieses Geheimnis, wenigstens augenblicklich, doch nicht zu durchschauen wäre, hörte Serge Ladko als praktischer Mann auf, darüber nachzudenken und verwendete seine ganze Intelligenz nur darauf, zu beobachten, was nun folgen würde, sowie – wenn es solche gab – die Mittel zu suchen, seine Freiheit wieder zu erlangen.

In der jetzigen Lage konnte er freilich nicht viele Beobachtungen anstellen. Starr und steif durch den Druck des seinen Körper in vielen Spiralen umgebenden Strickes, war ihm selbst die geringste Bewegung unmöglich, und die Binde saß so fest über seinen Augen, daß er nicht hätte sagen können, ob es Tag oder Nacht wäre. Das erste, dessen er sich bewußt wurde, als er seine ganze Aufmerksamkeit im Gehörsinn konzentrierte, war, daß er in einem Boote lag, wahrscheinlich in seinem eignen, und daß dieses unter dem Antrieb kräftiger Arme schnell dahinglitt. Er hörte nämlich deutlich das Knarren der Riemen an den Bordwandpflöcken und das Rauschen des an den Seiten des Fahrzeugs dahinfließenden Wassers.

In welcher Richtung sich das Boot bewegte, war eine zweite Frage, deren Lösung ihm ziemlich leicht gelang. Er fühlte nämlich deutlich einen Temperaturunterschied zwischen der linken und rechten Seite seines Körpers. Die leichte Erschütterung des Fahrzeugs bei jedem Ruderschlage verriet ihm, daß er in der Richtung von dessen Bewegung lag, und da die Sonne, als er überfallen wurde, kaum über den Meridian hinaus war, schloß er daraus leicht, daß die eine Seite seines Körpers im Schatten der Wand des Fahrzeugs lag und daß dieses sich von Westen nach Osten und mit der Strömung in derselben Richtung wie früher bewegte, als es noch seinem rechtmäßigen Eigentümer gehorchte.

Zwischen denen, die ihn jetzt in ihrer Macht hatten, wurde kein einziges Wort gewechselt. Kein menschlicher Laut schlug an sein Ohr, außer dem »He!« der Schiffer, wenn die sich in die Riemen legten. Die schweigsame Fahrt hatte etwa anderthalb Stunden gedauert, als die Sonnenwärme sein Gesicht traf und ihn erkennen ließ, daß man nun nach dem Süden steuerte. Den Lotsen verwunderte das nicht. Seine gründliche Kenntnis des Verlaufs des Flußbettes sagte ihm, daß man nach dem Bogen kam, den dieses gegenüber dem Pilisberge beschreibt. Darauf mußte bald eine Wendung nach Osten und dann noch Norden bis zu dem äußersten Punkte folgen, von wo aus die Donau sich fast durchgängig der Balkanhalbinsel zuwendet.

Seine Annahme bestätigte sich nur teilweise. Gerade, als man nach Serge Ladkos Berechnung in der Mitte der Bucht am Pilis war, hörte das Geräusch von den Riemen plötzlich auf, und während die Jolle noch weiterglitt, wurde eine rauhe Stimme hörbar.

»Den Bootshaken her«, befahl einer der unsichtbaren Angreifer.

Fast gleichzeitg erfolgte ein Stoß, dem ein Scharren folgte, als ob die Bordwand einen harten Körper streifte, und dann fühlte sich Serge Ladko emporgehoben und wie von Hand zu Hand weitergegeben.

Offenbar hatte die Jolle an einem größern Fahrzeug angelegt, auf dem der Gefangene ganz wie ein Frachtstück untergebracht wurde. Dieser spitzte vergeblich das Ohr, um dabei einige Worte aufzuhaschen; es wurde aber keine Silbe gesprochen. Die Kerkermeister verrieten sich nur durch die Berührung mit ihren groben Händen und durch den keuchenden Atem ihrer Lungen.

Hin und her geworfen und nach allen Richtungen gezerrt,

kam Serge Ladko gar nicht dazu, einen Gedanken zu fassen. Erst emporgehißt, ließ man ihn dann an einer Art langen Leiter hinuntergleiten, die ihm am Rücken arge Schmerzen verursachte. Aus den Stößen, die er dabei empfand, entnahm er, daß er durch eine enge Öffnung hinuntergelassen wurde, und nach roher Beseitigung einiger seiner Fesseln und der Augenbinde warf man ihn endlich wie ein Paket noch ein Stück hinunter, während gleich das dumpfe Geräusch einer sich schließenden Klappe über ihm hörbar wurde.

Es dauerte lange, ehe der von der Erschütterung halbbetäubte Serge Ladko wieder zum Bewußtsein seiner selbst kam. Danach aber erschien ihm seine Lage gebessert: er konnte ja wieder sprechen und die Augen gebrauchen. Wenn seine Feinde einen Knebel des Mundes jetzt für unnötig hielten, lag das daran, daß doch niemand einen Schrei von ihm hören könnte, und die Entfernung der Binde war ihm ja auch nicht von besonderm Nutzen. Vergebens öffnete er die Augen; rings um ihn war es dunkel, und wie dunkel! Nach dieser Wahrnehmung sagte sich der Gefangene, daß er in den Frachtraum eines Schiffes geschafft worden sei, und erschöpfte sich mit nutzlosen Bemühungen, einen schwachen Lichtstrahl an der Luke durchschimmern zu sehen. Doch nichts . . . nichts. Hier herrschte nicht die Dunkelheit eines Kellers, worin es dem Auge noch möglich ist, einen schwachen Lichtschein zu unterscheiden, hier herrschte eine völlige Finsternis, die nur der des Grabes zu vergleichen war.

Wie viele Stunden verflossen nun so? Serge Ladkos Schätzung nach mußte es Mitternacht sein, als ein durch die Entfernung gedämpfter Lärm sich erhob, der bis zu ihm herunterdrang. Da gingen und liefen Leute hin und her. Dann kam das Geräusch näher. Schwere Kolli wurden über ihm hingeschleppt, und er hätte darauf schwören mögen, daß ihn nur eine Bretterwand von den unbekannten Arbeitern trennte.

Das Geräusch näherte sich immer mehr. Neben ihm wurden, ohne Zweifel hinter einer der Scheidewände, die sein Gefängnis begrenzten, mehrere Stimmen laut, ohne daß er jedoch ein Wort verstehen konnte.

Bald wurde es wieder ruhiger, und von neuem herrschte Stillschweigen um den unglücklichen Lotsen, den das undurchdringliche Dunkel umgab.

Serge Ladko schlief endlich ein.

Elftes Kapitel

In der Gewalt eines Feindes

Nachdem Karl Dragoch und seine Leute sich zurückgezogen hatten, waren die Sieger zuerst auf dem Kampfplatze geblieben, um einem etwa wiederholten Angriffe zu begegnen, während der Wagen schon nach der Donau zu hinrollte. Erst als so lange Zeit verstrichen war, daß die Polizeitruppe endgültig abgezogen war, machte sich die Bande auf den Befehl ihres Anführers selbst auf den Weg.

Bald hatte sie den von hier nur fünfhundert Meter entfernten Strom erreicht. An diesem wartete der Wagen vor einer Schute, deren dunkle Masse man wenige Meter vom Ufer erkannte.

Die Strecke war gering und die Arbeiterschar zahlreich. In kurzer Zeit war die Ladung des Wagens mittels zweier hin- und hergezogener Fähren an Bord der Schute befördert. Dann fuhr diese ab und verschwand in der Nacht, während die meisten von den Mitkämpfern auf der Waldblöße sich nach Empfangnahme eines Beuteanteils nach allen Richtungen hin zerstreuten. Von dem kurz vorher verübten Verbrechen war keine weitere Spur übrig als ein Haufen Pakete, der auf dem Deck des Fahrzeugs umherlag, worauf sich nur acht Mann eingeschifft hatten.

Tatsächlich bestand die berüchtigte Bande der Donau nur aus diesen acht Männern. Die übrigen bildeten bloß einen geringen Teil gelegentlicher Helfershelfer, die je nach Bedarf in der gerade heimgesuchten Gegend herangezogen wurden. Sie blieben aber der eigentlichen Ausführung der frechen Handstreiche fremd und dienten nur als Träger oder Wachtposten, bis es sich darum handelte, die erraffte Beute nach dem Strom zu befördern.

Diese Organisation war offenbar recht geschickt. Die Bande verfügte damit längs des ganzen Laufs der Donau über sehr zahlreiche Hilfskräfte, von denen nur wenige wußten, zur Unterstützung welcher Schandtaten sie sich hergaben. Aus der ungebildetsten Menge ausgesucht, im allgemeinen verrohte Geschöpfe, glaubten sie, nur an gewöhnlichen Schmugglergeschäften teilzunehmen, und verlangten auch gar nicht mehr zu wissen. Nie war ihnen eingefallen, sich eine Beziehung zwischen dem, der die Expeditionen, woran sie teilnahmen, leitete, und dem berüchtigten Ladko vorzustellen, der ihnen seinen Namen verheimlichte, aber ein fremdartiges Vergnügen daran fand, auf jedem Schauplatz seiner Schandtaten irgendeine Spur von sich zu hinterlassen.

Ihre Gleichgültigkeit wird weniger überraschend erscheinen, wenn man bedenkt, daß diese längs der ganzen Donau begangenen Verbrechen stets örtlich sehr weit voneinander entfernt vorkamen. Die öffentliche Aufregung hatte also zwischen jedem solchen Zeit genug, sich zu legen. Nur auf den Polizeiämtern, wo alle Klagen der Uferbevölkerung einliefen, hatte der Name Serge Ladkos eine so traurige Berühmtheit erlangt. In den Städten widmete ihm die bürgerliche Gesellschaft infolge der oft hochtrabenden Berichte der Zeitungen sogar ein gewisses Interesse, für die Bauern war er jedoch nur ein Übeltäter wie jeder andre, von dem man einmal zu leiden gehabt hat und den man später nicht wiedersieht.

Die acht an Bord der Schute verbliebenen Männer kannten dagegen untereinander alles und bildeten eine wirkliche Räuberbande. Auf ihrem Schiffe fuhren sie ununterbrochen die Donau hinauf oder hinunter. Wo sich dann Gelegenheit zu einem nutzenversprechenden Handstreiche zeigte, hielten sie an, zogen aus der Umgegend das nötige Personal zusammen und fuhren nach Unterbringung der Beute in ihrem schwimmenden Versteck auf der Suche nach andern Gelegenheiten zu Schandtaten weiter.

Wenn die Schute dann gefüllt war, segelten sie aufs Schwarze Meer hinaus, wo ein zu ihrer Verfügung stehender Dampfer an einem bestimmten Tage sie erwartete. Auf diesen übergeladen, wurden die gestohlenen oder sogar um den Preis eines Mordes erworbenen Schätze zu einer gewöhnlichen Schiffsfracht, die in entlegenen Ländern leicht veräußert werden konnte.

Es war nur eine Ausnahme, daß die Bande in der vergangenen Nacht in geringer Entfernung von ihrem letzten Verbrechen von sich reden gemacht hatte. Gewöhnlich beging sie einen solchen Fehler nicht, der bei häufigerer Wiederholung bei den ununterrichteten Helfern, deren sie sich in jedem Lande bediente, hätte Verdacht erwecken können. Diesmal hatte ihr Anführer aber einen besondern Grund gehabt, sich nicht zu entfernen, und wenn das auch nicht der von Karl Dragoch vermutete war, als er in Wien mit Friedrich Uhlmann sprach, so spielte die Persönlichkeit des Polizisten hierbei doch eine gewisse Rolle.

Vom Anführer der Bande, der von seinem »zweiten Offizier« Titscha begleitet war, in Wien erkannt, war seine Fährte, ohne daß er es ahnte, von einer Anzahl jener ortsangehörigen Helfer, denen man nur das Wesentlichste mitgeteilt hatte, unablässig verfolgt worden, und die Schute sollte der Jolle immer nur um einige Kilometer vorausfahren. In einem meist offenen und von Polizisten überwachten Landstrich erlitt diese Spionage natürlich häufiger eine Unterbrechung, und der Zufall hatte es gefügt, daß Karl Dragoch und sein Wirt niemals beisammen gesehen wurden. Nichts hatte daher vermuten lassen, daß die Jolle zwei Insassen trug, und folglich konnte auch der Gedanke nicht aufkommen, daß hier ein Irrtum möglich wäre.

Bei Einrichtung dieser Überwachung träumte der Banditenchef von einem Meisterstreiche. Den Detektiv umzubringen? Daran dachte er, wenigstens für den Augenblick, nicht, er wollte sich seiner zunächst nur bemächtigen. Hatte er Karl Dragoch erst in der Hand, so konnte er, wenn ihn jemals eine Gefahr bedrohte, ihn wie seinesgleichen behandeln.

Mehrere Tage hatte sich keine Gelegenheit zu einer solchen Entführung gezeigt. Entweder hielt die Jolle des Abends zu nahe an einem bewohnten Orte, oder es lag die Gefahr nahe, in ihrer Nachbarschaft auf einen der längs des Ufers verteilten Polizisten zu treffen, die ein Gewohnheitsverbrecher ja leicht als solche erkennen mußte.

Am Morgen des 29. August schienen die Verhältnisse endlich günstiger zu liegen. Das Unwetter der vorigen Nacht, das die Bande bei dem Einbruche in die Villa des Grafen Hagenau begünstigt hatte, mußte die vor oder hinter ihrem Vorgesetzten am Ufer umherstreifenden Polizisten mehr oder weniger zerstreut haben. Vielleicht war dieser jetzt allein und ohne Schutz. Das mußte genutzt werden.

Sofort nach Beladung des Wagens mit dem Raube aus der Villa war Titscha mit zwei der entschlossensten Leute abgeschickt worden. Der Leser weiß, wie sich die drei Abenteurer ihres Auftrags entledigt hatten und wie statt des Detektivs Karl Dragoch der Pilot Serge Ladko ihr Gefangener geworden war.

Bisher hatte Titscha seinen Vorgesetzten von dem glücklichen Ausgang seiner Mission nur mit wenigen, auf der Waldblöße gewechselten Worten unterrichten können, da das Erscheinen des Polizistentrupps alles Weitere verhinderte. Das sollte natürlich so bald wie möglich erfolgen, augenblicklich konnte von einer ausführlichern Berichterstattung aber keine Rede sein. Vor allem kam es jetzt ja darauf an, die zahlreichen Kolli, die auf dem Deck lagen, verschwinden zu lassen und in Sicherheit zu bringen, und damit beschäftigten sich ohne Zögern die acht die Besatzung der Schute bildenden Leute.

Entweder getragen oder indem man sie über schiefe Ebenen hingleiten ließ, wurden die Kolli zunächst ins Innere des Fahrzeugs geschafft, was nur wenige Minuten in Anspruch nahm; dann begann deren eigentliche Verstauung. Dazu wurde aber der Fußboden des Frachtraums aufgenommen, und dadurch entstand eine gähnende Öffnung, durch die man natürlich erwartet hätte, das Wasser der Donau zu sehen. Eine in diesen zweiten Raum hinuntergelassene Laterne erlaubte, darin eine Menge der verschiedensten Dinge zu sehen, die ihn schon zum Teil füllten. Noch war aber genug Platz, den Raub aus der gräflichen Villa in dem unentdeckbaren Versteck unterzubringen.

Außerordentlich pfiffig war die Schute eingerichtet, die gleichzeitig als Beförderungsmittel, als Wohnstätte und als unentdeckbares Sammelmagazin diente. Unterhalb des sichtbaren Fahrzeugs war diesem ein kleineres angefügt, dessen Deck den Fußboden des andern bildete. Dieses zweite etwa zwei Meter tiefe Fahrzeug hatte ein solches Deplacement, daß es das erste zu tragen und einen oder zwei Fuß über der Wasserfläche zu halten vermochte. Diesem Übelstande, der die Hinterlist leicht hätte verraten können, war dadurch abgeholfen worden, daß man das untere Schiff genügend belastete, so daß es vollständig versank und die Schute oben nur so weit über das Wasser emporragte, wie es der Fall sein mußte, wenn sie leer war.

Ihr Frachtraum war aber immer leer, da die gestohlenen Gegenstände sozusagen zwischen einem Doppelboden untergebracht wurden und ein dem sonst notwendigen Ballast gleiches Gewicht ersetzten, so daß von außen an der Schute keine Lageveränderung zu sehen war.

Das Fahrzeug, das ohne Last normalerweise nur einen Fuß hätte eintauchen sollen, hatte so freilich einen Tiefgang von sieben Fuß, was die Fahrt auf der Donau oft ernstlich erschwerte und die Hilfe eines gut unterrichteten Lotsen notwendig machte. Diesen Piloten hatte die Bande in Jackel Semo, einem ebenfalls aus Rustschuk stammenden Israeliten. Viel auf dem Strome tätig, hätte Jackel Semo bezüglich der Kenntnis des Fahrwassers und der Sandbänke sich vielleicht sogar mit Serge Ladko messen können. Mit sicherer Hand steuerte er die Schute durch die mit Felsen durchsetzten Stromschnellen, die man auf der Donau da und dort zu passieren hat.

Die Polizei konnte das Fahrzeug durchsuchen, soviel ihr beliebte. Sie konnte die äußere und die innere Höhe messen, ohne den kleinsten Unterschied zu finden. Sie konnte rundherum sondieren, ohne auf das Versteck unter Wasser zu treffen, das von der Seitenwand ein Stück zurücklag und so schlanke Linien hatte, daß es unmöglich war, es mit einem Senkblei zu erreichen. Alle derartigen Untersuchungen konnten nur zu dem Ergebnis führen, daß die Schute leer war und ins Wasser gerade nur weit genug eintauchte, sie im Gleichgewicht zu halten.

Was die üblichen Schiffspapiere betraf, war in dieser Hinsicht ebenso peinlich vorgesorgt worden. In allen Fällen und ob sie mit der Strömung hinab oder gegen sie hinaufsegelte, kehrte die Schute, wenn sie scheinbar Fracht suchte oder eine Ladung gelöscht hatte, allemal nach ihrem Heimathafen zurück. Je nach Wahl oder wie es am rätlichsten erschien, gehörte sie dann bald einem Herrn Constantinesco oder einem Herrn Wenzel Meyer, beide Kaufleute, der eine in Galatz und der andre in Wien. Die mit allen amtlichen Siegeln versehenen Papiere waren scheinbar so vollständig in Ordnung, daß es niemand in den Sinn kam, ihre Echtheit zu prüfen. Wäre das geschehen, so hätte man freilich weder einen Constantinesco in Galatz noch einen Wenzel Meyer in Wien gefunden.

In Wahrheit hieß der Eigentümer des Fahrzeugs Iwan Striga.

Der Leser erinnert sich vielleicht, daß dieser Name einem der möglichst wenig empfehlenswerten Einwohner von Rustschuk zukam, dem, der nach seinem vergeblichen Widerstand gegen die Vermählung Serge Ladkos mit Natscha Gregorewitsch aus der Stadt verschwunden war. Ohne daß man etwas Bestimmtes von ihm reden hörte, durchschwirrten die Luft doch recht schlimme Gerüchte über ihn, und die öffentliche Meinung beschuldigte ihn aller erdenklichen Verbrechen.

Hier täuschte sich die öffentliche Meinung nun einmal

nicht. Mit sieben andern Schandbuben seines Schlags hatte Iwan Striga eine Bande richtiger Piraten gebildet, die sich bald auf beiden Donauufern ruchbar machte.

Auf diese Weise einen leichten Weg zum Reichtum gefunden zu haben, das war ja schon etwas, sich dabei aber sicher zu stellen, war doch noch mehr. Diesen Zweck vor Augen, hatte er, statt seinen Namen und sein Gesicht zu verbergen, wie es vielleicht ein gewöhnlicher Verbrecher getan hätte, es vorgezogen, seinen Opfern gegenüber nicht anonym zu bleiben. Wohl zu verstehen, war es aber nicht sein wahrer Name, den er sie erfahren ließ, nein, frecherweise nahm er dazu den Serge Ladkos an.

Sich hinter einer angenommenen Persönlichkeit zu verstekken, um den Folgen einer Untat zu entgehen, das ist ja eine ganz gewöhnliche Taktik, Striga hatte sie hier aber doch durch die kluge Wahl des Namens, den er sich beilegte, erneuert.

Wenn der Name Ladko weder mehr noch weniger als andre geeignet war, eine Konfusion herbeizuführen und folglich, außer bei einer Ergreifung auf frischer Tat, den Verdacht von dem Schuldigen abzuleiten, so hatte dieser Name für ihn doch einige Vorteile, die ihm allein eigen waren.

Zunächst war Serge Ladko keine erfundene Person. Er existierte, wenn der Gewehrschuß, der ihn bei der Abfahrt von Rustschuk begrüßte, ihn nicht niedergestreckt hatte. Obgleich Striga sich gern rühmte, seinen Feind aus dem Wege geschafft zu haben, wußte er tatsächlich darüber nichts. Darauf kam auch bei einer etwaigen Untersuchung, die in Rustschuk stattfinden mußte, nicht viel an. War Ladko tot, so würde die Polizei nicht begreifen können, wie man dazu kam, ihn zu beschuldigen; lebte er aber noch, so würde sie einen Mann mit Fleisch und Bein finden, dessen Ehrenhaftigkeit so zweifellos war, daß jede Untersuchung gewiß zunächst niedergeschlagen wurde. Dann würde man freilich nach denen suchen, die das Unglück hatten, den gleichen Namen zu tragen, ehe man aber alle die Ladkos der Erde ausgekundschaftet hatte, floß gewiß noch viel Wasser die Donau hinunter.

Wenn aber die Verdachtsgründe schließlich gar dahin führten, den Schild der Ehrbarkeit Serge Ladkos zu beflecken, so wäre das für ihn (Striga) doppelt günstig. Außer daß es einem Missetäter immer angenehm sein wird, einen andern für sich in peinlicher Lage zu wissen, mußte ihm das hier um so angenehmer sein, als er seinem Opfer ja ewige Rache geschworen hatte.

Selbst wenn diese Erwägungen nun auch nicht jeder Kritik standhielten, mußte sie die Abwesenheit Serge Ladkos, dessen patriotische Mission niemand kannte, doch logisch erscheinen lassen. Warum war der Pilot weggegangen, ohne das verlauten zu lassen? Die Ortsabteilung der Strompolizei fing bereits an, sich diese Frage zu stellen, als Karl Dragoch enthüllte, was er für die Wahrheit hielt, und jedermann weiß, daß die Polizei, wenn sie erst Fragen aufgreift, diese selten wohlwollend beantwortet.

Die Sachlage war also in ihrer dramatischen Verschlingung klar: eine lange Reihe von Verbrechen, die eine beabsichtigte Ungeschicklichkeit immer einem gewissen Ladko aus Rustschuk zuschrieb, dem Piloten gleichen Namens, der infolge seiner Abwesenheit nur flüchtig, ganz flüchtig verdächtigt wurde, der Schuldige zu sein, während Hunderte von Kilometern entfernt ein Ladko, auf dem der schwerste Verdacht lastete, unter der Verkleidung des Fischers Ilia Brusch aufgespürt wurde, und Striga, der nach jedem Raubzuge sich wieder einfach als Bürger hinstellte, um unbehindert die Donau zu befahren.

Um seine Sicherheit jedoch nicht zu bedrohen, war es die erste Bedingung, jede kompromittierende Spur so schnell wie möglich zu beseitigen. Deshalb wurde heute nacht die neuerdings erlangte Beute wie gewöhnlich eiligst in das unentdeckbare Versteck geschafft. Das Geräusch des Verstauens war es gewesen, was der richtige Serge Ladko in seinem Käfig gehört hatte, der auf Kosten dieses submarinen Fahrzeugs hergestellt war und wo ihm unmöglich jemand Hilfe bringen konnte. Als das Fußbodenstück dann wieder eingesetzt war, stiegen die Leute nach dem Deck hinauf, dessen Luken verschlossen wurden. Nun konnte die Polizei getrost kommen.

Dabei war es früh drei Uhr geworden. Die von den Anstrengungen der letzten und denen der vorvergangenen Nacht erschöpfte Besatzung der Schute brauchte recht notwendig einige Ruhe; davon konnte jetzt aber keine Rede sein. Striga, dem daran lag, sich schnellstens von dem Schauplatze seines letzten Verbrechens zu entfernen, gab Befehl, gleich mit dem ersten Tagesgrauen abzufahren, ein Befehl, der ohne Murren ausgeführt wurde, da jeder das Gewicht der Gründe, die ihn diktierten, einsah.

Während die Mannschaft beschäftigt war, den Anker einzuholen und die Schute in die Strömung des Flusses zu bringen, ließ sich Striga nun berichten, wie die Expedition am Morgen verlaufen wäre.

»War ganz allein, der Bursche«, erklärte Titscha. »Den Dragoch wie einen Hecht beim ersten Netzauswerfen gefangen.«

»Hat er euch gesehen?«

»Das glaub' ich nicht; der hatte ganz andre Gedanken.«

»Wehrte er sich denn nicht?«

»Versucht hat er's, der Bube. Ich habe ihn bald alle machen lassen müssen, um ihn zur Ruhe zu bringen.«

»Getötet hast du ihn doch nicht?« fragte Striga lebhaft.

»Nein, das nicht; höchstens betäubt. Das tat ich, um ihn besser binden zu können. Ich war aber kaum damit fertig, als das Paket wieder zu atmen anfing, als säße es in Abrahams Schoß.«

»Und jetzt?«

»Jetzt befindet sich der Erzfeind im Frachtraum, natürlich im untern.«

»Weiß er, wie man ihn dahin gebracht hat?«

»Da müßte er doch ein gar zu großer Schlaumeier sein«, antwortete Titscha laut und widerlich lachend. »Du kannst dir wohl denken, daß ich weder den Knebel noch die Binde vergessen hatte. Die sind ihm erst abgenommen worden, als er im Käfig saß. Da kann er nun, wenn's ihm beliebt, Lieder singen und die Landschaft bewundern.«

Striga lächelte, ohne zu antworten, und Titscha fuhr fort:

»Ich habe getan, was du befohlen hast; doch wohin soll das führen?«

»Wär's nicht schon genug, die ihres Chefs beraubte Polizeibrigade in Unordnung zu bringen?« antwortete Striga.

Titscha zuckte mit den Achseln.

»Man wird da einfach einen neuen Chef ernennen.«

»Möglich, er ersetzt aber doch vielleicht den nicht, den wir hier in der Hand haben. Jedenfalls werden wir mit ihm reden können. Im Notfall liefern wie ihn gegen die Pässe aus, die wir brauchen werden. Es ist also wichtig, daß er am Leben bleibt.«

»Ja, das ist es«, gab Titscha zu.

»Hat denn einer daran gedacht, ihm etwas zu essen zu bringen?«

»Zum Teufel!« rief Titscha, sich hinter den Ohren krauend,

»das ist ganz vergessen worden. Na, zwölf Stunden zu fasten hat noch keinem Menschen geschadet, und ich werde ihm seine Mahlzeit bringen, sobald wir in Fahrt sind ... du müßtest sie ihm denn gerade selbst hinunterschaffen wollen, um zu sehen, wie's mit ihm steht.«

»Nein, nein, das nicht«, erwiderte Striga lebhaft. »Ich ziehe es vor, mich von ihm nicht sehen zu lassen. Ich kenne ihn nicht und er mich ebensowenig. Das ist ein Vorteil, den ich nicht missen möchte.«

»Du könntest ja eine Larve benützen.«

»Das würde bei Dragoch nicht viel nützen. Es ist für ihn gar nicht nötig, ihm das Gesicht zu zeigen. Die Größe, die Gestalt, selbst die geringste Einzelheit genügt ihm, die Leute wiederzuerkennen.«

»Dann muß ich ihm ja wohl oder übel seine Ration bringen.«

»Einer muß es doch übernehmen. Dragoch ist übrigens jetzt nicht gefährlich, und wenn er's einmal würde, werden wir uns zu schützen wissen.«

»Amen!« sagte dazu Titscha.«

»Augenblicklich«, fuhr Striga fort, »lassen wir ihn noch in seinem Käfig, doch nicht zu lange, er könnte uns sonst darin ersticken. Wenn wir morgen früh und nach meinem Weggange über Budapest hinaus sind, mag er in eine Kabine auf dem Deck geschafft werden.«

»Du hast also die Absicht wegzugehen?«

»Ja«, antwortete Striga. »Ich werde unsere Schute von Zeit zu Zeit verlassen, um am Ufer Erkundigungen einzuziehen und zu erfahren suchen, was man über unsern letzten Streich und über das Verschwinden Dragochs denkt.«

»Und wenn man dich nun festnimmt?« wendete Titscha ein.

»Keine Angst! Mich kennt hier niemand, und die Strompolizei, na, die ist jetzt gelähmt. Für die andern aber werde ich eine ganz neue Identität haben.«

»Welche denn?«

»Ich werde als der berühmte Ilia Brusch, als der Preisträger des Donaubundes, auftreten.«

»Welcher Gedanke!«

»Oh, ein vortrefflicher. Ich habe ja Ilia Bruschs Boot und borge mir nur noch seine Haut, wie es Karl Dragoch getan hat.«

»Wenn man von dir aber Fische haben will . . .?«

»Dann kaufe ich solche, um sie, wenn nötig, wieder zu verkaufen.«

»Du hast doch auf alles eine Antwort.«

»Sapperment, das versteht sich.«

Hiermit ging das Gespräch zu Ende. Die Schute wurde jetzt von der Strömung fortgetragen. Dazu wehte eine leichte Brise, die, wenn die Donau unterhalb Visegrad erst wieder in umgekehrter Richtung und nach Süden fließt, sehr günstig wirken mußte. Vorläufig hemmte die nördliche Brise den Lauf des Fahrzeuges, und Striga, dem daran lag, sich vom Schauplatz seiner Taten zu entfernen, ließ zwei lange Riemen einlegen, die helfen sollten, gegen den Wind aufzukommen.

Drei Stunden verstrichen, zehn Kilometer zurückzulegen und die erste Biegung des Stromes zu erreichen, und dann noch zwei weitere, über den Bogen hinauszukommen, den die Donau beschreibt, ehe sie geradenwegs nach Süden fließt. Ein wenig oberhalb von Waitzen konnten die Riemen endlich eingezogen werden, und unter dem Drucke eines Segels wurde der Lauf des Schiffes wesentlich schneller.

Gegen elf Uhr kam es an Sankt Andrä vorbei, wohin die beiden Wagenführer, Kaiserlick und Vogel, sich vergangene Nacht hatten begeben wollen. Anhalten wollte Striga hier nicht; die Schute fuhr also weiter nach Budapest zu, das jetzt etwa noch fünfundzwanzig bis dreißig Kilometer entfernt war.

Je weiter man nach Süden kam, desto ernster wurde das Bild der Landschaft. Schattige, grüne Inseln tauchten immer zahlreicher auf und ließen zwischen sich nur enge Kanäle, die sich für Schuten nicht eigneten und nur für kleine Lustfahrzeuge ausreichten.

Von diesem Teile der Donau an wird die Schiffahrt schon recht lebhaft. Hier treten oft Hindernisse ein, denn das Strombett wird zwischen den ersten Verzweigungen der Norischen Alpen und den letzten Ausläufern der Karpaten stark eingeengt. Zuweilen kommt es auch zu Strandungen oder Zusammenstößen, wenn die Steuerleute ein geringes Versehen begehen; die Unfälle verlaufen aber meist ohne ernste Beschädigungen. Gewöhnlich beschränkt sich das Unglück auf einen Zeitverlust. Geschrei und Streitigkeiten gibt es bei solchen Kollisionen aber genug.

Die Schute, deren Kapitän Striga war, gehörte jedoch zu denen, die am besten geführt wurden. Ziemlich groß – sie maß über zweihundert Tonnen –, trug ihr eigentliches Deck einen Oberbau, ein Spardeck, das am Hinterteile das Dach des Volkslogis bildete. Eine Spiere am Bug diente zum Aufhissen der Nationalflagge, und am Achter ermöglichte ein Steuer mit langen Haken es dem Piloten, das Fahrzeug in gewünschter Richtung zu halten.

Je weiter dieses hinunterkam, desto belebter wurde der Strom, wie das mit der Annäherung an große Städte ja immer der Fall ist. Leichte Dampfer und Segelschiffe, die mit Spazierfahrern oder Touristen besetzt waren, glitten zwischen den Inseln hin. Bald verdüsterte in der Ferne der Rauch von Fabrikschloten den Horizont und verkündete die Vororte von Budapest.

Da ereignete sich ein recht seltsamer Vorfall. Auf einen Wink Strigas drang Titscha mit einem Manne aus der Besatzung in das Volkslogis auf dem Hinterteile, woraus sie bald wieder hervorkamen. Sie führten eine Frau von schlanker Gestalt, deren durch einen Knebel halb verdeckte Züge man nur schwer erkennen konnte. Die Hände hinter den Rücken gebunden, ging die Frau zwischen den beiden Männern, ohne einen Widerstand zu versuchen, von dessen Nutzlosigkeit sie jedenfalls aus Erfahrung überzeugt war. Gewandt stieg sie die Leiter nach dem Frachtraume hinunter und schlüpfte dann in ein Abteil zwischen dem Doppelboden, dessen Lukendeckel sich über ihr schloß.

Nachher gingen Titscha und der andre wieder an ihre Beschäftigung, als ob nichts geschehen wäre.

Nachmittag gegen drei Uhr lief die Schute zwischen den Kais der Hauptstadt Ungarns ein, wo zur Rechten Buda, die alte türkische, und zur Linken Pest, die moderne Stadt, liegt. Jener Zeit war Buda noch weit mehr als in unsern Tagen eine der alten malerischen Städte, die unter dem alles ausgleichenden Fortschritt mehr und mehr verschwinden. Pest dagegen hatte, obgleich schon ein bedeutendes Gemeinwesen, noch nicht die wunderbare Entwicklung erfahren, die es später zu einer der schönsten Metropolen des östlichen Europas erhoben hat.

An beiden Ufern, vor allem auf dem linken, reihten sich Häuser mit Bogengängen und Terrassen aneinander an, überragt von den Glockentürmen in den Strahlen der Sonne goldig erglänzender Kirchen, so daß die lange Strecke der Kais einen ebenso vornehmen wie großartigen Eindruck machte.

Die Mannschaft der Schute hatte für das entzückende Bild aber keine Augen. Die Fahrt durch Budapest konnte für so verdächtige Leute leicht unangenehme Überraschungen bringen, und so beobachtete die Mannschaft nur den Strom selbst, auf dem sich viele Fahrzeuge kreuzten. Diese kluge Vorsicht erlaubte es auch Striga, rechtzeitig ein von vier Männern bewegtes Boot zu bemerken, das in gerader Linie auf die Schute zusteuerte. Da er es als ein Fahrzeug der Strompolizei erkannt hatte, gab er Titscha einen Wink, der sich ohne weitere Erklärung durch die Luke in den Frachtraum hinuntergleiten ließ.

Striga hatte sich nicht getäuscht. Nach wenigen Minuten lag das Boot an der Seite der Schute. Zwei Männer stiegen daraus an Bord.

»Der Schiffer?« fragte einer von ihnen.

»Der bin ich«, meldete sich Striga, während er einen Schritt aus der Reihe seiner Genossen hervortrat.

»Euer Name?«

»Iwan Striga.«

»Eure Nationalität?«

»Bulgare.«

»Woher kommt diese Schute?«

»Von Wien.«

»Und wohin ist sie bestimmt?«

»Nach Galatz.«

»Ihr Eigentümer?«

»Herr Constantinesco in Galatz.«

»Ist sie befrachtet?«

»Nein, leer. Wir sind auf der Rückfahrt.«

»Eure Papiere?«

»Hier sind sie«, sagte Striga, der schon dem Fragenden die verlangten Ausweise hinhielt.

»Es ist gut«, antwortete dieser, sie nach genauer Durchsicht zurückgebend. »Wir werden nur noch euern Frachtraum besichtigen.«

»Ganz nach Belieben«, sagte dazu Striga. »Ich muß Ihnen aber bemerken, daß das die vierte Untersuchung ist, der wir von Wien bis hierher unterworfen worden sind. Das ist nicht gerade angenehm.«

Der Polizist lehnte mit einem Zeichen jede persönliche Verantwortlichkeit für die Vorschriften, die er zu befolgen hätte, ab und stieg ohne eine weitere Antwort in den Frachtraum hinunter. Nichts verriet ihm hier, daß unter seinen Füßen zwei Menschen schmachteten, ein Mann auf der einen und eine Frau auf der andern Seite, beide zur Ohnmacht verdammt und außerstande, um Hilfe zu flehen. Die Besichtigung konnte keine lange Zeit in Anspruch nehmen. Der Raum war völlig leer, und es bedurfte also keines Ursprungszeugnisses für etwaige Frachtstücke, was die Sache sehr vereinfachte.

Der Polizist kam wieder zutage und begab sich, ohne weitere Fragen zu stellen, in sein Boot zurück, um neue Visitationen vorzunehmen, während die Schute langsam stromabwärts glitt.

Als man die letzten Häuser Budapests hinter sich hatte, schien die Zeit gekommen, sich mit der Gefangenen im Frachtraum zu beschäftigen. Titscha und ein Begleiter begaben sich dahin, um bald wieder hervorzukommen, wobei sie dieselbe Frau mit sich führten, die erst einige Stunden früher da unten eingesperrt worden war und die man jetzt wieder ins Volkslogis steckte. Die übrige Mannschaft schien sich um den Vorgang nicht zu bekümmern.

Erst in der Nacht wurde zwischen den Marktflecken Erasin und Adony, mehr als fünfzig Kilometer unterhalb von Budapest, haltgemacht, und am nächsten Tage brach man am frühen Morgen wieder auf. Im Laufe dieses Tages, des 31. August, wurde die Fahrt mehrmals unterbrochen, weil Striga sich wiederholt von dem Fahrzeuge entfernte, wozu er sich der gestohlenen, seiner Meinung nach Karl Dragoch gehörigen Jolle bediente. Ohne sich zu verbergen, landete er an verschiedenen Dörfern, deren Bewohnern gegenüber er sich für den berühmten Preisträger des Donaubundes ausgab, dessen Ruf doch auch bis zu ihnen gedrungen sein mußte, und dann knüpfte er Gespräche an, die er geschickt auf das, was ihm am meisten am Herzen lag, hinzulenken verstand.

Seine Ernte an Nachrichten fiel freilich sehr mager aus. Der Name Ilia Bruschs schien in dieser Gegend nicht allgemein bekannt zu sein. In Mohacs, Apatin, Neusatz oder Belgrad mußte das wohl anders liegen. Dahin wollte sich Striga aber nicht wagen, sondern sich darauf beschränken, Erkundigungen nur in Dörfern einzuziehen, wo die Überwachung jedenfalls nicht so streng gehandhabt wurde. Leider wußten aber die Bauern so gut wie gar nichts von dem Wettbewerb von Sigmaringen und machten Schwierigkeiten, sich ausfragen zu lassen. Sie kannten übrigens Karl Dragoch noch weniger als Ilia Brusch, und Striga verschwendete an sie vergeblich alle seine diplomatischen Kniffe.

Entsprechend der Verabredung vom vorigen Tage wurde Serge Ladko während der Abwesenheit Strigas herauf und in eine kleine Kabine gebracht, deren Tür fest verriegelt wurde ... vielleicht eine übertriebene Vorsichtsmaßregel, da der eng gefesselte Gefangene ja kein Glied regen konnte.

Die Tage vom 1. bis zum 6. September verliefen in völliger Ruhe. Gleichzeitig von der Strömung und von einem günstigen Winde getrieben, glitt die Schute mit der Geschwindigkeit von sechzig Kilometern in vierundzwanzig Stunden immer weiter hinunter. Sie wäre sogar noch schneller fortgekommen ohne die Verzögerungen, die sie wegen der wiederholten Ausflüge Strigas erlitt.

Während dessen Exkursionen hinsichtlich der Gewinnung spezieller Auskünfte immer ziemlich unfruchtbar blieben, hatte er wenigstens, unter Aufbietung aller seiner professionellen Talente, eines Tages einen Erfolg, die erhaltenen Auskünfte in andrer Beziehung auszunützen.

Das geschah am 5. September. An diesem Tage ankerte das Schiff vor einem kleinen Flecken namens Szuszek, wo Striga wieder einmal ans Land ging. Der Abend war schon vorgeschritten. Da die Bauern, die gewöhnlich mit der Sonne zu Bett gehen, sich bereits in ihre Wohnungen zurückgezogen hatten, ging er ganz allein dahin, als er ein recht behäbig aussehendes Haus erreichte, dessen Besitzer im Vertrauen auf die allgemeine Ehrlichkeit die Tür offengelassen hatte und wahrscheinlich in die Nachbarschaft gegangen war.

Ohne Zögern schlich sich Striga in das Haus hinein, das einen Laden enthielt, an den sich eine kleine Schreibstube anschloß. Aus einer Schublade die Tageskasse zu stehlen, dazu genügte ein Augenblick. Nicht zufrieden mit diesem geringfügigen Raube, entdeckte er noch im Innern eines Schrankes, den er leicht aufbrechen konnte, einen prall gefüllten Sack, der schon beim Herausnehmen einen metallischen Klang vernehmen ließ.

Mit seiner Beute beeilte sich Striga nun, seine Schute wieder zu erreichen, die, als der Tag anbrach, schon weit von hier weg war.

Das war das einzige kleine Abenteuer der Reise.

An Bord hatte Striga ganz anderes zu tun. Von Zeit zu Zeit verschwand er im Volkslogis und begab sich hier in eine Kabine, die der, wohin man Serge Ladko gebracht hatte, gegenüber lag. Manchmal dauerte ein solcher Besuch nur einige Minuten, manchmal zog er sich auch länger hin. Im zweiten Falle war es nicht selten, daß bis zum Deck hin ein heftig geführtes Gespräch hörbar wurde, wobei man die Stimme einer Frau unterscheiden konnte, die einem wütenden Manne mit aller Ruhe antwortete. Das Ende blieb dann immer dasselbe: die Mannschaft verhielt sich gleichgültig, während Striga wutschnaubend herausstürzte und sich beeilte, zur Beruhigung seiner Nerven das Fahrzeug zu verlassen.

Seine Erkundigungen betrieb er meist auf dem rechten Ufer. Auf dem linken, jenseits dessen sich die große Pußta unabsehbar ausdehnt, lagen nur wenige Weiler und Dörfer.

Die Pußta bildet die bedeutendste ungarische Ebene, die in mehreren hundert Kilometer Entfernung von dem transsilvanischen Gebirgszug begrenzt wird. Die hier vorhandenen Eisenbahnen durchschneiden eine ungeheure Strecke verlassenen Landes, umfänglicher Weiden und großer Sumpfgebiete, wo es von Wasservögeln wimmelt. Diese Pußta ist der reichlich gedeckte Tisch für unzählige Vierfüßler, für die Tausende und aber Tausende von Wiederkäuern, die den Reichtum Ungarns bilden. Klee- oder Maisfelder finden sich dagegen selten.

Die Breite des Stromes ist hier nun sehr beträchtlich, und zahlreiche Inseln und Eilande zerteilen seinen Lauf. Manche Inseln sind von sehr ansehnlichem Umfange und lassen auf jeder Seite eine Wasserstraße übrig, in der die Strömung eine große Schnelligkeit annimmt.

Fruchtbar sind diese Inseln nicht. Darauf stehen nur Birken, Espen und Weiden mitten in dem durch häufige Überschwemmungen abgelagerten Schlick. Daneben wird nur reichlich Heu geerntet, das schwer beladne Boote den Gehöften oder Weilern am Ufer zuführen.

Am 6. September ging die Schute mit Anbruch der Nacht vor Anker. Striga war eben abwesend. Er hatte weder Neusatz noch das diesem gegenüberliegende Peterwardein zu betreten gewagt, da er sich in den beiden nicht unbedeutenden Städten für zu gefährdet hielt, sondern war nur ans Land gegangen, um im Flecken Karlowitz, der gegen zwanzig Kilometer weiter unten liegt, seine Nachforschungen fortzusetzen. Auf seinen Befehl hatte die Schute erst zwei bis drei Kilometer stromabwärts haltgemacht, wo er sie mit Hilfe der Strömung wieder einzuholen gedachte.

Gegen neun Uhr am Abend war er von ihr nicht mehr weit entfernt. Besondere Eile hatte er ja nicht. So ließ er sich, in freundliche Gedanken versunken, von der Strömung hinabtragen. Sein Verhalten hatte sich bewährt. Niemandem war er verdächtig erschienen, und keiner hatte seinen Fragen gegenüber Schwierigkeiten gemacht. Erfahren hatte er dabei übrigens herzlich wenig. Die allgemeine Unkenntnis, die schon an völlige Gleichgültigkeit streifte, war ihm mehr ein günstiges Zeichen. In dieser Gegend hatte man offenbar nur sehr wenig und nichts Bestimmtes über die Raubgesellen der Donau gehört und wußte nicht das geringste von dem Verschwinden Karl Dragochs, das also auch keine Beunruhigung erregen konnte.

Anderseits schien die Aufsicht der Polizei, ob wegen der armseligen hiesigen Gegend oder weil diese ihren Chef verloren hatte, stark vermindert zu sein. Seit mehreren Tagen schon hatte Striga keinen Menschen gesehen, der etwas von einem Polizisten an sich gehabt hätte, und niemand sprach hier von der zwei- oder dreihundert Kilometer weiter oben so streng durchgeführten Überwachung des Stromes.

Alles sprach also dafür, daß die Schute glücklich das Ziel ihrer Fahrt, d.h. das Schwarze Meer, erreichen würde, wo ihre Ladung an Bord des bestimmten Dampfers übergeführt werden sollte. Morgen würde man jenseits Semlins und Belgrads sein. Dann mußte es genügen, sich am rechten Ufer zu halten, um gegen jede schlimme Überraschung geschützt zu sein. In Serbien ging ja infolge des Krieges mit der Türkei sozusagen alles drunter und drüber, und es war kaum anzunehmen, daß die Behörden am Strome ihre Zeit damit verschwenden würden, eine leere, stromabwärts segelnde Schute eingehender durchsuchen zu wollen.

Vielleicht war das überdies die letzte Fahrt Strigas. Vielleicht zog er sich als reicher, geachteter und ... glücklicher Mann zurück, das hoffte er wenigstens noch immer, wenn er an die Gefangne auf der Schute dachte.

Damit beschäftigte er sich, als seine Augen auf mehrere Kasten fielen, die Karl Dragoch und dessen Wirt solange als Lagerstatt gedient hatten, und sofort kam ihm der Gedanke, daß er während seines achttägigen Besitzes der Jolle noch gar nicht daran gedacht hatte, deren Inhalt zu untersuchen. Es war jetzt hohe Zeit, diese unbegreifliche Nachlässigkeit zu verbessern.

Zuerst nahm er einen Kasten an Steuerbord vor, den er im Handumdrehen erbrach. Darin fand er nur wohlgeordnete Stöße von Wäsche und Kleidungsstücke. Damit wollte Striga nichts zu tun haben, und so schloß er den Kasten und öffnete einen zweiten.

Dessen Unhalt unterschied sich nicht besonders von dem des ersten, und Striga wollte enttäuscht schon auf seine Durchsuchung verzichten, als er in einer Ecke einen ihn mehr interessierenden Gegenstand entdeckte. Wenn er aus den Bekleidungsartikeln nichts erfahren konnte, würde es mit dieser großen Brieftasche, die jedenfalls Papiere enthielt, doch wohl anders liegen. Obgleich Papier stumm ist, kommt in gewissen Fällen doch nichts seiner Beredsamkeit gleich.

Striga öffnete die Brieftasche, und entsprechend seiner Erwartung fand er darin verschiedne Schriftstücke, die er aufmerksam durchmusterte. Da waren Quittungen und mehrere Briefe, alle auf den Namen Ilia Brusch lautend, dann aber hafteten seine Augen, die sich vor Verwunderung weiter öffneten, auf dem Porträt, das früher schon Verdacht bei Karl Dragoch erregt hatte.

Zunächst war sich Striga nicht klar. Daß sich in der Jolle nur für Ilia Brusch bestimmte Papiere vorfanden, kein einziges aber, das den Namen des Polizisten trug, war doch einigermaßen auffallend. Vielleicht erklärte sich das aber auf höchst natürliche Weise. Karl Dragoch konnte ja, statt den Doppelgänger des Preisträgers des Donaubundes zu spielen, wie Striga bisher geglaubt hatte, mit dem Fischer übereingekommen sein, allein an dessen Stelle zu treten, und dann mochte er im Einverständnis mit dem wirklichen Ilia Brusch, um im Notfalle seine Identität nachweisen zu können, auch dessen Papiere übernommen haben. Warum aber der Name Ladko, dieser Name, unter dem Striga mit teuflischer List bei seinen Verbrechen auftrat? Und wie kam hierher das Bild jener Frau, auf deren Besitz er trotz vielfacher strenger Abweisungen noch immer nicht verzichtet hatte? Wer war nun der Eigentümer der Jolle, der hier ein so persönlich gewidmetes Bild besaß? Wem gehörte sie wirklich: Karl Dragoch, Ilia Brusch oder Serge Ladko, und welchen von diesen drei Männern, von denen ihn zwei ganz besonders interessierten, schleppte er hier als Gefangenen mit sich fort? Den letztgenannten behauptete er ja getötet zu haben mit dem Gewehrschusse, der einen von zwei Männern zu Boden gestreckt hatte, als diese aus Rustschuk über die Donau hin entwichen. Wenn er da wirklich schlecht gezielt hätte, würde er schon besser zielen, wenn er statt des Polizisten den Piloten in seiner Gewalt hatte, den er dann gewiß nicht verfehlte. An dem konnte ihm ja als Geisel nichts gelegen sein. Ein Stein an den Hals, das genügte, und, befreit von einem tödlichen Feinde, hätte er damit gleichzeitig das wichtigste Hindernis beseitigt, das sich seinen mit ungeschwächtem Trotze verfolgten Plänen entgegenstellte.

Ungeduldig, hierüber Gewißheit zu erhalten, hatte Striga, der das entdeckte Bild bei sich behielt, ein Ruder ergriffen und die Jolle schneller fortgetrieben.

Bald tauchte die Masse der Schute in der Finsternis auf. Er legte daran schnell an, sprang auf das Deck und begab sich, den Türschlüssel in der Hand, nach der gegenüberliegenden Kabine von der, die er gewöhnlich aufzusuchen pflegte.

Ladko hatte weniger als sein Kerkermeister die Wahl zwischen verschiedenen Erklärungen seines Abenteuers. Ihm erschien dieses Geheimnis immer so unenträtselbar wie bisher, und er hatte darauf verzichtet, den Gründen nachzuforschen, warum man ihn hier eingesperrt hielt.

Als er aus fieberhaftem Traume auf dem Fußboden seines Käfigs erwachte, war seine erste Empfindung die des Hungers. Schon waren vierundzwanzig Stunden seit seiner letzten Mahlzeit verflossen, und die Natur fordert allemal ihre Rechte, was uns auch zugestoßen sein oder erregt haben mag.

Erst faßte er sich in Geduld, bald wurde der Hunger aber quälender, und er verlor die schöne Ruhe, die er sich bisher bewahrt hatte. Wollte man ihn hier an Nahrungsmangel zugrunde gehen lassen? Da rief er laut; niemand antwortete ... noch lauter, derselbe Erfolg, endlich hatte er sich ganz heiser geschrien, ohne damit etwas zu erreichen.

Vor Verzweiflung außer sich, versuchte er seine Fesseln zu sprengen. Die waren aber fest, und vergeblich wälzte er sich auf dem Boden umher, um unter Anspannung aller Muskeln seine Stricke zu zerreißen.

Bei einer dieser krampfhaften Bewegungen stieß er mit dem Gesicht an etwas, das neben ihm lag. Not schärft die Sinne.

Serge Ladko erkannte in dem Funde sogleich ein Stück Brot und Speck, die man ihm jedenfalls während seines Schlafes gebracht hatte. In seiner Lage war es freilich nicht leicht, sich diese Aufmerksamkeit seiner Häscher zunutze zu machen. Die Not macht aber auch erfinderisch, und nach mehreren vergeblichen Versuchen gelang es ihm, ohne Hilfe der Hände etwas zu essen.

Nach Stillung seines Hungers verliefen die Stunden langsam und eintönig weiter. Bei der herrschenden Stille schlug etwas wie Murmeln oder Rascheln vom Winde bewegter Blätter ihm ans Ohr. Das Fahrzeug, das ihn trug, bewegte sich offenbar und durchschnitt wie ein Keil die Wellen des Flusses.

Er wußte nicht, wie viele Stunden verstrichen waren, als ein Deckel über ihm aufgeschlagen und eine Ration Nahrungsmittel, gleich der, die er nach seinem ersten Schlafe vorgefunden hatte, an einer Schnur durch die Öffnung herabgelassen wurde, durch die gleichzeitig ein schwacher Lichtschein bis zu ihm hinunterdrang.

Wiederum vergingen zwei Stunden, dann öffnete sich der Deckel von neuem. Ein Mann stieg herunter, näherte sich dem regungslosen Körper, und Serge Ladko fühlte zum zweitenmal, daß man ihm den Mund mit einer breiten Binde fest verschloß. Fürchteten die andern etwa sein Geschrei und daß ihm dadurch Hilfe kommen könnte? Jedenfalls, denn der Mann war kaum wieder hinaufgestiegen, als er über sich hin und her gehen hörte. Er wollte rufen . . . kein Laut kam über seine Lippen. Das Geräusch der Schritte hörte auf.

Die erhoffte Hilfe mußte schon weit sein, denn kurz darauf kam wieder einer zu ihm, der ihm ohne weitere Erklärung die seinen Mund verschließende Binde wieder abnahm. Wenn man ihm jetzt gestattete, zu rufen, konnte das jedenfalls keine Gefahr mehr bringen; doch wozu hätte es genützt?

Nach der dritten den frühern ganz gleichen Mahlzeit mußte er länger warten. Gewiß war es schon Nacht. Serge Ladko berechnete, daß seine Gefangenschaft jetzt etwa achtundvierzig Stunden währte, als der Deckel sich wiederum öffnete und eine eiserne Leiter heruntergelassen wurde, über die vier Männer in seinen Käfig hinabstiegen.

Serge Ladko hatte keine Zeit, die Züge dieser Männer zu erkennen. Schnell wurde ihm wieder ein Knebel auf den Mund und eine Binde über die Augen gelegt, und so, zum blinden und stummen Pakete verwandelt, wurde er wie das erste Mal von Hand zu Hand weitergegeben.

An den Stößen, die er empfing, erkannte er die enge Öffnung, durch die er, nur in umgekehrter Richtung, schon einmal geschafft worden war. Die Leiter, die ihm so viele Schmerzen verursacht hatte, war dieselbe, und er litt davon ebenso, als man ihn jetzt hinaufhißte. Dann folgte eine kurze waagerechte Strecke, und endlich fühlte er, wie ein Ballen auf den Boden geworfen, daß er wie vorher von Knebel und Binde befreit wurde. Kaum hatte er aber die Augen geöffnet, als eine Tür krachend zuschlug.

Serge Ladko blickte umher. Wenn er auch nur sein Gefängnis vertauschen sollte, war das jetzige doch weit erträglicher als das frühere. Durch ein kleines Fenster strömte Licht herein, wobei er sehen konnte, daß seine Ration neben ihm lag, die er früher nur tastend suchen mußte. Das Licht der Sonne machte ihm neuen Mut, so daß ihm seine Lage weniger trostlos erschien. Hinter diesem Fenster wohnte die Freiheit ... die galt es nun zu erringen.

Lange verzweifelte er, ein Mittel dazu zu finden. Endlich, als er sich zum tausendsten Male in seiner Kabine umsah, entdeckte er nahe der Wand eine vom Fußboden bis zur Decke reichende dünne Eisenplatte, die wahrscheinlich im Fall des Bedarfs zur Verbindung der Bohlen der Bordwand dienen sollte. Die Eisenplatte stand von der Wand etwas ab, und wenn sie auch keine schneidende Kante zeigte, war es doch vielleicht möglich, sie zum Durchscheuern, wenn auch nicht gerade zum Zerschneiden seiner Armfesseln zu benutzen. So schwierig das auch erschien, den Versuch mußte er doch unternehmen.

Nachdem es ihm mit vieler Mühe gelungen war, bis zu dem Eisenstück hinzukriechen, begann Serge Ladko sofort, daran mit dem Stricke zu reiben, der um die Handgelenke geschlungen war. Die fast vollständige Unbeweglichkeit infolge seiner Fesselung machte diese Arbeit freilich sehr schwierig, und da er die Hin- und Herbewegung der Arme nur durch einander ablösende Zusammenziehungen des ganzen Körpers ermöglichen konnte, blieb der Erfolg recht beschränkt. Außer daß seine Arbeit so nur langsam fortschritt, war sie auch höchst anstrengend, und alle fünf Minuten mußte der Pilot dabei ausruhen.

Zweimal täglich, zur Zeit seiner Mahlzeiten, mußte er sie

überhaupt unterbrechen. Es war immer derselbe Bursche, der ihm seine Nahrung brachte, und obwohl dieser sein Gesicht hinter einer Leinwandlarve verbarg, erkannte ihn Serge Ladko doch leicht wieder an seinen schon ergrauten Haaren und an der auffallenden Breite seiner Schultern. Obgleich er aber dessen Gesicht nicht sehen konnte, machte ihm die Gesamterscheinung des Mannes doch den Eindruck, als ob er ihm nicht unbekannt wäre. Dafür sprach – wenn auch nicht mit voller Sicherheit – seine mächtige Gestalt, sein schwerer Schritt und das halbergraute Haupthaar, das neben der Larve hervorquoll.

Seine Ration empfing er immer zu bestimmter Stunde, außer dieser Zeit betrat niemand sein Gefängnis. Nichts hätte auch die Stille ringsum gestört, wenn er nicht dann und wann gehört hätte, daß eine ihm gegenüber gelegene Tür geöffnet wurde. Dann drangen fast stets zwei Stimmen, die eines Mannes und die einer Frau, zu ihm herüber. Serge Ladko horchte gespannt, und seine Arbeit unterbrechend, bemühte er sich, diese Stimmen zu unterscheiden, die in ihm unbestimmte tiefe Gefühle wachriefen.

Abgesehen von solchen Zwischenfällen, aß der Gefangene zunächst, sobald ihn sein Kerkermeister verlassen hatte, und ging dann wieder eifrig an seine Arbeit.

Fünf Tage waren schon vergangen, seit er damit begonnen hatte, und er fragte sich noch immer, ob er denn dabei Fortschritte machte oder nicht, als gegen Abend des 6. September der Strick, der seine Hände fesselte, plötzlich zerriß.

Der Pilot mußte einen Freudenschrei unterdrücken, der ihm zu entfliehen drohte. Da ging seine Tür auf. Derselbe Mann erschien, der jeden Tag seine Zelle betrat und die gewohnte Ration neben ihn hinsetzte.

Sobald er sich wieder allein befand, wollte Serge Ladko die befreiten Arme bewegen, das war ihm aber zunächst unmöglich. Eine ganze lange Woche unbewegbar zusammengeschnürt, waren seine Arme und Hände wie gelähmt. Allmählich gewannen sie jedoch die Beweglichkeit in immer zunehmenderem Grade wieder. Nach einer Stunde gelangen ihm schon einige – anfangs ziemlich ungeschickte – Bewegungen und Versuche, nun auch seine Beine freizumachen.

Endlich war er frei oder hatte wenigstens den ersten Schritt zur Freiheit getan. Der zweite würde sein, durch das Fenster, das er jetzt mit den Händen erreichen konnte, zu entkommen. Durch dieses sah er die Donau, wenn auch nicht deren jetzt im Dunkeln liegendes Ufer. Die Umstände waren günstig. Draußen herrschte die tiefste Finsternis. Das müßte ein Schlaukopf sein, der ihn in der mondlosen Nacht, wo man keine zehn Schritt weit sehen konnte, wieder einfinge. Übrigens würde ja vor dem nächsten Morgen niemand in seine Zelle kommen, und wenn man dann seine Entweichung entdeckte, konnte er schon weit fort sein.

Eine ernste Schwierigkeit, noch mehr, eine materielle Unmöglichkeit, hielt ihn beim ersten Versuche zurück. Groß genug für einen schmiegsamen schlanken Jüngling, war das Fenster doch zu klein, einen erwachsenen und so stark gebauten Mann wie Serge Ladko hindurchzulassen. Nach vergeblicher Anstrengung mußte dieser erkennen, daß das Hindernis unüberwindbar sei, und so ließ er sich keuchend in sein Gefängnis zurückgleiten.

Wäre er also verurteilt, daraus nicht zu entkommen? Längere Zeit starrte er auf das dunkle Viereck des unerbittlichen Fensters, dann entledigte er sich, zu einem neuen Versuche entschlossen, seiner Kleidung und zwängte sich in die gähnende Öffnung, durch die er sich, koste es, was es wolle, hindurchdrängen wollte.

Bald blutig verletzt und mit knackenden Knochen brachte er doch erst eine Schulter, dann einen Arm hindurch, blieb aber mit der linken Hüfte an der Fensterbekleidung eingeklemmt und ebenso mit dem rechten Arm, so daß jede weitere Anstrengung nutzlos erschien.

Ladko, von dem ein Teil des Körpers frei hinaus und über dem Wasser hing, während seine Seiten durch die Reibung abgeschürft waren, fand diese Lage bald unerträglich. Da eine Flucht auf diese Weise unmöglich erschien, mußte er auf andre Mittel sinnen. Vielleicht gelang es ihm, die eine Fensterwange herauszureißen und damit die unpassierbare Öffnung zu erweitern.

Dann mußte er aber erst in sein Gefängnis zurückgleiten; Ladko sah jedoch bald ein, daß das unmöglich wäre. Er konnte jetzt weder vorwärts noch rückwärts, und, ohne um Hilfe zu rufen, schien er unabänderlich verurteilt, in dieser grausamen Lage auszuharren.

Vergeblich wand er sich hin und her . . . alles vergeblich.

Durch sein ungestümes Vorwärtsdringen hatte er sich in der eignen Falle gefangen.

Ladko schöpfte eben etwas Atem, als ein ungewohntes Geräusch ihn erzittern machte. Hier nahte gewiß eine neue und drohende Gefahr. Was während seiner Gefangenschaft zu dieser Stunde noch niemals geschehen war: Es kam jemand an seine Tür. Tastend suchte eine Hand das Schlüsselloch und fand dieses endlich.

Durch die Verzweiflung angespornt, spannte der Pilot alle Muskeln zu einer übermenschlichen Anstrengung an.

Draußen drehte sich der Schlüssel im Schlosse, womit der Riegel zurückschnappte ... dann erfolgte eine zweite Umdrehung ...

Zwölftes Kapitel

Im Namen des Gesetzes

Auf der Schwelle der offnen Tür blieb Striga zögernd stehen. In der Kabine war es pechfinster. Er konnte nichts unterscheiden als ein weniger dunkles Viereck, die Fensteröffnung in der Seitenwand. Irgendwo in einer Ecke lag jedenfalls der Gefangne; zu sehen war er nicht.

»Licht, Titscha, Licht!« rief Striga voller Ungeduld.

Titscha beeilte sich, eine Laterne herbeizubringen, deren flackernder Schein das Innre des Raumes erhellte. Als die beiden Männer sich darin flüchtig umgesehen hatten, wechselten sie einen erstaunten Blick. Die Kabine war leer. Auf dem Boden lagen die zerrissenen Stricke und nachlässig hingeworfenen Kleidungsstücke ... von dem Gefangnen aber keine Spur.

»Kannst du mir das erklären?« begann Striga.

Ehe er antwortete, ging Titscha an das Fenster und strich mit dem Finger über dessen Bekleidung.

»Entflohen«, sagte er dann, seinen geröteten Finger zeigend.

»Entflohen?« wiederholte Striga, der dazu einen lästerlichen Fluch ausstieß.

»Doch erst seit kurzer Zeit«, fuhr Titscha fort. »Das Blut ist noch ganz frisch. Übrigens hab' ich ihm kaum vor zwei Stunden sein Essen gebracht.«

»Und dabei hast du nichts Auffallendes bemerkt?«

»Nicht das geringste. Er war noch eingeschnürt wie bisher.«

»Schwachkopf!« knurrte Striga.

Die Arme halb ausbreitend, deutete Titscha durch diese Geste an, daß er nicht begreife, wie hier ein Entweichen möglich gewesen sei und daß er die Verantwortlichkeit dafür entschieden ablehnen müsse. Striga ließ diese bequeme Ausflucht nicht gelten.

»Ja, ein Schwachkopf bist du!« wiederholte er wütend und entriß dem andern die Laterne, womit er in der Kabine herumleuchtete. Du hättest deinen Gefangnen streng untersuchen müssen, statt dich auf dessen äußeres Aussehen zu verlassen. Da, sieh einmal das Eisen hier, das an einer Stelle vom Reiben wie poliert aussicht. Daran hat er den Strick, der seine Hände fesselte, durchgescheuert. Das hat natürlich mehrere Tage gedauert, und du, du hast gar nichts bemerkt! Nein, so dumm darf einer wahrlich nicht sein!«

»Donnerwetter!« stieß Titscha hervor, dem nun auch die Galle überzulaufen anfing. »Hältst du mich etwa für deinen Hund? Wenn dir so sehr viel daran lag, dich des Dragoch zu versichern, hättest du seine Bewachung selbst übernehmen sollen.«

»Die hätte ich besser durchgeführt«, erklärte Striga. »Und doch: War es denn wirklich Dragoch, den wir hier festhielten?«

»Wer meinst du denn, sollte es gewesen sein?«

»Ja, weiß ich's? Ich kann mich da ja auf sonst etwas gefaßt machen, wenn ich sehe, wie du einen Auftrag ausführst. Hast du ihn denn erkannt, als du ihn festnahmst?«

»Das kann ich nicht behaupten«, gestand Titscha. »Er kehrte mir gerade den Rücken zu.«

»Nun, da haben wir's ja . . .!«

»Das Boot hab' ich dagegen mit aller Sicherheit erkannt; das war bestimmt dasselbe, das du mir in Wien gezeigt hast. Das wenigstens steht fest.«

»Das Boot! Nur das Boot! Wie sah er denn aus, dein Gefangener? War er groß?«

Serge Ladko und Iwan Striga waren tatsächlich fast von gleicher Größe. Im Liegen erscheint ein Mensch bekanntlich aber wesentlich länger als im Stehen, und Titscha hatte den Piloten kaum anders als auf dem Fußboden seines Gefängnisses liegend gesehen. Im besten Glauben antwortete er daher:

»Einen Kopf größer als du.«

»Dann war es Dragoch nicht!« murmelte Striga, der wußte, daß er den Detektiv an Höhe übertraf.

Nach einigem Nachdenken fragte er weiter:

»Ähnelte der Gefangne vielleicht jemand aus deiner Bekanntschaft?«

»Aus meiner Bekanntschaft?« protestierte Titscha. »Keine Spur.«

»Na, könnte er vielleicht nicht . . . Ladko ähnlich sehen?«

»Nein, welcher Gedanke!« rief Titscha. »Warum zum Teufel willst du denn, daß Dragoch und Ladko einander ähnlich wären?«

»Ja, wenn unser Gefangner nun nicht Dragoch war?«

»Na, Ladko aber ebensowenig. Den kenne ich zum Kukkuck denn doch zu gut, um mich nicht täuschen zu lassen.«

»Antworte nur auf meine Frage«, verlangte Striga. »War er dem ähnlich?«

»Du träumst wohl«, widersprach Titscha. »Der Gefangne hatte zunächst keinen Bart, so wie Ladko.«

»Ein Bart läßt sich abschneiden«, warf Striga ein.

»Das geb' ich zu. Dann trug der Gefangne auch eine Brille.«

Striga zuckte die Achseln, als ob er auf dergleichen kein Gewicht legte.

»War er brünett oder blond?« fragte er.

»Brünett«, versicherte Titscha überzeugten Tones.

»Bist du dessen sicher?«

»Ohne jeden Zweifel.«

»Das wäre also Ladko nicht«, murmelte Striga von neuem. »Dann könnte es Ilia Brusch sein?«

»Welcher Ilia Brusch?«

»Der Fischer.«

»Bah!« entfuhr es Titscha. »Wenn der Gefangne nun aber weder Ladko noch Karl Dragoch war, hat's ja nicht viel zu bedeuten, daß er durchgegangen ist.«

Statt zu antworten, näherte sich jetzt Striga dem Fenster. Nach Prüfung der Blutspuren bog er sich hinaus und suchte vergeblich die Dunkelheit zu durchdringen.

»Seit wann mag er weg sein?« fragte er dann halblaut.

»Nicht länger als seit zwei Stunden«, versicherte Titscha.

»Wenn er schon zwei Stunden Vorsprung hat, wird er schon weit weg sein«, rief Striga, der seinen Zorn kaum noch bemeistern konnte.

Wieder nach einigem Nachsinnen fuhr er fort:

»Für den Augenblick wird nichts zu machen sein. Die Nacht ist zu finster. Da der Vogel nun einmal ausgeflogen ist ... na denn: Glück auf den Weg! Wir selbst werden kurz vor Tagesanbruch wieder abfahren, um so zeitig wie möglich jenseits von Belgrad zu sein.«

Noch einen Augenblick dachte er nach, dann verließ er, ohne ein weitres Wort, die Kabine und begab sich zu der gegenübergelegenen. Titscha lauschte. Zuerst hörte er nichts, dann drangen durch die geschlossene Tür aber Laute von Stimmen, die an Stärke immer zunahmen. Verächtlich die Achseln zuckend, schlich sich Titscha davon und suchte sein Bett auf.

Es war unrichtig, daß Striga die Vornahme sofortiger Nachforschungen für nutzlos gehalten hatte. Solche wären vielleicht nicht vergeblich gewesen, denn der Flüchtling war noch nicht weit weg.

Als er das Geräusch des Schlüssels im Schlosse vernahm, hatte Ladko mit verzweifelter Anstrengung das Hindernis überwunden. Unter dem heftigen Zuge seiner Muskeln war zuerst die Schulter und dann die Hüfte frei geworden, und dann war er wie ein Pfeil durch das enge Fenster geschnellt und mit dem Kopfe voran ins Wasser der Donau geflogen, das sich öffnete und ohne Geräusch über ihm wieder schloß. Als er nach kurzem Tauchen wieder an die Oberfläche kam, hatte ihn die Strömung schon ein gutes Stück weggetragen. Einen Augenblick später schwamm er am Achter der mit dem Bug stromaufwärts gewendeten Schute vorüber. Vor ihm war der Weg nun frei.

Hier galt es nun, nicht zu zögern. Jedenfalls mußte er sich noch eine Zeitlang stromabwärts treiben lassen. Vor einer Wiederergreifung sicher, wollte er dann an eins der Ufer schwimmen. Wo er hier auch hinkam, würde er freilich nackt erscheinen, was zur Quelle spätrer großer Schwierigkeiten werden konnte, er hatte aber keine Wahl. Das Wichtigste war, sich von dem schwimmenden Gefängnis zu entfernen, worin er so qualvolle Tage zugebracht hatte. Erst ans Land gelangt, gedachte er einen weitern Beschluß zu fassen.

Plötzlich tauchte in der Nacht vor ihm die dunkle Masse eines andern Fahrzeugs auf. Wie tief erregte es ihn da, als er darin seine eigne Jolle erkannte, die durch ein von der Strömung jetzt gespannt gehaltenes Tau mit der Schute verbunden war. Er packte instinktiv das Steuer und blieb einen Augenblick still daran hängen.

Durch die friedliche Nacht drangen Stimmen bis zu ihm; jedenfalls wurden die Begleitumstände seiner Flucht besprochen. So wartete er, nur den Kopf über dem schwarzen Wasser haltend, das ihn im übrigen mit seinem undurchdringlichen Schleier bedeckte.

Die Stimmen wurden erst lauter, dann schwiegen sie, und es herrschte wieder Stille. Sich an den flachen Bordrand anklammernd, zog sich Serge Ladko langsam in die Jolle hinein und verschwand unter deren Aufbau. Mit gespanntem Ohre lauschte er noch einmal. Er hörte nichts. Ringsum war alles still.

Unter dem Jollendache war es womöglich noch finsterer als draußen. Bei der Unmöglichkeit, etwas zu unterscheiden, tastete Ladko wie ein Blinder umher, um die ihm bekannten Gegenstände zu finden. Es schien, als wäre hier nichts angerührt worden. Hier lagen seine Angelgeräte, an dem Nagel dort hing noch die Otterfellmütze, die er selbst dahin gehängt hatte. Rechts befand sich seine Lagerstatt, links die, worauf Herr Jäger so lange Zeit geschlafen hatte. Warum standen aber die Kasten offen, die unter den Lagern angebracht waren? Waren die etwa erbrochen worden? Wegen der Finsternis untersuchte er nur mit zögernden Händen den Bestand seiner bescheidenen Schätze . . . Nein, gestohlen hatte man ihm nichts. Leibwäsche und Kleidungsstücke schienen in guter Ordnung zu liegen, wie er sie zurückgelassen hatte. Auch sein Messer fand er an derselben Stelle, wohin er es gelegt hatte. Dieses Messer öffnete Serge Ladko und kroch dann, platt am Boden liegend, nach dem Vordersteven des Fahrzeugs hin.

Das war aber eine Aufgabe! Die Ohren gespitzt, die Augen bei der Finsternis vergeblich weit geöffnet, beim geringsten Geräusch des Wassers still liegenbleibend, brauchte er zehn Minuten, sein Ziel zu erreichen. Endlich konnte er das Tau erfassen, das er mit kräftigem Zuge durchschnitt.

Das abgetrennte Tau schlug laut peitschend auf das Wasser auf. Mit hochklopfendem Herzen zog sich Ladko in die Jolle zurück. Es schien doch kaum glaublich, daß bei der tiefen Stille niemand den Fall des Taues gehört haben sollte ...

Nein ... nichts regte sich. Der Pilot, der sich allmählich wieder aufgerichtet hatte, überzeugte sich, daß er schon fern von seinen Feinden war. Kaum frei, hatte die Jolle natürlich angefangen hinabzutreiben, und es bedurfte da keiner Minute, bis sich zwischen ihr und der Schute die unübersteigbare Mauer der Nacht erhob.

Als er sich fern genug schätzte, nichts mehr zu fürchten zu haben, legte Serge Ladko ein Ruder ein, und einige Schläge damit genügten, die Entfernung noch mehr zu vergrößern. Jetzt erst bemerkte er, daß ihn fröstelte, und er ging daran, sich anzukleiden. Offenbar hatte niemand den Inhalt seiner Kasten angerührt, worin er ohne Mühe Leibwäsche und die nötigen Kleidungsstücke fand. Dann ergriff er die Riemen von neuem und begann wieder eifrigst zu rudern.

Wo er sich befinde, davon hatte er keine Idee. Über die Fortbewegung der Schute, worin er gefangen gesessen hatte, konnte ihn damals ja nichts belehren. Selbst ob sein schwimmender Kerker stromauf- oder stromabwärts gefahren war, wußte er nicht.

Er selbst mußte sich natürlich im Sinne der Strömung fortbewegen, denn in dieser Richtung lag Rustschuk und war Natscha. War er aber mit rückwärts befördert worden, so war es Zeit, den Wegverlust durch tüchtige Bewegung der Arme wieder einzubringen. Vorläufig wollte er die ganze Nacht weiter hinunterfahren, um sich von seinen unbekannten Feinden so weit wie möglich zu entfernen. Noch konnte er auf sieben Stunden Dunkelheit rechnen. In sieben Stunden ist schon ein Stück vorwärts zu kommen. Bei Tage würde er dann in der ersten Stadt oder Ortschaft, der er begegnete, der nötigen Ruhe pflegen.

Seit zwanzig Minuten ruderte Serge Ladko angestrengt dahin, als ein durch die Entfernung geschwächter Schrei ihm in der nächtlichen Stille ins Ohr schlug. Was er ausdrückte, Freude, Zorn oder Schrecken, das zu sagen, war der ferne Schrei zu flüchtig und unbestimmt gewesen. Und doch erfüllte diese Stimme, die vom fernen Horizonte herzukommen schien, das Herz des Piloten mit unklarer Erregung. Wo hatte er eine ähnliche Stimme gehört? ... Etwas mehr, und er hätte darauf geschworen, daß es die Natschas gewesen sei ... Da hatte er aufgehört zu rudern und lauschte nur gespannt auf das leise Raunen der Nacht.

Der Schrei wiederholte sich nicht. Rund um die Jolle, die von der Strömung lautlos hinabgetragen wurde, regte sich kein Laut. Natscha! . . . Er hat nur noch diesen Namen im Kopfe. Dann aber rüttelte er sich auf, verwarf seine plötzliche fixe Idee und ging wieder an die Arbeit.

Die Zeit verstrich. Es mochte jetzt Mitternacht sein, als auf dem rechten Ufer einige Häuser undeutlich sichtbar wurden. Diese gehörten nur zu einem Dorfe, Szlankamen, woran Ladko, ohne es zu erkennen, vorüberfuhr.

Einige Stunden später tauchte, als die Sonne eben erschien, ein andrer Flecken, Nove Banovcze, auf. Den beachtete er ebensowenig und fuhr daran vorbei.

Je heller es wurde, desto öder sahen die Ufer aus.

Bald darauf begann Serge Ladko mit der Ausbesserung der kleinen Veränderungen, die seine Verkleidung während der langen Haft erlitten hatte. In wenigen Minuten waren seine Haare von der Wurzel bis zur Spitze wieder ganz dunkel, der aufsprossende Bart abgeschoren und seine zerschlagene Brille durch eine neue ersetzt. Dann fing er wieder an, mit unermüdlichem Mute zu rudern.

Von Zeit zu Zeit warf er einen Blick nach rückwärts, konnte aber nichts Verdächtiges wahrnehmen. Die Feinde waren entschieden weit von ihm entfernt.

Von ihn unmittelbar lästigen Befürchtungen befreit, erlaubte ihm das Gefühl neugewonnener Sicherheit wieder, an die Eigentümlichkeit seiner Lage zu denken. Wer mochten wohl seine Feinde sein, die ihn zu dieser Flucht nötigten? Was hatten sie mit ihm vorgehabt, und warum hatten sie ihn so viele Tage in ihrer Gewalt behalten? Lauter Fragen, die er unmöglich beantworten konnte. Doch wer diese Feinde auch sein mochten, unbedingt mußte er sich fortan vor ihnen hüten, und diese Sorge bildete für seine Fahrt eine neue Schwierigkeit, wenn er sich nicht trotz der Gefahren, die ein solcher Schritt hatte, entschloß, den Schutz der Polizei, in der ersten Stadt, wohin er käme, gegen jene unbekannten Entführer anzurufen.

Welche Stadt das sein würde, wußte er ebensowenig, und nichts wies ihn auch nur einigermaßen darauf hin, denn an den verlassenen Ufern lagen nur elende Weiler weit entfernt voneinander.

Erst in der achten Morgenstunde erkannte er, immer am rechten Ufer hinfahrend, einige hoch aufragende Türme, während vor der Jolle noch weiter draußen eine andre Stadt am Horizonte auftauchte. Serge Ladko jubelte fast vor Freude: diese Städte kannte er nur zu gut. Die eine, die nähere, war Semlin, die letzte Stadt des österreichisch-ungarischen Gebietes an der Donau, die andre ihr ziemlich gegenüberliegende war Belgrad, die Hauptstadt Serbiens, die an einer scharfen Biegung des Stromes und an der Ausmündung der Save ebenfalls am rechten Ufer lag.

Während seiner Einsperrung war er also immer den Strom hinuntergekommen, das schwimmende Gefängnis hatte ihn seinem Ziele genähert, und ohne etwas zu ahnen, hatte er über fünfhundert Kilometer zurückgelegt.

Vorläufig bedeutete Semlin für ihn das Heil. Im Notfalle mußte er hier Schutz und Hilfe finden. Sollte er sich aber entschließen, diese zu suchen? Wenn er sich beklagte und sein unerklärliches Abenteuer schilderte, kam es doch zu einer Untersuchung, deren erstes Opfer er jedenfalls selbst war. Vielleicht wollte man da wissen, wer er wäre, woher er käme oder wohin er wollte, und vielleicht käme da sein Name an den Tag, den er – komme, was da wolle – sich zu verschweigen geschworen hatte.

Hierüber wollte er sich erst noch schlüssig machen, vorläufig beschleunigte Ladko nur den Gang seines Fahrzeugs. In der Stadt schlugen die Uhren halb acht, als er ein Tau an einem Ringe des Kais befestigte. Schnell brachte er auf der Jolle alles in Ordnung und erwog dann aufs neue die Frage, ob er reden oder schweigen sollte. Endlich entschloß er sich zu dem zweiten. Alles in allem war es doch ratsam, zu schweigen, unter seinem Schutzdache die wohlverdiente Ruhe zu suchen und sich von Semlin ebenso unbemerkt, wie er hierhergekommen war, auch wieder zu entfernen.

Da erschienen plötzlich vier Männer auf dem Kai und machten vor der Jolle halt. Dann sprangen sie in das Fahrzeug hinunter, und der eine näherte sich dem überraschten Serge Ladko mit der Frage:

»Ihr seid doch ein gewisser Ilia Brusch?«

»Ja«, bestätigte der Pilot mit einem unruhigen Blick auf den Fragesteller.

Dieser knöpfte darauf seinen Rock auf und ließ eine

Schärpe in ungarischen Farben sehen, die um seine Hüften gebunden war.

»Im Namen des Gesetzes verhafte ich euch!« sagte er, während sich seine Hand dem Piloten auf die Schulter legte.

Dreizehntes Kapitel

Eine Untersuchungskommission

Karl Dragoch konnte sich im ganzen Laufe seiner Amtstätigkeit keiner an unerwarteten Zwischenfällen so reichen und so geheimnisreichen Angelegenheit wieder erinnern wie der Verbrecherbande der Donau. Die unglaubliche Beweglichkeit dieser Rotte, die überall und nirgends auftauchte, und das Überraschende ihrer Streiche war etwas gar so Ungewöhnliches; ihr kaum aufgespürter Chef blieb dennoch unauffindbar und schien die gegen ihn von allen Seiten erlassenen Haftbefehle einfach zu verlachen.

Anfänglich glaubte man fast, daß er sich sozusagen verflüchtigt hätte, denn weder stromauf- noch stromabwärts war eine Spur von ihm zu entdecken. Auch die Polizei in Budapest hatte trotz schärfster Achtsamkeit nichts melden können, was auf ihn hinwies. Er mußte aber durch Budapest gekommen sein, da man ihn am 31. August in Duna-Földvar, neunzig Kilometer unterhalb der Hauptstadt Ungarns, gesehen haben wollte. Da ihm nicht bekannt war, daß die Rolle des Fischers jetzt von Iwan Striga gespielt wurde, dem sein Schiff immer Zuflucht bot, konnte Karl Dragoch den Zusammenhang nicht begreifen.

An den folgenden Tagen wurde sein Erscheinen von Szekszard, von Vukovar, Cserevics und von Karlowitz gemeldet. Ilia Brusch verbarg sich keineswegs. Im Gegenteil, er nannte seinen Namen jedem, der ihn hören wollte, und verkaufte auch dann und wann einige Fische. Manche behaupteten freilich, sie hätten ihn beim Einkauf derselben Fische überrascht, und das erschien doch etwas merkwürdig.

Der angebliche Fischer bewies in jedem Falle eine teuflische Gewandtheit; die sofort bei seinem Erscheinen benachrichtigte Polizei mochte noch so schnell herbeieilen, sie kam doch immer zu spät. Vergeblich streifte sie dann am Strome auf und ab, von der Jolle, die geradezu verdunstet zu sein schien, war auch nicht die leiseste Spur zu entdecken.

Karl Dragoch verzweifelte fast, wenn er die fortwährenden Mißerfolge seiner Untergebenen vernahm. Sollte ihm das Wild wirklich unter den Händen entfliehen?

Immerhin war zweierlei gewiß. Erstens, daß der angebliche Preisträger noch immer den Strom hinunterfuhr, und zweitens, daß er die Städte, wahrscheinlich aus Furcht vor ihrer Polizei, zu meiden schien.

Karl Dragoch ließ deshalb die Überwachung in allen Städten von einiger Bedeutung unterhalb Budapest, wie in Mohacs, Apatin und Neusatz, verdoppeln, während er sein Hauptquartier in Semlin aufschlug. Diese Städte bildeten nun ebenso viele Dämme auf dem Wege des Flüchtlings.

Leider schien dieser nur über alle gegen ihn aufgetürmten Hindernisse zu lachen. Ebenso wie sein Vorüberkommen unterhalb Budapest beobachtet worden war, wurde es, doch immer zu spät, von Mohacs, Apatin und Neusatz gemeldet. Darüber ganz außer sich und im Bewußtsein, seine letzte Karte auszuspielen, zog er bald eine wirkliche Flottille zusammen. Auf seinen Befehl kreuzten über dreißig Boote Tag und Nacht unterhalb Semlins hin und her. Der Gegner mußte sehr geschickt sein, wenn er diese Sperre durchbrechen wollte.

So gut berechnet diese Maßregeln aber auch waren, würden sie doch keinen Erfolg gehabt haben, wenn Serge Ladko der Gefangne der Schute geblieben wäre. Zum Glück für Karl Dragochs Ruhe war das anders gekommen.

Der 6. September war unter diesen Verhältnissen verlaufen, ohne daß sich etwas Neues ereignet hatte, und Dragoch machte sich in den Morgenstunden des 7. September schon fertig, seine Flottille aufzusuchen, als zu ihm ein Polizist mit der Meldung kam, daß der Gesuchte festgenommen und ins Semliner Gefängnis gebracht worden sei.

Er stürmte sofort dahin. Der Polizist hatte die Wahrheit gesprochen: Der nur zu berühmte Ladko saß wirklich fest eingeschlossen.

Die Neuigkeit verbreitete sich mit Blitzesschnelle und brachte die ganze Stadt fast in Aufruhr. Man sprach gar nicht mehr von etwas anderm, und auf dem Kai drängten sich die Menschen den ganzen Tag vor der Jolle des berüchtigten Verbrechers.

Diese Ansammlungen konnten nicht verfehlen, auf einer Schute, die nachmittags um drei an Semlin vorbeikam, Aufmerksamkeit zu erregen. Die Schute, die friedlich den Strom hinunterschwamm, war die Strigas.

»Was gibt es denn dort in Semlin?« fragte er den getreuen Titscha, als er die Menschenmenge auf dem Kai bemerkte. »Das sieht ja wie ein Aufruhr aus.«

Er nahm das Fernrohr vor das Auge, das er aber bald wieder absetzte.

»Der Teufel soll mich holen, Titscha«, rief er, »wenn das nicht das Boot unsres Kabineninsassen ist!«

»Das glaubst du?« stieß Titscha, das Fernrohr zur Hand nehmend, hervor.

»Darüber muß ich Gewißheit haben«, erklärte Striga, der höchst erregt zu sein schien. »Ich werde sogleich ans Land gehen.«

»Wohl um dich festnehmen zu lassen?... Dieser Spitzbube! Wenn das Dragochs Boot ist, befindet sich Dragoch doch in Semlin. Du willst wohl dem Wolfe in den Rachen laufen?«

»Ja, du hast recht«, gab Striga zu, während er sich schon dem Volkslogis zuwendete. »Wir werden aber unsre Vorsichtsmaßregeln treffen.«

Eine Viertelstunde später erschien er wieder, aber meisterhaft verändert. Der Vollbart war abgeschnitten und durch einen falschen Backenbart ersetzt, die Haare lagen unter einer Perücke versteckt, eine breite Binde bedeckte das eine Auge, er stützte sich mühsam auf einen Stock und glich im ganzen einem Mann, der eben eine schwere Krankheit überstanden hatte.

»Na... jetzt?« fragte er, nicht ohne eine gewisse Eitelkeit.

»Vortrefflich!« rief Titscha verwundert.

»Nun paß auf«, fuhr Striga fort. »Während ich in Semlin bin, fahrt ihr ruhig weiter. Fünf bis sechs Kilometer unterhalb Belgrads werdet ihr ankern und meine Rückkehr abwarten.«

»Wie willst du aber wieder zu uns kommen?«

»Darum sorge dich nicht und sage nur Semo, daß er mich mit dem kleinen Fährboote übersetzt.«

Während das geschah, hatte die Schute Semlin schon hinter sich gebracht. Striga, der ziemlich weit von der Stadt ans Land gestiegen war, näherte sich den Häusern mit schnellen Schritten. Als er die erreicht hatte, mäßigte er seine Gangart, mischte sich unter die auf dem Kai stehenden Gruppen und lauschte gespannt auf die Worte, die rings um ihn gewechselt wurden.

Was er hier hörte, hatte er freilich nicht erwartet. Kein Mensch sprach auch nur ein Wort von Dragoch, alle unterhielten sich auch nicht von Ilia Brusch. Von Ladko war allein die Rede. Von welchem Ladko? Nicht von dem Piloten aus Rustschuk, dessen Name sich, wie der Leser weiß, Striga angeeignet hatte, sondern eigens von dem imaginären Ladko, von Ladko dem Verbrecher, Ladko dem Flußpiraten, kurz, von ihm, Striga, selbst. Seine eigene Verhaftung bildete den Gegenstand des allgemeinen Gesprächs.

Das konnte er denn doch nicht begreifen. Daß die Polizei einen Irrtum begangen und einen Unschuldigen an Stelle des Schuldigen verhaftet hatte, das war ja nicht besonders zu verwundern. Doch in welcher Verbindung stand dieser Irrtum, den er ja am besten als solchen erkennen mußte, mit dem hier liegenden Boote, das seine Schute noch gestern am Schlepptau gehabt hatte?

Es dürfte wohl nicht gerade als scharfsinnig betrachtet werden, daß er dieser Seite der Frage so viel Gewicht beilegte. Das wichtigste war es doch, daß an seiner Stelle ein andrer verfolgt wurde, und während man den im Verdacht hatte, würde sich ja niemand um ihn bekümmern. Das übrige war doch Nebensache.

Das wäre völlig zutreffend gewesen, wenn er keine besondern Gründe gehabt hätte, in dieser Beziehung klarzusehen. Allem Anschein nach mußten doch der Verhaftete und der jetzige Inhaber der Jolle dieselbe Person sein. Wer dieser Unbekannte aber war, der nach achttägiger Gefangenschaft auf der Schute deren Eigentümer so zuvorkommend in den Augen der Polizei vertrat, davon hatte er keine Ahnung. Striga wollte aber von Semlin nicht weggehen, ohne das ausgekundschaftet zu haben.

Er mußte sich jedoch mit Geduld wappnen. Der mit der Angelegenheit vertraute Richter, Izar Rona mit Namen, schien damit nicht die geringste Eile zu haben. Drei Tage verstrichen ohne ein Lebenszeichen von ihm. Dieses Verzögern gehörte zu seiner Methode. Er hielt es für höchst angebracht, einen Angeschuldigten erst ein paar Tage ganz allein zu lassen. Die Einsamkeit erschöpft die Nervenkraft gar sehr, und einige Tage

Isolierhaft erschlaffen wunderbar den Gegner, dem der Richter dann entgegentreten soll.

Achtundvierzig Stunden nach der Verhaftung entwickelte er diesen Gedanken ganz vor Karl Dragoch, der von ihm weitere Instruktionen haben wollte. Der Detektiv konnte seinem Vorgesetzten nun einmal nicht offen widersprechen.

»Und wann denken Sie, Herr Richter«, wagte er jedoch zu fragen, »das erste Verhör vorzunehmen?«

»Morgen.«

»Dann werd' ich morgen abend wiederkommen, das Ergebnis kennenzulernen. Ich glaube Ihnen nicht wiederholen zu brauchen, worauf sich die Verdachtsgründe stützen.«

»Nein, das wäre unnötig«, erklärte Rona. »Ich habe unsre frühern Gespräche frisch im Gedächtnis und mir auch ausführliche Notizen gemacht.«

»Sie erlauben mir aber wohl, Herr Richter, Sie an den Wunsch zu erinnern, den ich mir die Freiheit nahm, vor Ihnen zu äußern?«

»An welchen Wunsch?«

»Den, in dieser Angelegenheit, wenigstens ohne eine neue Aufforderung dazu, nicht vor Gericht zu erscheinen. Wie ich Ihnen mitgeteilt habe, kennt mich der Verhaftete nur unter dem Namen Jäger. Das kann uns vielleicht von Nutzen sein. Träfe ich mit ihm vor den Schranken zusammen, so müßte ich meinen wahren Namen angeben. Doch soweit ist es ja noch nicht, und es scheint mir wegen der Nachforschung nach Mitschuldigen vorteilhafter zu sein, mich nicht vorzeitig in die Bresche zu stellen.«

»Einverstanden«, versprach der Richter.

In der Zelle, worin er eingeschlossen war, wartete Serge Ladko darauf, daß man sich mit seiner Angelegenheit beschäftigen würde. So bald nach dem frühern Abenteuer hatte dieses neue, ihm ebenso wie das vorige unerklärliche Unglück seinen Mut nicht zu brechen vermocht. Ohne bei seiner Verhaftung den geringsten Widerstand zu versuchen, hatte er sich ruhig ins Gefängnis führen lassen, nachdem ihm auf eine Frage nach dem Grunde dieses Vorgehens keine Antwort erteilt worden war. Was drohte ihm denn auch? Die Verhaftung mußte sich notwendigerweise als ein Irrtum erweisen, der beim ersten Verhöre Aufklärung finden würde.

Leider ließ dieses erste Verhör recht lange auf sich warten.

Streng bewacht, blieb Serge Ladko Tag und Nacht in seiner Zelle allein. Nur dann und wann warf ein Wärter durch eine kleine, in der Tür ausgesparte Öffnung einen flüchtigen Blick zu ihm herein. Hoffte dieser Wärter, der Anordnung Izar Ronas entsprechend, sich erst von dem wachsenden Erfolge der Isolierung zu überzeugen? Dann mußte er sich freilich enttäuscht zurückziehen. Die Stunden und die Tage verstrichen, ohne daß in der Haltung des Gefangnen etwas eine Änderung seiner geheimsten Gedanken verriet. Auf einem Stuhle sitzend, die Arme auf die Knie gestützt, mit herabgesenkten Augen und kalten Gesichtszügen, schien er tief nachzudenken und bewahrte eine fast absolute Ruhe, ohne die geringste Ungeduld zu zeigen. Von der ersten Minute an hatte sich Serge Ladko gelobt, seine Ruhe zu bewahren, aus der ihn gar nichts reißen sollte. Im Laufe der Zeit begann er nur, sich mit Bedauern seines schwimmenden Gefängnisses zu erinnern, das ihn wenigstens Rustschuk näher brachte.

Am dritten Tage endlich – es war nun der 10. September – öffnete sich seine Tür, und er wurde aufgefordert, aus der Zelle herauszukommen. Von vier Soldaten mit aufgepflanztem Bajonett geleitet, ging er durch einen langen Vorsaal, stieg eine endlose Treppe hinab und wurde über eine Straße geführt, von der aus er in das dem Gefängnis gegenüberliegende Gerichtsamt gelangte.

Auf dieser Straße wimmelte es von Neugierigen, die sich hinter einer dichten Kette von Polizisten drängten. Als der Gefangne erschien, erhob sich ein wüstes Geschrei aus der Menge, die ihrem Abscheu vor dem gefürchteten und so lange straflos gebliebenen Verbrecher Ausdruck geben wollte. Was Serge Ladko empfand, als er sich als Zielscheibe der unverdienten Beleidigungen sah, ließ er nicht nach außen durchblikken. Sichern Schrittes betrat er das Gerichtsgebäude und wurde hier nach neuem Warten seinem Richter zugeführt.

Izar Rona, ein schwächlicher, blonder Mann mit spärlichem Bartwuchs und galliggelbem Teint, war ein harthändiger Beamter. Mit sichern Behauptungen und brutalen Verneinungen ging er dem Gegner rücksichtslos zuleibe, offenbar mehr bestrebt, Schrecken einzuflößen, als Vertrauen zu gewinnen.

Die Wachen hatten sich auf ein Zeichen des Richters zurückgezogen. In der Mitte des Zimmers stehend, wartete Serge Ladko, bis es diesem belieben würde, ihn zu fragen. In einer

Ecke saß ein niedrer Beamter bereit, ein Protokoll aufzunehmen.

»Niedersetzen!« rief Rona mit barschem Tone.

Ladko gehorchte. Dann fuhr der Beamte fort:

»Euer Name?«

»Ilia Brusch.«

»Wohnort?«

»Szalka.«

»Euer Beruf?«

»Fischer.«

»Ihr lügt!« brauste der Richter auf, der ihm einen forschenden Blick zusandte.

Ein leichtes Rot flog über Serge Ladkos Gesicht, und in seinen Augen leuchtete ein Blitz auf. Trotzdem zwang er sich zur Ruhe und schwieg still.

»Ihr lügt«, wiederholte Rona. »Ihr heißt Ladko, und Euer Wohnsitz ist Rustschuk.«

Der Pilot zitterte ein wenig. Also war sein richtiger Name hier bekannt. Doch wie hatte es dazu kommen können? Der Richter, dem das leichte Erzittern des Inkulpaten nicht entgangen war, fuhr mit schneidender Stimme fort:

»Die Anklage gegen Euch lautet auf drei einfache Diebstähle, neunzehn Diebstähle unter erschwerenden Umständen durch Einsteigen und Einbruch, ferner auf drei Morde und sechs Mordversuche, alle Vergehen und Verbrechen mit Vorbedacht in den letzten drei Jahren ausgeführt. Was habt Ihr zu antworten?«

Der Pilot hatte ganz verblüfft dieser unglaublichen Vorlesung zugehört. Da war also die Konfusion, die er befürchtet hatte, als er aus dem Munde Jägers von der Existenz seines unheimlichen Namensvetters erfuhr. Diese Verwirrung war tatsächlich eingetreten. Was hätte es jetzt genützt, einzugestehen, daß er wirklich Serge Ladko hieß? Anfänglich hatte er den Gedanken, es zu tun und den Richter nur um strenge Verschwiegenheit zu bitten. Er sah aber bald ein, daß ein solches Geständnis jetzt eher schädlich als nützlich wirken würde. Er, Serge Ladko aus Rustschuk, war es ja und nicht ein andrer, der jener Reihe abscheulicher Verbrechen angeklagt war. Gelang ihm erst der glaubhafte Ausweis seiner Person, so mußte ja seine Unschuld zutage treten. Das konnte freilich recht lange Zeit erfordern. Nein, da erschien es besser, die Rolle des Fischers Ilia Brusch weiterzuspielen, weil Ilia Brusch ja ein Unschuldiger war.

»Ich kann darauf nur antworten«, erwiderte er mit sichrer Stimme, »daß Sie sich täuschen. Ich heiße Ilia Brusch und wohne in Szalka, wovon Sie sich übrigens leicht überzeugen könnten.«

»Das wird versucht werden«, sagte dazu der Richter, der ein Notizblatt ergriff. »Inzwischen muß ich Euch einige der Anklagen vorlesen, die Euch belasten.«

Serge Ladko wurde aufmerksamer; jetzt kam der interessantere Teil.

»Zunächst«, begann der Richter, »lassen wir eine große Zahl der Euch zugeschriebenen Untaten außer acht und beschränken uns allein auf die neuesten, auf die, die während der Fahrt begangen worden sind, auf der Ihr hier angehalten worden seid.«

Rona schöpfte Atem und sprach weiter.

»Von Ulm aus ist zuerst über Euer Vorkommen berichtet. Wir nehmen also als Ausgangspunkt Eurer Reise die Stadt Ulm an.«

»Verzeihung, Herr Richter«, unterbrach ihn Serge Ladko lebhaft. »Meine Reise hat bereits vor Ulm angefangen, da ich zwei Preise beim Wettangeln von Sigmaringen davongetragen habe und den Strom bis Donaueschingen hinaufgefahren bin.«

»Es ist ja richtig«, gab Rona zu, »daß bei dem vom Donaubunde in Sigmaringen veranstalteten Angelwettbewerbe ein gewisser Ilia Brusch als Preisträger ausgerufen und daß dieser Ilia Brusch in Donaueschingen gesehen worden ist. Doch ob Ihr Euch nun schon in Sigmaringen für einen andern ausgegeben habt oder als Ilia Brusch, während der nach Donaueschingen ging, das ist eine erst noch aufzuklärende Frage. Übrigens könnt ihr darum ruhig sein, die wird schon noch beantwortet werden.«

Mit vor Verwunderung weit aufgerissenen Augen vernahm Ilia Brusch nun wie im Traume die phantastischen Anklagen. Viel fehlte da nicht, daß der imaginäre Ilia Brusch selbst zu seinen Opfern gehört hätte! Ohne sich die Mühe zu nehmen, darauf zu antworten, zuckte er nur verächtlich mit den Schultern, als der Richter, ihn scharf fixierend, plötzlich einen brennenden Punkt berührte.

»Was hattet Ihr am sechsundzwanzigsten August in Wien bei dem Juden Simon Klein zu schaffen?«

Wider Willen erzitterte Serge Ladko zum zweiten Male. Sein Besuch bei dem Trödler war also jetzt bekannt. Gewiß lag darin nichts Tadelnswertes, das aber zu gestehen hieß gleichzeitig, seine Identität zu offenbaren, und da er diese nun einmal zu verleugnen beschlossen hatte, mußte er wohl oder übel dabei bleiben.

»Simon Klein?« antwortete er erstaunt, wie einer, der eine Frage nicht verstanden hat.

»Ihr leugnet also?« rief Rona. »Das hatte ich erwartet. So muß ich Euch dann sagen, daß Ihr, als Ihr zu dem Juden Klein gingt« – der Richter erhob sich jetzt halb von seinem Sitze, um seinen Worten mehr Nachdruck zu geben –, »daß Ihr Euch mit dem gewöhnlichen Hehler Eurer Bande ins Einvernehmen setzen wolltet.«

»Meiner Bande?« erwiderte der Pilot verblüfft.

»Ach, es ist ja wahr«, berichtigte sich der Beamte ironisch, »Ihr wißt nicht, was ich sagen will, daß Ihr keiner Bande angehört, daß Ihr nicht Ladko seid, sondern ein harmloser Angelfischer namens Ilia Brusch. Wenn Ihr denn wirklich Ilia Brusch heißt, warum verbergt Ihr Euch da?«

»Ich . . . mich verbergen . . . ich?« protestierte Serge Ladko.

»Alle Wetter, das sieht doch ganz so aus!« rief Izar Rona, »wenigstens wenn man sich verbergen nicht das Verstecken seiner Augen, die die besten der Welt zu sein scheinen – ja, bequemt Euch einmal dazu, die dunkle Brille abzunehmen – und das Färben der von Natur blonden Haare so nennen kann!«

Serge Ladko war wie vom Donner gerührt.

Die Polizei war gut unterrichtet, die Schlinge zog sich enger um ihn zu. Ohne seine Unruhe zu beachten, fuhr Rona noch weiter fort:

»Aha, mein Bürschchen, jetzt seid Ihr ja gar nicht mehr so obendrauf! Ihr wußtet nicht, wie's mit der Sache stand . . . doch weiter: In Ulm hattet Ihr einen Passagier mitgenommen.«

»Jawohl«, gestand Ilia Brusch.

»Wer war das denn?«

»Ein Herr Jäger.«

»Ganz recht. Würdet Ihr mir auch sagen, was aus diesem Herrn Jäger geworden ist?«

»Das weiß ich nicht. Er hat mich mitten im freien Felde, nahe der Mündung der Ipoly verlassen. Ich war selbst erstaunt, ihn nicht in meinem Boote zu finden, als ich dahin zurückkam.«

»Als Ihr zurückkamt, sagt Ihr? Ihr wart also auch davon weggegangen? Wohin denn?«

»Nach einem nahe gelegenen Dorfe, um für meinen Passagier eine kleine Herzstärkung zu holen.«

»War der denn unwohl?«

»Gewiß, sehr unwohl. Er war nahe daran gewesen zu ertrinken.«

»Und Ihr habt ihn wohl gerettet, nehme ich an?«

»Ja, wer hätte es sonst tun sollen, da er nur mich dazu hatte?«

»Hm!« brummte der Richter etwas erregt.

Er faßte sich jedoch gleich wieder.

»Ihr rechnet wohl darauf, mit dieser Rettungsgeschichte mein Mitgefühl für Euch zu erwecken?«

»Ich?« wehrte Ladko ab. »Sie fragen mich, und ich antworte, das ist alles.«

»Nun gut«, erwiderte Izar Rona. »Doch sagt mir, hattet Ihr vorher je Eure Jolle verlassen?«

»Ein einziges Mal, um nach meiner Wohnung in Szalka zu gehen.«

»Könnt Ihr mir genau das Datum des betreffenden Tages angeben?«

»Warum nicht, wenn ich mich ein wenig darauf besinnen darf.«

»Ich werde Euch helfen. Könnte es nicht in der Nacht vom achtundzwanzigsten zum neunundzwanzigsten August gewesen sein?«

»Das wäre recht gut möglich.«

»Und das leugnet Ihr nicht?«

»Nein.«

»Ihr gesteht es zu?«

»Ja, warum nicht?«

»Dann stimmen wir ja überein. Szalka liegt, wie ich glaube, auf dem rechten Uferlande der Donau?« fragte Rona mehr gemütlich.

»Ja, das stimmt.«

»Und in dieser Nacht vom achtundzwanzigsten zum neunundzwanzigsten August war es, glaube ich, besonders dunkel.«

»Sehr dunkel. Ein ganz abscheuliches Wetter.«

»Das erklärt es ja, daß Ihr Euch getäuscht habt, daß Ihr glaubtet, am linken Ufer angelegt zu haben, und es war doch das rechte gewesen.«

»Das rechte Ufer?«

Izar Rona stand plötzlich voll auf und sagte, dem Häftling scharf in die Augen blickend:

»Ja, am rechten Ufer war es, gegenüber der Villa des Grafen Hagenau.«

Serge Ladko bemühte sich, sein Gedächtnis aufzufrischen. Hagenau? Nein, der Name war ihm unbekannt.

»Ihr habt Euch gut in der Gewalt, bemerkte der Richter, enttäuscht über seinen Einschüchterungsversuch. Es ist also wirklich zum ersten Male, daß Ihr den Namen des Grafen Hagenau hört und erfahrt, daß in der Nacht vom achtundzwanzigsten zum neunundzwanzigsten August seine Villa geplündert und sein Hausmeister Christian Hoël schwer verwundet worden ist? Wo, zum Teufel, dachte ich denn hin? Wie könntet Ihr von diesem Verbrechen Kenntnis haben, das ja von einem gewissen Ladko begangen worden ist? . . . Ladko, zum Kuckuck, das ist doch Euer Name nicht?«

»Mein Name ist Ilia Brusch«, erklärte der Pilot, doch jetzt mit etwas unsicherer Stimme als früher.

»Ja, ja, das stimmt. Wenn Ihr aber nicht Ladko heißt, warum in aller Welt seid Ihr dann unmittelbar nach der Verübung jener Schandtat verschwunden, um Euer Inkognito – und das nur recht vorsichtig – erst in einer großen Entfernung von der Gegend, die der Schauplatz des Verbrechens war, zu lüften? Warum hat man Euch, Euch, der sich vorher fast aufdringlich überall zeigte, weder in Budapest noch in Neusatz gesehen, auch nicht in sonst einer irgend bedeutenderen Stadt? Warum habt Ihr Eure Rolle als Fischer so weit aufgegeben, daß Ihr zuweilen Fische in den Dörfern kauftet, wo es Euch aufzuhalten beliebte?«

Alles das war für den Piloten hebräisch. Sein Verschwinden erfolgte ja sehr wider seinen Willen. Seit der mehr erwähnten Nacht war er ja ununterbrochen Gefangener gewesen. Erschien es da überraschend, daß er verschwunden war? Überraschend vielmehr war es, daß einer die Behauptung wagte, ihn gesehen zu haben.

Wenigstens dieser Irrtum mußte leicht zu zerstreuen sein. Es würde ja genügen, offen und ehrlich das unbegreifliche Abenteuer zu schildern, dessen Opfer er gewesen war. Die Justiz war vielleicht scharfsichtiger, und es gelang ihr, die verschlungenen Fäden dieses Wirrwarrs zu lösen. Dazu völlig entschlossen, wartete Serge Ladko mit Ungeduld darauf, daß ihm Rona wieder das Wort gönnen sollte. Der Richter war aber jetzt einmal warm geworden. Er ging in seinem Büro gestikulierend hin und her und schleuderte seinem Gefangenen einen Strom von Argumenten ins Gesicht, womit er diesen zur Strecke zu bringen hoffte.

»Wenn Ihr nicht Ladko seid«, fuhr er mit zunehmender Heftigkeit fort, »wie kam es da, daß nach der Plünderung der gräflich Hagenauschen Villa, einer Plünderung, die unglücklicherweise genau zu der Zeit erfolgte, wo Ihr Eure Jolle verlassen hattet, daß da, sage ich, ein Diebstahl, oh, ein ganz einfacher Diebstahl in Szuszek in der Nacht vom fünften zum sechsten September vorkam, das heißt, in der Nacht, wo Ihr Euch gerade bei Szuszek befinden mußtet? Wenn Ihr nicht Ladko seid, was machte in Eurer Jolle dann das Porträt mit der von seiner Gattin Natscha Ladko an ihren Ehemann gerichteten Widmung?«

Jetzt hatte Rona den wundesten Punkt berührt, das letzte Argument war unangreifbar. Wie betäubt ließ der Pilot den Kopf hängen, und dicke Schweißtropfen rannen ihm übers Gesicht.

Inzwischen setzte der Richter seine Rede, immer lauter werdend, fort.

»Wenn Ihr nicht Ladko seid, warum war dieses Porträt seit dem Tage verschwunden, wo Ihr Euch bedroht fühltet? Das Porträt hatte vorher in einem Kasten Eures Fahrzeugs, genauer: in einem Kasten an Steuerbord gelegen. Da findet es sich nicht mehr. Noch vorhanden, beschuldigte es Euch; verschwunden aber verurteilt es Euch. Was habt Ihr darauf zu erwidern?«

»Nichts«, murmelte Ladko mit dumpfer Stimme. »Ich begreife nicht, was mich da alles belastet.«

»Wenn Ihr Euch nur ein wenig Mühe geben wollt, werdet Ihr alles sehr gut begreifen. Für jetzt wollen wir diese interessante Unterhaltung abbrechen. Ihr werdet in Eure Zelle zurückgeführt werden, dort habt Ihr Zeit nachzudenken. Ich wiederhole noch den Verlauf des heutigen Verhörs: Erstens: Ihr nennt Euch Ilia Brusch. Zweitens: Ihr wollt beim Angelwettbewerb von Sigmaringen einen Preis errungen haben. Drittens: Ihr gebt an, in Szalka wohnhaft zu sein. Viertens: Euch in der Nacht vom achtundzwanzigsten zum neunundzwanzigsten August ebenda befunden zu haben. – Diese Punkte sind nicht mehr streitig. – Ich meinerseits behaupte nun: Erstens: Daß Euer Name Ladko lautet. Zweitens: Daß Euer Wohnsitz Rustschuk ist. Drittens: Daß Ihr in der Nacht vom achtundzwanzigsten zum neunundzwanzigsten mit Unterstützung zahlreicher Helfershelfer die Villa des Grafen Hagenau ausgeplündert und Euch des Mordversuchs an dessen Hausmeister Christian Hoël schuldig gemacht habt. Viertens: Daß ein bei einem gewissen Kellermann in Szuszek ausgeführter Diebstahl Euch ebenfalls zur Last zu schreiben ist. Fünftens: Daß zahlreiche andre Diebstähle und Mordtaten in den Gegenden längs der Donau nicht weniger Euerm Schuldkonto zuzuschreiben sind. Die Untersuchung wegen dieser Verbrechen ist bereits im Gange. Zeugen sind dazu geladen. Ihr werdet diesen gegenübergestellt werden ... Wollt Ihr das Protokoll von heute unterschreiben? ... Nein? ... Na, wie es Euch beliebt! ... Wärter, führt den Gefangnen zurück!«

Um zum Gefängnis zurückzugelangen, mußte Serge Ladko noch einmal die versammelte Menge passieren und deren feindliche Rufe in den Kauf nehmen. Die Wut des Volkes schien sich während des Verhörs nur noch gesteigert zu haben, und die Polizei hatte einige Mühe, den Gefangnen zu schützen.

In der ersten Reihe der brüllenden Menge befand sich auch Iwan Striga. Der verzehrte ordentlich mit den Augen den Mann, der so bereitwillig seine Stelle eingenommen hatte. Der Pilot kam nur zwei Meter weit vor ihm vorbei, und er konnte ihn genau betrachten. Dabei erkannte er aber nicht den bartlosen Mann mit den dunklen Haaren und der fast schwarzen Brille vor den Augen. Er wußte über die ganze Angelegenheit jetzt eigentlich also nicht mehr als vorher.

Als das Tor des Gefängnisses geschlossen war, entfernte sich Striga nachdenklich mit der Volksmenge. Den verhafteten Mann kannte er bestimmt nicht. Jedenfalls war es weder Dragoch noch Ladko. Wenn sich's aber um Ilia Brusch oder sonst einen andern handelte, was kümmerte dann die ganze Geschichte ihn? Wer der Verhaftete auch sein mochte, das wichtigste war, daß der die Aufmerksamkeit der Polizei in Anspruch nahm, und so hatte Striga keine Veranlassung, sich in Semlin noch länger aufzuhalten. Er beschloß deshalb, am nächsten Tage fortzugehen und seine Schute wieder aufzusuchen.

Am folgenden Morgen veranlaßte ihn aber, was er in den Zeitungen las, seine Absicht zu ändern. Die Ladkosche Sache war so streng geheim behandelt worden, daß die Zeitungen allen Spürsinn anwendeten, das Geheimnis zu enthüllen. Das war ihnen auch gelungen, sie hatten viel Mitteilungen darüber erhalten.

Die Presse berichtete recht zutreffend über das erste Verhör und fügte dem eigne Betrachtungen hinzu, die für den Angeschuldigten nicht gerade günstig ausfielen. Vor allem erstaunten die Journale über die Hartnäckigkeit, womit dieser behauptete, ein einfacher Fischer zu sein, der Ilia Brusch hieße und in Szalka zu wohnen angab. Welches Interesse konnte er daran haben, bei diesen so fadenscheinigen Behauptungen zu beharren? Schon sollte der Richter Izar Rona eine Untersuchungskommission nach Gran entsendet haben. Von da aus würde sich ein Beamter nach Szalka begeben und Nachforschungen anstellen, die das Lügengewebe des Angeklagten gewiß bald zerrissen. Man würde nach diesem Ilia Brusch suchen und ihn finden, wenn es – was sehr zweifelhaft erschien – überhaupt einen solchen gab.

Diese Veröffentlichungen änderten Strigas Pläne. Während er las, war ihm ein Gedanke gekommen, der feste Gestalt annahm, als er mit der Lektüre fertig war. Gewiß war es sehr gut, daß die Polizei einen Unschuldigen in ihrer Hand hatte, noch besser aber würde es sein, wenn sie ihn auch darin behielte. Was war dazu nötig? . . . Ihr einen Ilia Brusch von Fleisch und Bein zu liefern, wodurch der Betrug des wahren Ilia Brusch, den man in Semlin in Haft hielt, ja handgreiflich bewiesen wurde. Dieser erschwerende Umstand sprach dann noch weiter gegen ihn und genügte vielleicht, zum großen Vorteil für den wirklich Schuldigen, zu seiner endgültigen Verurteilung.

Ohne Zögern verließ Striga jetzt die Stadt. Doch statt sich nach seiner Schute zu begeben, wandte er dieser den Rücken. Mit Benützung eines schnellen Wagens eilte er nach der nächsten Bahnlinie und fuhr mit Expreßzügen auf Budapest und den Norden zu.

Inzwischen zählte Ladko, ohne sein bisheriges Verhalten zu

ändern, die traurig hinschleichenden Stunden. Von seinem ersten Zusammentreffen mit dem Richter war er erschreckt über den Verdacht, der sich immer mehr über ihn häufte, zurückgekommen. Sicherlich würde es ihm mit der Zeit ja gelingen, seine Unschuld nachzuweisen. Dazu mußte er sich aber mit Geduld rüsten, denn es war nicht zu verkennen, daß der Schein noch wider ihn sprach und daß die Justiz ihren Scheiterhaufen von Hypothesen ganz logisch errichtet hatte.

Es ist ja ein großer Unterschied zwischen einfachen Vermutungen und überzeugenden Beweisen. Beweise würde man aber niemals beibringen, und aus gutem Grunde nicht gegen ihn verwerten können. Der einzige Zeuge, den er zu fürchten hatte und auch nur einzig deswegen, weil der seinen richtigen Namen kannte, war der Jude Simon Klein. Simon Klein jedoch, der auch auf eine gewisse Standesehre hielt, würde wahrscheinlich angeben, daß er ihm nicht bekannt sei. Es war ja vorläufig noch die Frage, ob man ihn mit seinem alten Wiener Korrespondenten konfrontierte. Der Richter hatte ja ausgesprochen, daß in Szalka Erkundigungen eingezogen werden sollten. Die mußten aber zu seinen Gunsten ausfallen und jedenfalls zur Entlassung des Gefangenen Anlaß geben.

Mehrere Tage vergingen, in denen Ladko seine sich fieberhaft kreuzenden Gedanken wiederholt prüfte. Szalka war ja nicht so weit von hier, und es bedurfte nicht so langer Zeit, sich dort allseitig zu erkundigen. Erst eine Woche nach seiner Vernehmung wurde er wieder in das Büro des Richters geführt.

Dieser befand sich schon hier, schien aber sehr beschäftigt zu sein. Zehn Minuten ließ er den Piloten stehend warten, als ob er ihn gar nicht bemerkte.

»Die Antwort von Szalka ist nun eingetroffen«, begann er mit etwas stockender Stimme, ohne die Augen auf den Gefangnen zu erheben, den er jedoch durch die gesenkten Wimpern scharf beobachtete.

»Ah . . . endlich!« sagte Serge Ladko befriedigt.

»Nun ja, Ihr hattet recht«, fuhr Rona in gleicher Weise fort, »in Szalka gibt es einen gewissen Ilia Brusch, der in bestem Rufe steht.«

»Ah!« entfuhr es noch einmal dem Piloten, der die Tür seines Kerkers schon offen sah.

Der Richter murmelte, noch zugeknöpfter und gleichgültiger und ohne der Sache eine besondre Wichtigkeit zuteilen zu wollen:

»Der mit der Untersuchung in Gran beauftragte Kommissar hat das Glück gehabt, mit ihm selbst zu sprechen.«

»Mit ihm selbst?« wiederholte Serge Ladko, der das nicht verstand.

»Ja, ja, mit ihm selbst«, versicherte der Richter.

Serge Ladko glaubte zu träumen. Wie konnte denn in Szalka noch ein andrer Ilia Brusch aufgefunden worden sein?

»Das ist nicht möglich!« stammelte er. »Hier liegt ein Irrtum vor.«

»So urteilt darüber selbst«, erwiderte Rona. »Hier ist der Bericht des Polizeikommissars aus Gran. Daraus geht hervor, daß dieser sich zur Vornahme der ihm von mir übertragnen Untersuchung am vierzehnten September nach Szalka und dort nach einem an der Ecke des Leinpfades und der Budapester Straße gelegnen Hause begeben hat. Das ist doch die Adresse, die ihr angegeben hattet?« fragte der Richter, sich unterbrechend.

»Ja, Herr Richter«, bestätigte Serge Ladko halb geistesabwesend.

»... und der Budapester Straße gelegnen Hause begeben hat«, knüpfte Rona an die vorigen Worte an. »Darin ist er von Herrn Ilia Brusch persönlich empfangen worden, der ihm erklärt hat, eben erst nach ziemlich langer Abwesenheit zurückgekehrt zu sein. Der Kommissar fügt hinzu, daß alles, was er über den genannten Ilia Brusch erfahren habe, für dessen makellose Ehrbarkeit spreche und daß kein andrer Bewohner Szalkas diesen Namen führe. Habt Ihr etwas dagegen anzuführen? Bitte, frisch heraus mit der Sprache!«

»Nein, Herr Richter«, stammelte Serge Ladko, der sich wie geistesgestört vorkam.

»Nun, da wäre ja der erste Punkt aufgeklärt«, schloß Rona befriedigt, der seinen Gefangnen wie die Katze die Maus ansah.

Vierzehntes Kapitel

Zwischen Himmel und Erde

Nach Beendigung seines zweiten Verhörs kam Serge Ladko in seine Zelle zurück, ohne sich von dem Vorgefallenen Rechenschaft zu geben. Die Frage des Richters hatte er nach dessen Mitteilung des Ergebnisses jener Nachforschungen in Szalka überhaupt nicht mehr richtig verstanden und darauf nur ganz stumpfsinnig geantwortet. Was ihm hier geschehen war, ging über die Grenzen seines Verstandes. Was stand ihm denn noch bevor? Entführt, dann von unbekannten Feinden an Bord einer Schute eingesperrt, würde er seine Freiheit doch nur erlangen, um sie gleich wieder zu verlieren. Und jetzt hatte man obendrein in Szalka einen andern Ilia Brusch, d. h. sein zweites Selbst, in seinem eigenen Hause gefunden! Das grenzte doch wahrlich an Hexerei!

Verblüfft durch diese Reihe unerklärlicher Vorkommnisse, hatte er das Gefühl, das Spielzeug höherer feindlicher Mächte zu sein, wie eine träge, verteidigungslose Masse unwiderstehlich in das Räderwerk der furchtbaren Maschine, die sich »die Justiz« nennt, hineingezogen zu werden.

Diese Niedergeschlagenheit und der Verlust aller Energie spiegelte sich in seinem Gesichte so deutlich wider, daß es einem der ihn begleitenden Wärter recht naheging, obgleich er seinen Gefangnen für einen abscheulichen Verbrecher hielt.

»Na, ’s geht wohl nicht ganz nach Wunsch, Kamerad?« fragte mit einer Stimme, die etwas tröstend klingen sollte, der Gerichtsdiener, dessen Beruf ihn im übrigen gegen den Anblick menschlichen Elends abgehärtet hatte.

Und wenn er einen Stocktauben angeredet hätte, wäre der Erfolg derselbe gewesen.

»Nun, Kopf hoch!« nahm der mitleidige Wärter wieder das Wort, »man muß sich eben fügen. Der Herr Rona ist kein reiner Teufel, und vielleicht macht sich alles noch besser, als Ihr erwartet habt. Hier, ich will auch das dalassen; darin ist von Euerm Lande die Rede. Das wird Euch eine Zerstreuung sein.«

Der Gefangne blieb regungslos stehen; verstanden hatte er nichts.

Ebensowenig hörte er, wie die Riegel draußen vorgeschoben

wurden, und ebensowenig sah er das Zeitungsblatt, das der Wärter, ohne etwas Schlechtes dabei zu denken, daß er gewisse strenge Vorschriften bezüglich des Verhaltens gegen Gefangne übertrat, diesem beim Weggehen auf den Tisch gelegt hatte.

Die Stunden verflossen. Der Tag ging zu Ende, nachher ebenso die Nacht, und es wurde wieder Morgen. Auf seinem Stuhle zusammengebrochen, hatte Serge Ladko kein Bewußtsein vom Fluge der Zeit.

Als ihm aber der helle Tag ins Gesicht leuchtete, schien er aus seiner Betäubung zu erwachen. Er öffnete die Augen, und sein glanzloser Blick irrte durch die Zelle. Das erste, was er bemerkte, war das Zeitungsblatt, das der mitleidige Wärter gestern bei ihm zurückgelassen hatte.

So aufgeschlagen, wie der es hingelegt hatte, lag es noch immer da und zeigte unter dem Titel einen mit fetten großen Buchstaben gedruckten besondern Hinweis. »Das Blutbad in Bulgarien« lautete dieser Hinweis, auf den der erste Blick Serge Ladkos fiel.

Er zitterte dabei und griff hastig nach dem Blatte. Jetzt wurde er wieder ganz klar im Kopfe, und seine Augen glänzten, als er las.

Die Ereignisse, von denen er hier Kenntnis erhielt, bildeten gleichzeitig in ganz Europa das Tagesgespräch und riefen überall einen Schrei der Mißbilligung hervor. Seitdem gehören sie der Geschichte an und bilden in deren Buche nicht das schönste Blatt.

Wie zu Anfang unsrer Erzählung erwähnt war, befand sich zu jener Zeit der ganze Balkan im Aufstande. Seit dem Sommer 1876 hatte sich die Herzegowina empört, und die gegen sie geschickten ottomanischen Truppen hatten nichts ausrichten können. Im Mai 1876 erhob sich auch Bulgarien, und die Pforte beantwortete das damit, daß sie eine zahlreiche Armee in dem großen Dreieck Rustschuk-Widdin-Sofia ansammelte. Am 1. und 2. Juli desselben Jahres traten auch noch Serbien und Montenegro auf den Schauplatz, nachdem sie der Türkei hatten eine Kriegserklärung übergeben lassen. Die von dem russischen General befehligten Serben errangen zwar anfänglich einige kleine Erfolge, mußten dann aber hinter ihre Grenze flüchten, und am 1. September sah der Fürst Milan sich genötigt, um einen zehntägigen Waffenstillstand zu bitten, währenddessen er die christlichen Mächte um eine Intervention anging, die diese jedoch leider zu säumig waren, ihm zu bewilligen.

»Darauf begann«, sagt Eduard Driault in seiner Geschichte der orientalischen Frage, »die abstoßendste Periode dieser Kämpfe; sie erinnert an die Metzeleien von Chios zur Zeit der Erhebung Griechenlands. Hier waren es die Blutbäder in Bulgarien. Während des Kriegs gegen Serbien und Montenegro befürchtete die Pforte, daß der bulgarische Aufstand im Rükken ihres Heeres ihre Operationen gefährden könne. Ob der Statthalter von Bulgarien, Chefkat-Pascha, vielleicht Befehl erhalten hatte, die Erhebung mit allen Mitteln zu ersticken? Das ist wenigstens wahrscheinlich. Große Horden aus Asien herangezogener Baschi-Bosuks und Zirkassier wurden nach Bulgarien geworfen, und binnen wenigen Tagen hatten sie dieses durch Feuer verwüstet und in Blut ertränkt. Sie ließen ihren wilden Leidenschaften ungehindert freien Lauf, brannten die Dörfer nieder, ermordeten unter großen Quälereien die Männer, schändeten die Frauen und zerstückelten die Kinder. Man zählte damals zwischen fünfundzwanzig- und dreißigtausend Opfer.«

Als er so las, perlte mancher Schweißtropfen über das Gesicht Serge Ladkos nieder. – Natscha! Was war bei dieser entsetzlichen Verwirrung aus Natscha geworden? Lebte sie noch, oder war sie tot, ihr Leichnam vielleicht noch aufgeschlitzt und ebenso in Stücke zerschnitten wie der andrer unschuldiger Opfer oder durch Kot und Schlamm und Blut geschleift und von den Hufen der Pferde zertreten?

Serge Ladko hatte sich erhoben, und wie ein Raubtier in seinem Käfig lief er wütend in seiner Zelle hin und her, als könnte er daraus einen Ausgang erspähen, um Natscha zu Hilfe zu fliegen.

Dieser Anfall von Verzweiflung dauerte nur kurze Zeit. Zur Vernunft zurückgekehrt, zwang er sich mit energischer Anstrengung zur Ruhe und suchte dann mit klarem Gehirn nach Mitteln zur Wiedererlangung seiner Freiheit.

Sollte er den Richter aufsuchen, ihm ohne Umschweife die Wahrheit gestehen und, wenn nötig, sein Mitleid erflehen? . . . Nein, das wäre ein schlechtes Mittel. Welche Aussicht hatte er denn, jetzt das Vertrauen des Beamten zu finden, nachdem er so lange beim Leugnen verharrt hatte? War er imstande, mit einem Worte den an dem Namen Ladko klebenden Verdacht zu besiegen, in einem Augenblicke der Anklagen ledig zu werden, die auf ihm lasteten? Nein. Auch dann wäre ja erst noch eine Untersuchung nötig, und die würde wochen- oder gar monatelang dauern.

Es blieb ihm also nichts übrig, als zu entfliehen.

Zum ersten Male, seit er darin schmachtete, untersuchte Serge Ladko seine Zelle. Das war schnell geschehen. Vier Mauern mit zwei Öffnungen, der Tür auf der einen und mit dem Fenster auf der andern Seite. Hinter den drei Wänden andre Zellen, andre Kerker ... hinter dem Fenster allein die Freiheit.

Das Fenster, dessen lotrechter Querriegel fast die Decke erreichte, begann anderthalb Meter über dem Fußboden, und sein untrer Teil – das, was man bei gewöhnlichen Fenstern die Fensterbank nennt – war unerreichbar, da eine Reihe dicker, in das Mauerwerk tief eingelassener Gitterstangen es verhinderte, sich da hinaufzuschwingen. Selbst nach Besiegung dieser Schwierigkeit wäre man dann noch einer zweiten begegnet. Vor dem Fenster schmiegte sich eine Art Butte an die Seiten und den Unterteil des Fensters an, so daß kein Blick nach außen möglich war und nur ein beschränktes Viereck des Himmels sichtbar blieb. Aber nicht nur zum Fliehen selbst, sondern allein, um ein Mittel dazu zu suchen, war es zuerst notwendig, das Hindernis des Gitters zu überwinden und dann sich oben auf die Butte zu schwingen, um wenigstens die Umgebungen übersehen zu können.

Nach den Treppen zu urteilen, die er auf dem Wege zu Izar Rona hinuntersteigen mußte, mußte Serge Ladko im vierten Stockwerke der Gefangenenanstalt untergebracht worden sein. Zwölf bis vierzehn Meter mochten ihn jedenfalls vom Erdboden trennen. Ob es ihm möglich war, die zu überwinden? Voller Ungeduld, darüber aufgeklärt zu sein, beschloß er, auf der Stelle ans Werk zu gehen.

Zunächst mußte er sich dazu ein passendes Werkzeug verschaffen. Man hatte ihm, als er eingesteckt war, rein alles abgenommen, und in seiner Zelle befand sich nichts, was ihm hätte nützlich sein können. Ein Tisch, ein Stuhl und eine Lagerstatt, die freilich nur aus einem magern, eine gemauerte Aushöhlung bedeckenden Strohsack bestand ... das war sein gesamtes Mobiliar.

Vergebens suchte Ladko lange Zeit, bis er endlich, als er

seine Kleidungsstücke zum hundertsten Male durchwühlte, darin einen harten Gegenstand fühlte. Sowenig wie sein Kerkermeister hatte er bisher an das unbedeutende Ding – es war eine Hosenschnalle – gedacht. Welchen Wert erhielt jetzt die sonst unbeachtete Kleinigkeit, der einzige metallne Gegenstand, der in seinem Besitze war.

Mit der Schnalle in der Hand begann Serge Ladko nun, ohne eine Minute zu verlieren, die Mauer am untern Ende einer der Gitterstangen anzugreifen, und der von den Stahlspitzen geritzte Stein fing an, als Staub herunterzufallen. Diese an sich langsame und mühselige Arbeit wurde noch erschwert durch die unausgesetzte Überwachung, der der Gefangne unterlag; da verging keine Stunde, ohne daß ein Wärter gekommen wäre, der nicht durch die kleine Öffnung in der Tür hineingesehen hätte. Deshalb galt es auch, immer gespannt auf jedes Geräusch draußen aufzupassen und beim geringsten Zeichen von Gefahr die Arbeit zu unterbrechen und jede verdächtige Spur zu verbergen.

Dazu benötigte Serge Ladko sein Brot. Dieses Brot nahm, vermengt mit dem von der Mauer herabfallenden Staube, hinreichend die Farbe des Steines an und wurde zu einem wirklichen Kitt, womit das immer größer werdende Loch der Mauer verdeckt wurde. Die noch übrigen Abfälle von dem Abkratzen der Mauer verbarg er in der Höhlung unter seinem Lager.

Nach zwölfstündiger Anstrengung war die Eisenstange auf die Länge von drei Zentimetern bloßgelegt, die Schnalle hatte zuletzt aber keine guten Spitzen mehr. Serge Ladko zerbrach die Armatur der Schnalle und machte aus den Stücken ebenso viele Werkzeuge. Zwölf Stunden später waren auch diese Bruchstückchen Stahl völlig aufgebraucht.

Glücklicherweise schien das Glück, das dem Gefangenen hier ja schon gelächelt hatte, ihn nicht zu verlassen. Von der nächsten Mahlzeit, die ihm gebracht wurde, wagte er ein Tischmesser zurückzubehalten, und da niemand den kleinen Diebstahl bemerkt hatte, wiederholte er ihn am nächsten Tage mit dem gleichen Erfolge ... Jetzt sah er sich im Besitz von zwei bessern Werkzeugen als die, die er vorher benützt hatte. Freilich waren es nur recht schlechte, grob gearbeitete Messer; doch ihre Klingen waren ziemlich gut, und die Griffe erleichterten wesentlich ihre Handhabung.

Die Arbeit ging jetzt zwar schneller als früher, doch immer

noch sehr langsam vonstatten. Der Zement hatte mit der Zeit die Härte des Granits angenommen und ließ sich nur sehr schwierig abschaben. Jeden Augenblick mußte die Arbeit überdies unterbrochen werden, bald wegen eines Rundgangs der Wärter und bald, weil der Richter Rona ihn rufen ließ, weiter Rede und Antwort zu stehen.

Das Ergebnis dieser Befragungen kam nicht von der Stelle. Jedesmal erschienen zur Verhandlung eine Menge Zeugen, deren Aussagen jedoch auch nicht mehr Licht in die Angelegenheit brachten. Wenn die einen eine entfernte Ähnlichkeit zwischen Serge Ladko und dem Verbrecher finden wollten, den sie mehr oder weniger deutlich gesehen hatten oder dessen Opfer sie geworden waren, bestritten die andern eine solche Ähnlichkeit aufs bestimmteste. Rona mochte seinem Gefangnen nun falsche Bärte in allen möglichen Formen anlegen, seine Augen zeigen oder hinter der schwarzen Brille verbergen lassen, es gelang ihm nie, eine allseitig übereinstimmende Zeugenaussage zu erreichen. Auch wartete er ungeduldig darauf, daß der Zustand des bei dem letzten Einbruche der Bande von der Donau schwer verwundeten Christian Hoël es diesem erlaube, nach Semlin zu kommen.

Den Zeugenverhören schenkte Serge Ladko keinerlei Interesse. Zu allen Experimenten des Richters erbötig, verkleidete er sich durch Perücken und falsche Bärte, setzte seine Brille auf oder nahm sie ab, alles ohne sich den geringsten Widerspruch zu erlauben. Seine Gedanken weilten nicht in dem Amtszimmer, sondern in der Zelle, wo die Eisenstange, die ihn von der Freiheit trennte, schon mehr und mehr frei zu liegen kam.

Vier Tage brauchte er noch, bis das völlig erreicht war. Erst am Abend des 23. September war ihr unteres Ende bloßgelegt. Jetzt galt es noch, das obere zu durchsägen.

Dieser Teil der Arbeit war der beschwerlichste. Mit einer Hand am Gitterreste hängend, bewegte Ladko über das andre sein Werkzeug unablässig hin und her. Das bestand ja aber nur aus einer Messerklinge und drang nur sehr langsam in das Eisen ein. Anderseits nötigte ihn seine unbequeme Haltung, häufig auszuruhen.

Am 29. September endlich, nach sechstägiger unglaublicher Bemühung, erschien Serge Ladko der Einschnitt tief genug. Bis auf wenige Millimeter war die Stange durchsägt. Es konnte ihn also keine übermäßige Anstrengung kosten, sie abzubiegen. Länger hätte die Arbeit auch nicht dauern dürfen, denn die zweite Messerklinge war dabei schon fast fadendünn geworden.

Am folgenden Morgen und gleich nach dem Vorüberkommen der ersten Ronde, was ihm eine Stunde Sicherheit gewährte, ging Serge Ladko sofort an die Weiterführung seines Planes. Wie vorausgesehen, ließ sich die Eisenstange leicht biegen. Durch die hierdurch entstandene Öffnung zwängte er sich nach außen hinaus und gelangte, indem er sich mit den Armen emporzog, nach der Höhe der Butte, von wo aus er begierig Umschau hielt.

Wie er vorausgesetzt hatte, trennten ihn etwa vierzehn Meter vom Erdboden. Das war ja nicht so viel, nicht hinuntergelangen zu können, wenn man nur einen Strick von genügender Länge hatte. Den Erdboden zu erreichen, darin lag aber nur die kleinere Schwierigkeit, denn wenn diese überwunden war, war die vorliegende Aufgabe noch keineswegs gelöst.

Wie sich Serge Ladko überzeugen konnte, zog sich um das Gefängnis herum ein Gang für die Wachposten, der nach außen mit einer fast acht Meter hohen Mauer abgeschlossen war, über die hinaus Dächer von Häusern sichtbar wurden. Über diese Mauer galt es also noch hinwegzukommen, was auf den ersten Blick unausführbar zu sein schien.

Nach der Entfernung der Häuser zu urteilen, mußte sich eine Straße um die Gefangenanstalt hinziehen. Hatte der Gefangne erst die erreicht, so konnte er sich als gerettet ansehen. Gab es aber ein Mittel, heil und gesund dahin zu kommen?

Nach einem Ausweg suchend, sah sich Serge Ladko aufmerksam nach links um, was er da entdecken könnte. Fand er dort auch nicht ganz, was er suchte, so ließ ihm, was er sah, doch das Herz schneller schlagen. In dieser Richtung sah er die Donau, deren gelbe Fluten zahllose Fahrzeuge jeder Größe durchfurchten. Die einen zogen mit oder gegen die Strömung dahin, andre spannten ihr Ankertau oder das, womit sie am Lande befestigt waren, straff an. Unter den zweiten erkannte der Pilot auf den ersten Blick seine Jolle. Nichts unterschied sie von den danebenliegenden Booten, und es schien nicht so, als ob sie besonders überwacht würde. Welch ein Glück, wenn er sich diese wieder aneignen konnte! Mit ihr würde er in kaum einer Stunde über die Reichsgrenze hinausgekommen sein, und einmal auf serbischem Gebiete, würde er die österreichisch-ungarische Justiz einfach verlachen können.

Serge Ladko wendete die Augen nun nach rechts, und auch auf dieser Seite entdeckte er etwas, was seine Aufmerksamkeit fesselte. Je nicht weit voneinander von festen, in die Mauer versenkten Krampen gehalten, lief vom Dache aus eine flache Eisenstange – jedenfalls der Blitzableiter – unfern an seinem Fenster vorüber und in die Erde hinein. Wenn man diese erreichen konnte, mußte der Abstieg ganz leicht sein.

Das war vielleicht möglich zu machen. In der Höhe des Steinfußbodens seiner Zelle zog sich als dürftige Ausschmükkung des Gebäudes eine Art Sims hin, der um zwanzig bis fünfundzwanzig Zentimeter hervorsprang. Mit kaltem Blute und festem Willen konnte es nicht unmöglich sein, sich darauf zu halten und so den Blitzableiter zu erreichen.

Doch wenn man auch diesen tollkühnen Versuch wagte, blieb die Außenmauer noch ebenso unübersteiglich wie vorher. In der Zelle oder in dem erwähnten Rundgange blieb ein Gefangner noch immer ein Gefangner.

Serge Ladko betrachtete jetzt die Umfassungsmauer aufmerksamer als vorher und fand da, daß deren oberer Teil, nicht weit von der Kappe, innen und außen durch eine Reihe Vorsprünge verziert war, die von viereckigen, halb im Mauerwerk steckenden Bruchsteinen gebildet wurden. Kurze Zeit besah sich Serge Ladko den architektonischen Schmuck, dann ließ er sich wieder auf die Fensterbank hinabgleiten, sprang von hier in seine Zelle und beeilte sich, alle Verdacht erwekkenden Spuren zu beseitigen.

Sein Entschluß stand nun fest; er hatte das Mittel freizukommen trotz aller Hindernisse gefunden. Wie lebensgefährlich es auch war, konnte ... nein, mußte dieses Mittel ihn doch zum Ziele führen. Übrigens war der Tod der Fortdauer eines so qualvollen Lebens vorzuziehen.

Geduldig wartete er die zweite Ronde ab, und versichert, daß er nachher wieder eine Zeitlang keine Störung zu fürchten hätte, ging er gleich an die Ausführung seiner Vorbereitungen. Aus dem Laken schnitt er sich mit dem Reste seines Messers gegen fünfzig einige Zentimeter breite Streifen. Um die Aufmerksamkeit der Wärter nicht zu erregen, ließ er dabei genug Leinwand zurück, daß seine Lagerstätte noch den gewohnten Anblick gewährte. Übrigens würde es kaum jemand eingefallen sein, deren obere Decke aufzuheben.

Von den ausgeschnittenen Streifen verflocht er je vier zu einer Art dicker Schnur, worin die einzelnen Streifenenden verknüpft wurden. Diese Arbeit nahm einen ganzen Tag in Anspruch. Am 1. Oktober kurz vor Mittag sah sich Serge Ladko endlich im Besitz eines festen, vierzehn bis fünfzehn Meter langen Seiles, das er sorgfältig unter seiner Schlafdecke verbarg.

Da nun alles bereit war, sollte seine Entweichung noch an diesem Tage am Abend um neun Uhr erfolgen.

An diesem letzten Tage beschäftigte sich Serge Ladko mit der Prüfung der Einzelheiten seines Unterfangens und berechnete dessen Aussichten und Gefahren. Ob es zur Freiheit oder zum Tode führte, das würde die nächste Zukunft lehren. Jedenfalls müßte das Wagestück versucht werden.

Ehe aber noch die Stunde zum Handeln schlug, sollte ihm noch eine letzte Prüfung vorbehalten sein. Nachmittag gegen drei Uhr wurden die Riegel seiner Zelle geräuschvoll zurückgeschoben. Was stand ihm bevor? Handelte es sich nochmals um ein Verhör durch Izar Rona? Die gewöhnliche Stunde, wo er sich den Gefangnen vorführen ließ, war heute schon vorüber.

Nein, von einer Berufung vor den Richter war keine Rede. Durch die geöffnete Tür bemerkte Serge Ladko außer einem seiner gewöhnlichen Wärter eine Gruppe von drei ihm unbekannten Personen. Eine davon war eine Frau, eine junge Frau kaum von zwanzig Jahren, deren Züge Milde und Güte verrieten. Von den zwei Herren in ihrer Begleitung war der eine jedenfalls ihr Gatte. In dem andern war, nach der Sprechweise und Haltung des Wärters, wohl der Gefängnisdirektor zu vermuten.

Offenbar handelte es sich hier um einen Besuch. Nach der respektvollen Ehrerbietung, die ihnen erwiesen wurde, zu urteilen, waren das hervorragende Persönlichkeiten, vielleicht ein fürstliches Paar auf der Reise, neben dem der Direktor die Rolle des Führers spielte.

»Der gegenwärtige Insasse dieser Zelle«, sagte er zu den Gästen, »ist kein andrer als der berüchtigte Ladko, der Anführer der Räuberbande von der Donau, dessen Name gewiß auch zu Ihnen gedrungen ist.«

Die junge Frau warf einen scheuen Blick auf den berühmten Verbrecher. Er hatte doch gar kein so schreckliches Aussehen, dieser berühmte Verbrecher. Nie hätte man einen Räuberhauptmann von so sagenhafter Grausamkeit vermutet in diesem abgemagerten Manne von so blassem Gesicht, dessen Augen eher gutmütig glänzten, jetzt aber auch von tiefer Verzweiflung zeugten.

»Freilich behauptet er hartnäckig seine Unschuld«, fügte der Direktor unparteiisch hinzu, »an eine solche Melodie sind wir aber schon gewöhnt.«

Er wies die Besucher dann noch auf die gute Ordnung und die tadellose Sauberkeit der Zelle hin. Im Eifer trat er sogar über deren Schwelle und stellte sich gerade unter das Fenster, um seinen Zuhörern das Gesicht zuzuwenden.

Plötzlich hörte das Herz Serge Ladkos auf zu schlagen. Ohne es zu wissen, hatte der Redende sich ein wenig an der von Serge Ladko bearbeiteten Stelle gerieben, da bröckelte etwas Zement von der Wand ab und fiel als Staub auf den Boden. Gelockert durch eine weitere Bewegung, löste sich bald darauf in einem Stücke der Klumpen aus Brot und Zementstaub und fiel auf die Bodenfliesen herunter. Serge Ladko schüttelte vor Schrecken ein Frostschauer, als er sah, daß hierdurch die Eisenstange in ihrer untern Versenkung bloßgelegt worden war.

Hatte das jemand gesehen? . . . Ja, wenigstens eine. Während ihr Gatte mit dem Direktor den elenden Tisch wie einen Gegenstand von größtem Interesse besichtigte und dem respektvoll abgewendeten Wärter etwas in dem langen Korridor aufzufallen schien, hatte die Besucherin ihre Augen auf das in der Mauer ausgebrochne Loch geheftet, und der Ausdruck ihres Gesichtes zeigte, daß sie dessen stumme Sprache verstand.

Serge Ladko erwartete, sie würde sprechen, mit einem Worte den Erfolg so unsäglicher Anstrengungen vernichten, und er fühlte sich dabei mehr dem Tode nahe.

Etwas erblaßt, erhob die junge Frau die Augen auf den Gefangnen. Sah sie wohl die schweren Tränen, die sich langsam zwischen den Augenlidern des Elenden hervordrängten? . . . Verstand sie sein stummes Flehen, und war sie sich dessen schrecklicher Verzweiflung bewußt?

Zehn Sekunden voller Angst verstrichen; plötzlich drehte die Besucherin sich um und stieß einen leisen Schmerzensschrei aus. Die beiden Männer sprangen auf sie zu. Was war ihr zugestoßen? . . . Oh, nichts von Bedeutung, versicherte sie mit zitternder Stimme und erzwungenem Lächeln. Sie hatte sich nur unvorsichtigerweise den Knöchel etwas verrenkt. Das war alles.

Während sich Serge Ladko jetzt unbemerkt, aber schnell vor die bloßliegende Eisenstange stellte, beeilten sich Ehemann, Direktor und Wärter, die Zelle zu verlassen. Die beiden ersten bemühten sich, die vorgeblich verletzte junge Frau zu unterstützen, und der Wärter schob schleunigst die Riegel wieder zu. Serge Ladko war allein.

Wie schwoll seine Brust vor Dankbarkeit gegen das milde Wesen, gegen die Fremde, die mit ihm Mitleid gehabt hatte! Dank ihr war er gerettet. Ihr verdankte er das Leben; mehr als das Leben: die Freiheit!

Er war überwältigt auf sein Lager zurückgesunken, seine Erregung war zu tief gewesen. Sein Gehirn schwankte ihm von diesem letzten Schicksalsschlag im Kopfe.

Der Rest des Tages verlief ohne weitern Zwischenfall, und endlich ertönte von den Türmen der Stadt die neunte Stunde. Die Nacht war schon vorgeschritten. Schwere, sich über den Himmel hinziehende Wolken machten sie noch dunkler.

Vom Gange vor den Zellen her verriet ein zunehmendes Geräusch das Nahen einer Ronde. An der Tür angekommen, machten die Leute halt. Einer der Wärter legte das Auge an das Guckloch, zog sich aber gleich befriedigt zurück. Der Gefangne schlief; von seiner Decke war er bis zum Kinn verhüllt. Die Streifwache zog weiter; das Geräusch ihrer Schritte wurde schwächer und schwieg bald gänzlich.

Jetzt war der Augenblick zum Handeln gekommen.

Sofort sprang Serge Ladko von seinem Lager auf, dessen Decke er so legte, daß es im Schatten der Zelle so aussah, als ob noch ein schlafender Mensch darunterläge. Dann versorgte er sich mit dem Leinenseile, glitt wieder ins Freie hinaus, schwang sich, wie das erstemal, in die Höhe und saß bald rittlings auf dem obern Rande der Butte.

Die um das Gebäude verlaufenden Simse lagen in jedem Stockwerke in der Höhe des Fußbodens; Serge Ladko befand sich jetzt also fast vier Meter über dem, den er benützen wollte. Diese Schwierigkeit hatte er vorausgesehen. Er legte sein Seil so um eine der Gitterstangen, daß er beide Enden in der Hand behielt, und ließ sich nun ohne Mühe bis zu dem äußern Mauervorsprung hinabgleiten.

Den Rücken an die Wand gelehnt und die linke Hand an dem Seile, das ihn hielt, ruhte der Flüchtling einen Augenblick aus. Wie sollte er sich auf dem schmalen Sims im Gleichgewicht halten? Sobald er nur seine Unterstützung losgelassen hatte, stürzte er gewiß in den Gang für die Ronde hinunter.

Da gelang es ihm zum Glück unter sehr langsamen Bewegungen, das Seil mit der rechten Hand zu ergreifen, und mit der linken untersuchte er nun die Wand der Butte. Die konnte doch nicht einfach vor dem Fenster hängen, sondern mußte irgendwie an der Mauer befestigt sein. Als er darüber hinstrich, fühlte er an deren Seite einen hervorspringenden harten Gegenstand, den er als ein mit der Mauer verbundenes Bankeisen erkannte.

Wie wenig Grifffläche das Bankeisen ihm auch bot, mußte er sich damit begnügen. Mit den Fingerspitzen krallte er sozusagen sich daran an und zog langsam die eine Hälfte des Seiles, die ihm dabei allmählich um die Schultern fiel, an sich heran.

Jetzt waren die Brücken hinter ihm abgebrochen. Selbst wenn er's gewollt hätte, hätte er nicht wieder in die Zelle zurückgelangen können. Nun hieß es, das kühne Unternehmen bis zum Ende durchzuführen.

Serge Ladko wagte es, den Kopf halb der Blitzableitung zuzuwenden, auf die er sich im voraus verlassen hatte. Wie groß war aber sein Schreck, als er sah, daß diese etwa zwei Meter weit von der Butte entfernt war, die er doch, ohne sicher in die Tiefe zu stürzen, nicht loslassen durfte.

Er mußte jedoch zu einem Entschlusse kommen. Auf dem schmalen Sims stehend, den Rücken an die Mauer gedrückt und vom Abgrunde nur durch ein winziges Eisenstück zurückgehalten, an das er kaum die Fingerspitzen pressen konnte . . . Diese Lage durfte doch unmöglich länger dauern. In wenigen Minuten drohten seine erstarrten Finger den schwachen Halt zu verlieren, und damit wurde sein Sturz unvermeidlich; besser war es denn doch, erst nach einem letzten Rettungsversuche zugrunde zu gehen.

So neigte sich der Flüchtling denn nach dem Fenster zu und bog den linken Arm wie zu einer Feder zusammen, die zum Abschnellen fertig ist, dann ließ er seinen Stützpunkt los und schnellte sich mit Gewalt nach rechts hin.

Er fiel dabei. Seine Schulter stieß gegen den Sims, der

Schwung, den er sich gegeben hatte, war aber doch stark genug gewesen, daß seine ausgestreckten Hände die Leitungsstange noch erreichten.

Die erste Schwierigkeit war besiegt; nun galt es, auch die zweite zu überwinden.

Serge Ladko ließ sich an der Leitung hinab und hielt an einer der Krampen, die sie mit der Mauer verbanden, an. Hier überlegte er sich kurz, wie er sich nun weiterverhalten sollte.

Der Erdboden war jetzt in der Nacht nicht sichtbar, von unten drang zu dem Flüchtling aber das Geräusch eines regelmäßigen Schrittes hinauf. Hier war offenbar ein Soldat auf Wache. Nach dem einmal zu- und einmal abnehmenden Geräusche zu urteilen, wendete sich der Wachposten, nachdem er den an diesem Teile des Gebäudes sich hinziehenden Rundgang abgeschritten hatte, der Fortsetzung dieses Weges längs einer andern Front der Anstalt zu und kehrte dann wieder um, seinen Hin- und Hergang in gleicher Weise zu wiederholen. Serge Ladko schätzte die Dauer seiner Abwesenheit auf drei bis vier Minuten. In diesem Zeitraum mußte er also die Strecke, die ihn von der Außenmauer trennte, zurückgelegt haben.

Wenn er auch unter sich den Kamm der Mauer, die sich ihrer weißen Farbe wegen unbestimmt gegen die Dunkelheit abhob, noch erkannte, konnte er doch die vorspringenden Steine daran jetzt nicht unterscheiden.

Serge Ladko glitt noch etwas tiefer hinunter und hielt sich an einer der untern Krampen fest. Hier befand er sich immer noch zwei bis drei Meter über der Mauer, die er übersteigen mußte.

Jetzt in gesicherter Lage, konnte er sich schon schnellere Bewegungen erlauben. Nur einen Augenblick brauchte er, das Seil abzurollen, es hinter der Ableiterstange hindurchzuziehen und beide Enden so zu verknüpfen, daß sie ein Seil ohne Ende bildeten. Dessen nötige Länge hatte er annähernd berechnet, und nun warf er es über den Kamm der Umfassungsmauer hinweg und bildete endlich von dem einen Strange eine Schlinge, wie mit einem Lasso, die er auch über die Mauer in der Hoffnung warf, sie an einem der äußern hervorspringenden Steine hängenbleiben zu sehen.

Die Sache gestaltete sich recht schwierig. Bei der Dunkelheit, die ihm das Ziel verbarg, konnte er nur auf den Zufall rechnen.

Mehr als zwanzigmal war das Seil vergeblich hinübergeworfen worden, als es endlich hängenblieb. Serge Ladko zerrte vergeblich daran. Es hatte gut gefaßt und gab nicht nach. Der Versuch war also geglückt. Das eine Ende hatte sich um einen der äußern Steinvorsprünge gewickelt, und jetzt war über den Rundgang eine Art Steg hergestellt.

Allerdings ein gebrechlicher Steg, der ja zerreißen oder von dem Stein, woran er hing, sich lösen konnte. Im ersten Falle war die unausbleibliche Folge ein furchtbarer Sturz aus der Höhe, im zweiten würde seine menschliche Last wie von einem Schwunghebel gegen die Mauer des Gefängnisses geschleudert und zerschmettert werden.

Einen Augenblick zögerte Serge Ladko gegenüber einer solchen Gefahr. Nach starker Spannung seines Seiles knotete er die beiden Enden nochmals zusammen, und bereit, sich hinüberzuschwingen, lauschte er nur noch einmal auf den Schritt des Wachpostens.

Der befand sich jetzt gerade unter dem Flüchtling, entfernte sich aber gleich, wendete sich dann um die Ecke des Gebäudes, und der Laut seiner Schritte wurde wieder schwächer, bis er ganz erlosch. Nun galt es, ohne eine Sekunde zu verlieren, sich seine Abwesenheit zunutze zu machen.

Serge Ladko drang auf dem luftigen Wege vor. Zwischen Himmel und Erde schwebend, bewegte er sich nur gleichmäßig und sanft vorwärts, ohne sich wegen der Senkung des Seiles zu beunruhigen, die in der Mitte des Weges natürlich am stärksten wurde. Er wollte hinüber, er würde hinüberkommen.

So geschah es auch. In weniger als einer Minute war er über den schwindelnden Abgrund hinweg und hatte den Kamm der Mauer erreicht.

Ohne sich Rast zu gönnen, beeilte er sich, von der Gewißheit des Erfolgs angefeuert, nur noch mehr. Es waren kaum zehn Minuten verstrichen, seit er seine Zelle verlassen hatte, ihm schienen diese zehn Minuten aber länger als eine Stunde gedauert zu haben, und er befürchtete, daß eine Ronde jetzt schon wieder nach ihm sehen könnte. Dann wurde seine Flucht wahrscheinlich entdeckt, auch trotz der Vorsicht, womit er seine Decke gelegt hatte. Es war also nötig, vorher schon weit weg zu sein. Die Jolle lag ja da, nur zwei Schritte vor ihm. Einige Ruderschläge müßten genügen, sie aus dem Machtbereich seiner Verfolger zu bringen.

Serge Ladko unterbrach seine Arbeit allemal, wenn der Soldat nahe kam. Darauf aber knüpfte er eifrigst das Seil ab, zog es an sich heran und verdoppelte es von neuem, wonach er die so gebildete Schlinge um einen der Mauervorsprünge im Innern wand, und nachdem er sich überzeugt hatte, daß die Straße leer war, begann er sich herabzulassen.

Glücklich zur Erde gelangt, ließ er sofort das Seil zu seinen Füßen niederfallen und rollte es zu einem Packen zusammen. Jetzt war alles beendet ... er war frei und von seiner Flucht würde keine Spur zurückbleiben.

Doch als er seine Jolle aufsuchen wollte, ertönte in der Nacht plötzlich eine Stimme.

»Alle Wetter!« schallte es von weniger als zehn Schritt her, auf Wort: »Das ist doch Herr Ilia Brusch!«

Serge Ladko durchzitterte ein Gefühl der Freude. Erklärte sich das Schicksal endlich zu seinen Gunsten, da es ihm einen Freund zu Hilfe sandte?

»Herr Jäger!« antwortete er mit freudiger Stimme, während ein Mann aus dem Dunkel hervortrat und auf ihn zuging.

Fünfzehntes Kapitel

Nahe am Ziele

Am 10. Oktober erglänzte das Morgenrot zum neunten Male, seit die Jolle wieder die Donau hinunterglitt. In den vorhergegangenen Tagen hatte sie fast siebenhundert Kilometer zurückgelegt. Sie näherte sich jetzt dem Orte, wo die Insassen am Abend eintreffen sollten.

Auf dem Fahrzeuge schien nichts verändert zu sein. Die Jolle trug, wie schon früher, dieselben beiden Personen, Serge Ladko und Karl Dragoch, von denen der eine wieder zum Fischer Ilia Brusch, der andre zu dessen gutmütigem Passagier geworden war.

Die Art und Weise, wie der erste aber jetzt seine Rolle spielte, machte es dem zweiten sehr schwer, in der seinigen zu bleiben. Hypnotisiert von dem Verlangen, nach Rustschuk zu kommen, ruderte Serge Ladko den ganzen Tag und vernachlässigte dabei die nötigsten Vorsichtsmaßregeln. Er hatte nicht nur seine Brille abgelegt, sondern auch – beim Mangel an Rasierzeug und Färbemitteln im Gefängnis – gar nicht mehr daran gedacht, die leichte Erkennbarkeit seiner Person wieder zu erschweren. Seine Haare wurden von Tag zu Tag heller, und der blonde Bart erreichte schon eine recht respektable Länge.

Es wäre ja natürlich gewesen, wenn Karl Dragoch sein Erstaunen über eine solche Verwandlung zu erkennen gegeben hätte; der sagte aber nichts. Entschlossen, dem Wege, auf den er sich nun einmal eingelassen hatte, bis ans Ende zu folgen, wollte er einfach nichts sehen, was das Verhältnis zwischen beiden hätte stören können.

Als er zuletzt Serge Ladko Aug' in Auge gegenüberstand, waren Karl Dragochs frühere Ansichten schon stark erschüttert worden, und er fühlte sich jetzt weit weniger geneigt, eine Schuldhaftigkeit seines Reisegefährten anzunehmen.

Das Ergebnis der Untersuchungskommission in Szalka war die erste Ursache dieser Sinnesänderung gewesen. Karl Dragoch hatte daraufhin noch persönlich weitere Erkundigungen eingezogen, und, schwerer zufriedenzustellen als der Polizeikommissar in Gran, hatte er die Bewohner der Stadt noch eingehender befragt, deren Antworten aber hatten in ihm einigen Zweifel erweckt.

Daß ein gewisser Ilia, ein Mann von ganz einwandfreiem Verhalten, Szalka als Wohnsitz erwählt, dieses aber kurz vor dem Wettbewerb in Sigmaringen verlassen habe, das wurde unbestreitbar festgestellt. Über eine zweite Frage, ob dieser Ilia Brusch nach jenem Wettbewerbe, und vorzüglich in der Nacht vom 28. zum 29. August hier wieder gesehen worden sei, lauteten die Aussagen verschieden. Die nächsten Nachbarn glaubten sich zwar erinnern zu können, gegen Ende August Licht im Häuschen des Fischers gesehen zu haben, etwas Bestimmtes konnten sie aber nicht angeben. So unklar und zögernd diese Erklärungen auch abgegeben worden waren, vermehrten sie doch die Verwirrung des Polizisten.

Nun blieb noch ein dritter Punkt aufzuhellen: Wer war der Mann gewesen, den der Graner Kommissar in der vom Angeklagten selbst angegebenen Wohnung gesprochen hatte? Hierüber konnte Dragoch keinerlei Auskunft erhalten. Da fast jedermann in Szalka Ilia Brusch kannte, mußte dieser, wenn er unlängst hierhergekommen war, in ein und derselben Nacht eingetroffen und wieder fortgegangen sein, da ihn ja niemand bemerkt hatte. Ein solches schon an sich verdächtiges Geheimnis erschien noch merkwürdiger, als Karl Dragoch den Wirt eines kleinen Gasthauses befragt hatte, bei dem sich am 12. September, sechsunddreißig Stunden vor dem Eingreifen des Polizeikommissars von Gran, ein Unbekannter nach der Adresse Ilia Bruschs erkundigt hatte. Das Problem wurde verwickelter, und das noch mehr, als der dringender befragte Schenkwirt von dem Unbekannten eine Beschreibung geliefert hatte, die Zug für Zug mit dem Bilde übereinstimmte, das nach allgemeiner Anschauung auf den Anführer der Donauräuberbande zutraf.

Alles das veranlaßte Karl Dragoch zum Nachdenken. Er witterte hier verdächtige Dinge und hatte die Empfindung, einer recht nebelhaften Machination gegenüberzustehen, deren Zweck er nicht durchschaute, bei der es aber möglich erschien, daß der Angeklagte ihr Opfer werden sollte.

Dieser Eindruck verstärkte sich in ihm noch weiter, als er nach seiner Rückkehr nach Semlin den Verlauf der Untersuchung erfuhr. Nach zwanzig Tagen war diese eigentlich keinen Schritt vorwärtsgekommen. Kein Mitschuldiger war entdeckt worden, kein Zeuge hatte den Gefangnen mit Sicherheit rekognosziert, und gegen Serge Ladko lag noch immer keine weitere Beschuldigung als die vor, seine Erscheinung künstlich verändert und ein weibliches Porträt im Besitz gehabt zu haben, in dessen Unterschrift der Name Ladko vorkam.

Das wäre nun ja, in Verbindung mit andern Hinweisen, recht wertvoll gewesen, verlor aber einzeln betrachtet sehr an Bedeutung. Vielleicht hatten jene Verkleidung und das Vorhandensein des Bildes einen ganz harmlosen Grund.

Bei seinem jetzigen Gedankengange fühlte sich Karl Dragoch mehr zum Mitleid geneigt. Deshalb hatte ihn auch tief das naive Geständnis Serge Ladkos ergriffen, das dieser unter Umständen ablegte, die es entschuldigt hätten, wenn er auch seinem besten Freunde mißtraute.

War es nun so unmöglich, diese Empfindung von Mitgefühl mit seinen Amtspflichten so weit in Übereinstimmung zu setzen, daß er sogar wieder in der Jolle Platz nahm? Wenn Ilia Brusch wirklich Ladko hieß, und dieser Ladko war ein anerkannter Verbrecher, würde Karl Dragoch, indem er sich ihm anschloß, dessen Mitschuldige auf falsche Spuren verleiten.

Wenn er aber unschuldig war, würde er ihm vielleicht trotzdem den wirklichen Schuldigen zuführen, von dem man seit dem Vorfalle in Szalka wenigstens schon eine Art Schattenbild besaß.

Diese etwas gewagten Schlußfolgerungen entbehrten doch nicht gänzlich der Logik. Das elende Aussehen Serge Ladkos, der übermenschliche Mut, den er bei seiner so phantastischen Entweichung an den Tag gelegt hatte, vor allem aber auch die Erinnerung an den Dienst, den er ihm früher mit so heroischer Einfachheit geleistet hatte, taten noch das übrige. Karl Dragoch verdankte sein Leben dem Unglücklichen, der keuchend, mit blutigen Händen und im Gesicht von Schweiß überrieselt vor ihm stand. Sollte er ihn als Dank in die Semliner Hölle zurücksenden? Nein, das brachte der Detektiv nicht übers Herz.

»Kommt, kommt!« sagte er nur auf den freudigen Ausruf des Flüchtlings, den er mit sich zum Strome hinzog. –

In den letztverflossenen acht Tagen waren zwischen den beiden Männern nur wenige Worte gewechselt worden. Serge Ladko schwieg ja gewöhnlich still und nahm alle seine Kräfte zusammen, die Schnelligkeit des Bootes zu vergrößern.

In abgebrochnen Sätzen, die ihm schon mehr abgerungen werden mußten, schilderte er seine unerklärlichen Abenteuer von der Mündung der Ipoly an. Er berichtete von der langen Haft im Semliner Gefängnis, die er nach einer noch unerklärlicheren Einsperrung an Bord eines ihm unbekannten Schiffes erlitten hatte. Diejenigen sprachen also nicht die Wahrheit, die ihn zwischen Budapest und Semlin gesehen haben wollten, da er auf dieser Strecke ja mit gefesselten Händen und Füßen auf einer Schute eingeschlossen gewesen war.

Auf diese Mitteilungen hin veränderte sich die ursprüngliche Anschauung Karl Dragochs mehr und mehr. Wider seinen Willen konstruierte er sich doch einen Zusammenhang zwischen dem Überfall, dessen Opfer Ilia Brusch geworden war, und dem Auftreten eines Doppelgängers in Szalka. Ohne Zweifel war der Fischer irgend jemand im Wege und der Verfolgung eines unbekannten Feindes preisgegeben, dessen Personenbeschreibung mit der des wirklichen Verbrechers übereinzustimmen schien.

So näherte sich Karl Dragoch also der Wahrheit. Außerstande, seine Schlußfolgerungen zu kontrollieren, fühlte er wenigstens, daß der von ihm früher gehegte Verdacht sich mehr und mehr verflüchtigte.

Nichtsdestoweniger dachte er keinen Augenblick daran, die Jolle zu verlassen, um zurückzukehren und seine Nachforschungen, neuen Spuren folgend, wiederaufzunehmen. Sein Spürsinn als Polizist sagte ihm, daß die jetzige Spur eine gute wäre und daß der wahrscheinlich schuldlose Fischer doch in irgendwelcher Weise mit der Geschichte der Räuberbande von der Donau verknüpft sei. Längs des oberen Flußlaufes herrschte übrigens vollkommne Ruhe, und die nacheinander verübten Schandtaten lieferten den Beweis, daß auch ihre Urheber auf dem Strome, mindestens bis Semlin, hinuntergefahren waren. Da sprach also sehr vieles dafür, daß sie während der Haft Ilia Bruschs ihre Fahrt stromabwärts fortgesetzt haben dürften.

Hiermit täuschte sich Karl Dragoch nicht. Iwan Striga war bei der Abfahrt von Semlin, mit zwölf Tagen Vorsprung gegenüber der Jolle, auf der Weiterfahrt zum Schwarzen Meere begriffen. Diese zwölf Tage Vorsprung verlor er aber nach und nach, die Entfernung zwischen den beiden Fahrzeugen verminderte sich mehr und mehr, und Tag für Tag, Stunde für Stunde, Minute für Minute näherte sich die von Serge Ladko mit allem Kraftaufwand angetriebne Jolle unerbittlich der vorausfahrenden Schute.

Serge Ladko hatte freilich nur *ein* Ziel: Rustschuk, nur *einen* Gedanken: Natscha. Wenn er die frühern Vorsichtsmaßregeln zur Bewahrung seines Inkognitos vernachlässigte, geschah das, weil er wirklich nicht mehr daran dachte. Was hätten sie jetzt auch genützt? Sich nach seiner Verhaftung und Entweichung Ilia Brusch statt Serge Ladko zu nennen wäre eines ebenso verdachterweckend gewesen wie das andre. Unter keinem dieser beiden Namen konnte er sich fortan nur heimlich nach Rustschuk einschleichen, da er sonst Gefahr lief, auf der Stelle abgefaßt zu werden.

Von seinen Gedanken eingenommen, hatte er in diesen acht Tagen den Ufern gar keine Aufmerksamkeit zugewendet. Geachtet hatte er nur noch auf Belgrad – die »weiße Stadt«, die längs eines Hügels ansteigt, der den Konak, die Wohnung des Fürsten, überragt, und die noch eine Vorstadt hat, wo ein ungeheurer Warenverkehr stattfindet –, weil Belgrad die Grenze bezeichnete, wo der Machtbereich Izar Ronas aufhörte. Weiterhin bemerkte und beachtete der Fischer so gut wie nichts.

Er sah weder Semendria, die alte Hauptstadt Serbiens, die wegen der sie umrahmenden Rebenhügel berühmt ist, noch Colombats, wo man eine Höhle zeigt, in der der Ritter Georg der Sage nach den Körper des eigenhändig getöteten Drachens niedergelegt haben soll, weder Orsowa, wo die Donau zwischen zwei früher türkischen Provinzen hinströmt, noch das Eiserne Tor, die so gefährliche Stelle, wo sich die Donau schäumend zwischen lotrechten, vierhundert Meter hohen Felswänden hindurchzwängt und wütend gegen die Felsblöcke brandet, die in ihrem Bette verstreut liegen, auch nicht Widdin, die erste bulgarische Stadt von einiger Bedeutung, sowenig wie Nikopoli oder Sista, zwei andre bekannte Städte, die er oberhalb Rustschuks passieren mußte.

Mit Vorliebe hielt er sich nahe dem serbischen Ufer, wo er sich sichrer fühlte, und tatsächlich wurde er auch bis nach der Überwindung des Eisernen Tores von der Polizei nicht belästigt.

Erst in Orsowa war es, wo ein Boot der Strompolizei die Jolle zum Anhalten aufforderte. Sehr beunruhigt folgte Serge Ladko dem Gebote, und er fragte sich, was er auf die nun unausbleiblichen Fragen antworten sollte.

Niemand richtete jedoch eine Frage an ihn. Auf ein Wort Karl Dragochs verneigte sich der Führer der kleinen Abteilung höflich, und von einer Durchsuchung war keine Rede mehr.

Dem Piloten fiel es gar nicht ein, sich darüber zu wundern, daß ein Wiener Bürger hier über die öffentliche Gewalt nach Belieben verfügte. Glücklich, so leichten Kaufs davonzukommen, fand er eine Machtvollkommenheit, die zu seinem Vorteil gereichte, ganz natürlich, und er gab auch kein Erstaunen, sondern einfach eine zunehmende Ungeduld zu erkennen, als das Gespräch zwischen dem Polizisten und seinem Untergebenen sich verlängerte.

Sowohl den Anordnungen des über die Entweichung seines Gefangnen wütenden Izar Rona als den von Karl Dragoch selbst ausgegangnen nach war die polizeiliche Überwachung des Stromes bedeutend verschärft worden. Von einer Strecke zur andern zwang man die Schiffe, eine Reihe von Stromsperren zu passieren, von denen die bei Orsowa eine der wichtigsten war. Die starke Einengung des Strombetts erleichterte die Überwachung, und es war unmöglich, daß ein Fahrzeug hier anders als nach gründlichster Durchsuchung vorüberkommen konnte.

Als Karl Dragoch seinen Untergebnen befragte, erfuhr er gleichzeitig, daß die Nachsuchungen bisher fruchtlos gewesen seien und daß vor zwei Tagen auf rumänischem Gebiete wieder ein beträchtlicher Einbruch und Diebstahl vorgekommen sei, und zwar an der Einmündung des Jirel, fast genau gegenüber der bulgarischen Stadt Rahowa.

Den Donauräubern war es also gelungen, durch die Maschen des Netzes zu schlüpfen. Da nun die Bande die Gewohnheit hatte, sich nicht nur Gold und Silber, sondern wertvolle Gegenstände jeder Art anzueignen, mußte ja ihre Beute von beträchtlichem Umfang sein, und es erschien gerade unbegreiflich, daß davon keine Spur gefunden worden wäre, da das betreffende Fahrzeug einer Durchsuchung nicht hatte entgehen können.

Und doch verhielt es sich so.

Karl Dragoch war verblüfft über eine solche Schlauheit, mußte sich aber den Tatsachen fügen, da die Banditen sich auf der weiteren Talfahrt durch mancherlei Vergehen in Erinnerung brachten.

Das konnte nur zu dem Entschlusse führen, sich möglichst zu beeilen. Ort und Datum des letztgemeldeten Diebstahls zeigten, daß dessen Urheber der Jolle noch dreihundert Kilometer voraus waren. Berücksichtigte man nun die Zeit, in der Ilia Brusch festgesessen hatte, eine Zeit, die die Donaubanditen gewiß gut genug ausgenutzt hatten, so ergab es sich, daß die Schnelligkeit der Schute nur halb so groß wie die der Jolle war. Es erschien also nicht unmöglich, sie auf der Fahrt noch einzuholen.

Beide fuhren nun auf der Stelle ab, und in den ersten Morgenstunden des 6. Oktober wurde die bulgarische Grenze überschritten. Von hier aus hielt sich Serge Ladko, der bisher immer nahe dem rechten Ufer geblieben war, im Gegenteil so nahe wie möglich dem rumänischen Ufer, obwohl von Lom-Palanka aus eine Reihenfolge acht bis zehn Kilometer breiter Sümpfe die Annäherung an dieses verzögern und das Anlegen daran unmöglich machen mußte.

Sosehr er aber auch in seine Gedanken versunken war, war ihm der Strom selbst, sobald sie die bulgarischen Gewässer erreicht hatten, doch recht verdachterweckend erschienen. Darauf glitten eine Menge Dampfschaluppen, Flußtorpedos und selbst Kanonenboote mit der ottomanischen Flagge hin. In Voraussicht des Krieges mit Rußland, der nach weniger als einem Jahre ausbrechen sollte, begann die Türkei schon einen Wachdienst auf der Donau, die sie mit einer wirklichen Flottille bevölkerte.

Bei der überall drohenden Gefahr zog es der Pilot vor, sich fern von den türkischen Schiffen zu halten, müßte er deshalb auch den rumänischen Behörden in die Hände laufen, denn er hoffte, denen gegenüber werde ihn Jäger ebenso wie vorher in Orsowa beschützen können.

Die Gelegenheit, eine neue Probe von dem Einflusse seines Passagiers zu erleben, blieb jedoch aus; kein Zwischenfall unterbrach diesen letzten Teil der Fahrt, und am 10. Oktober Nachmittag gegen vier Uhr gelangte die Jolle endlich auf die Höhe von Rustschuk, das man am andern Ufer deutlich sehen konnte. Der Pilot steuerte da in die Mitte des Stromes, stellte zum ersten Male die Handhabung seiner Riemen ein und ließ den kleinen Anker auf den Grund sinken.

»Was bedeutet denn das?« fragte Karl Dragoch verwundert.

»Ich bin an meinem Ziele«, antwortete Serge Ladko trokken.

»Am Ziele? . . . Wir sind aber doch noch nicht am Schwarzen Meere?«

»Ja, ich habe Sie getäuscht, Herr Jäger«, gestand Serge Ladko ohne Umschweife. »Ich habe nie die Absicht gehabt, bis zum Schwarzen Meer hinunterzufahren.«

»Bah!« entschlüpfte es dem Detektiv, der etwas aufmerksamer wurde.

»Nein, ich bin mit der Absicht abgefahren, in Rustschuk, wo wir jetzt sind, haltzumachen.«

»Wo liegt denn Rustschuk?«

»Da drüben«, erklärte der Pilot, der mit der Hand nach den entfernten Häusern der Stadt hinwies.

»Warum fahren wir dann nicht vollends dahin?«

»Weil ich dazu die Nacht abwarten muß. Man spürt mir nach und verfolgt mich. Am Tage laufe ich Gefahr, nach den ersten Schritten dort verhaftet zu werden.«

Die Sache wurde interessant. Sollte der ursprünglich von Karl Dragoch gehegte Verdacht also doch begründet sein?

»Wie in Semlin?« murmelte er halblaut.

»Ja, wie in Semlin«, bestätigte Serge Ladko höchst gelassen,

»doch nicht aus denselben Gründen: Ich bin ein ehrlicher Mann, Herr Jäger.«

»Das bezweifle ich nicht, Herr Brusch, obgleich es nur selten achtbare Gründe sind, weswegen man eine Verhaftung zu befürchten hat.«

»Die meinigen sind von dieser Art, Herr Jäger«, versicherte Serge Ladko kühl. »Erlauben Sie mir, sie nicht darzulegen. Ich habe mir geschworen, sie für mich zu behalten; diesen Eid verletze ich nicht.«

Karl Dragoch billigte das durch eine Geste, die die vollkommenste Gleichgültigkeit ausdrückte. Der Pilot fuhr fort:

»Ich begreife, Herr Jäger, daß Sie nicht wünschen, in meine Angelegenheiten eingemengt zu werden. Wenn Sie wollen, setze ich Sie auf rumänischem Boden ab. Sie entgehen damit allen Gefahren, denen ich ausgesetzt sein kann.«

»Wie lange denken Sie in Rustschuk zu bleiben?« fragte Karl Dragoch, ohne auf jene Worte unmittelbar einzugehen.

»Das weiß ich nicht«, sagte Serge Ladko. »Gestalten sich die Dinge hier für mich günstig, so werd' ich vor Tage auf der Jolle zurück sein, dann aber nicht allein. Andernfalls weiß ich noch nicht, was ich tun werde.«

»Ich gehe mit Ihnen jedenfalls bis ans Ende«, erklärte Karl Dragoch ohne Zögern.

»Wie's Ihnen beliebt!« beendete Serge Ladko das Gespräch ohne jede andere Bemerkung.

Mit anbrechender Nacht ergriff er wieder die Riemen und näherte sich dem bulgarischen Ufer. Als er stromabwärts von den letzten Häusern der Stadt landete, war es ganz finster.

Einzig und allein sein Ziel im Auge, handelte Serge Ladko jetzt in der Weise einer Somnambule. Seine schnellen und bestimmten Bewegungen führten aus, was er tun mußte, was ihm unmöglich gewesen wäre, nicht zu tun. Blind für alles, was ihn umgab, hatte er nicht einmal gesehen, daß sein Gefährte in der Kabine verschwunden war, als er den kleinen Anker heraufholte. Für ihn war die ganze äußre Welt so gut wie verschwunden, für ihn gab es nur noch einen Traum. Und dieser, trotz der Nacht sonnenhell vorliegende Traum, das war sein bescheidenes Haus und darin Natscha! Außer Natscha gab es für ihn unter dem Himmelsdome nichts weiter.

Sobald der Bug des Bootes ans Ufer stieß, sprang er ans Land, legte das Boot fest und entfernte sich schnellen Schrittes.

Sofort kam auch Karl Dragoch unter dem Schutzdache hervor. Er hatte seine Zeit nicht vergeudet. Wer hätte den Polizisten mit dem energischen, bewußten Wesen wohl wiedererkannt in diesem schwerfälligen Tölpel, der getreuen Kopie eines ungarischen Bauern?

Der Detektiv stieg ebenfalls ans Land, und der Spur des Piloten nachgehend, begann jetzt noch einmal eine Jagd.

Sechzehntes Kapitel

Das leere Haus

In fünf Minuten hatten Serge Ladko und Karl Dragoch die Häuser erreicht.

Rustschuk hatte trotz seines umfänglichen Handels und starken Verkehrs noch eine öffentliche Beleuchtung, und es wäre den beiden, wenn sie es geplant hätten, schwer geworden, sich von der unregelmäßig um einen sehr großen Landungs- und Ladeplatz gruppierten Stadt, mit den vielen schmutzigen, als Schankstätten oder Niederlagen benützten Lokalen an diesem Platze, eine Vorstellung zu machen . . . Daran dachten die beiden Nachtwandler auch nicht. Der erste ging mit vor sich hin starrenden Augen schnell dahin, als würde er von einem in der Finsternis aufglänzenden Ziele angezogen. Der zweite widmete dem Piloten eine so ungeteilte Aufmerksamkeit, daß er gar nicht zwei Männer bemerkte, die gerade aus einer Seitengasse herauskamen, als er diese kreuzte.

Auf dem am Strom hinführenden Wege angekommen, trennten sich die beiden, von denen der eine nach rechts, stromabwärts hin, weiterging.

»Gute Nacht«, sagte er bulgarisch.

»Gute Nacht«, antwortete der andre, der, sich links wendend, in Karl Dragochs Fußstapfen trat.

Beim Klange dieser Stimme erzitterte der Polizist ein wenig. Eine Sekunde zauderte er, hielt unwillkürlich den Atem an, gab aber dann seine Verfolgung auf und blieb, sich umwendend, plötzlich stehen.

Ein Polizist, der das Streben hat, nicht auf den untern Stufen der Amtsleiter stehenzubleiben, braucht eine ganze Menge natürlicher oder angelernter besondrer Eigenschaften. Die allerwertvollste darunter ist ein untrügliches Erinnerungsvermögen des Auges und des Ohres.

Dessen konnte sich Karl Dragoch im höchsten Maße rühmen. Seine Seh- und Hörnerven bildeten richtige Registrierapparate, und ihre Licht- oder Toneindrücke vergaß er nie, wie viel Zeit auch darüber vergehen mochte. Nach Monaten, nach Jahren erkannte er ein nur flüchtig gesehenes Gesicht wieder und ebenso die Stimme, die einmal sein Trommelfell hatte erzittern lassen.

Das war gerade der Fall mit den Lauten, die er eben vernommen hatte, und augenblicklich bedurfte es keiner langen Zeit, bis er deren Besitzer gegenüberstand, um sich gegen jeden möglichen Irrtum zu sichern. Diese Stimme, die in der Waldblöße am Fuße des Pilis sein Ohr getroffen hatte, wurde für ihn jetzt zum lange vergeblich gesuchten Leitfaden. So scharfsinnig seine Vermutung bezüglich seines Reisegenossen auch sein mochte, waren es im Grunde doch nur Hypothesen. Die Stimme dagegen gab ihm Gewißheit. Zwischen dem Wahrscheinlichen und Gewissen konnte kein langer Zweifel bestehen, und so gab denn der Detektiv seine erste Verfolgung auf und ging einer andern Spur nach.

»Guten Abend, Titscha«, sagte er deutsch, als der Mann in seine Nähe gekommen war.

Der blieb stehen und bemühte sich, in der dunklen Nacht etwas zu erkennen.

»Wer grüßt mich da?« fragte er.

»Ich«, antwortete Dragoch.

»Wer ist der Ich?«

»Max Raynold.«

»Kenne ich nicht.«

»Doch ich kenne Euch, sonst hätt' ich Euch doch nicht beim Namen rufen können.«

»Das ist ja richtig«, mußte Titscha einräumen. »Da müßt Ihr aber auch verdammt gute Augen haben.«

»Ja, die sind vortrefflich.«

Das Gespräch wurde einen Augenblick unterbrochen.

»Was wollt Ihr denn von mir?« nahm Titscha wieder das Wort.

»Euch sprechen«, erwiderte Dragoch, »Euch und noch einen andern. Ich bin nur deshalb in Rustschuk.«

»Ihr seid also nicht von hier?«

»Nein; ich bin heute erst eingetroffen.«

»Da habt Ihr Euch ja einen sehr netten Augenblick ausgewählt«, erwiderte Titscha höhnisch, der damit offenbar auf die jetzt in Bulgarien herrschende Anarchie anspielte.

Dragoch gab zu erkennen, daß das ihn nichts angehe.

»Ich bin aus Gran«, sagte er dann.

Titscha schwieg still.

»Ihr kennt Gran wohl nicht?« begann Dragoch wieder.

»Nein.«

»Das ist merkwürdig, da Ihr doch so nahe dabei wart.«

»So nahe?« wiederholte Titscha. »Woher wollt Ihr wissen, daß ich so nahe bei Gran gewesen wäre?«

»Nun ... Sapperment!« sagte Karl Dragoch lachend, »das liegt doch nicht weit von der Hagenauschen Villa.«

Jetzt war die Reihe zu erzittern an Titscha; er versuchte jedoch, sich durch Frechheit zu helfen.

»Die Hagenausche Villa?« stammelte er mit einem Ton, der heiter und ruhig klingen sollte. »Euch mag das bekannt sein, Kamerad; mir nicht.«

»Wirklich nicht?« fragte Karl Dragoch ironisch, »und die Waldblöße beim Pilis, die kennt Ihr wohl auch nicht?«

Titscha trat schnell noch näher und ergriff sein Gegenüber am Arme.

»Nicht so laut!« flüsterte er, ohne diesmal seine Erregung zu verbergen. »Ihr seid wohl toll, so zu schreien.«

»Es ist ja kein Mensch hier«, wendete Dragoch ein.

»Das kann man niemals wissen«, meinte Titscha und setzte noch fragend hinzu: »Na, heraus mit der Sprache! Was wollt Ihr eigentlich von mir?«

»Ich? ... Mit Ladko sprechen«, antwortete Dragoch, ohne die Stimme zu schwächen.

Titscha versuchte nochmals, ihn zum leisern Sprechen zu veranlassen.

»Still, still!« rief er gedämpften Tones, während er einen ängstlichen Blick umherwarf. »Ihr habt wohl drauf geschworen, uns hier abfassen zu lassen?«

Karl Dragoch lachte.

»Ach was«, sagte er, »wie sollen wir uns denn miteinander verständigen, wenn wir stumm bleiben sollen!«

»Übrigens«, knurrte Titscha ärgerlich, »schickt sich's gar nicht, die Leute mitten in der Nacht zu überfallen, ohne ›Achtung!‹ zu rufen. Es gibt Dinge, die man auf offner Straße lieber nicht erwähnt.«

»Ich bestehe nicht darauf, mit Euch auf der Straße zu verhandeln«, erwiderte Dragoch. »Wir wollen also weitergehen.«

»Ja . . . wohin denn?«

»Das ist ja gleichgültig. Gibt's hier denn keine Schenke in der Nähe?«

»O doch, nur ein paar Schritte von hier.«

»Dann wollen wir dahin gehen.«

»Meinetwegen«, stimmte Titscha zu. »Also folgt mir.«

Fünfzig Meter weiterhin kamen die beiden Männer nach einem kleine Platze. Vor ihnen schimmerte noch ein schwach erleuchtetes Fenster durch die Nacht.

»Da sind wir zur Stelle«, sagte Titscha.

Durch die offne Tür gingen sie in demselben Flur nach dem leeren Gastzimmer eines Cafés, worin wohl ein Dutzend Tische standen.

»Hier werden wir ja ungestört sein«, sagte Dragoch.

Eben trat der Schenkwirt an die unerwarteten, späten Gäste heran.

»Was trinken wir denn? . . . Die Zeche bezahle ich«, begann der Detektiv, indem er auf seine Hosentasche klopfte.

»Ein Glas Raki?« schlug Titscha vor.

»Gut, also Raki. Und etwas Genever dazu. Ihr habt doch nichts dagegen?«

»Auch gut, der Genever«, stimmte Titscha ein.

»Karl Dragoch wandte sich dem der Bestellung gewärtigen Wirte zu.

»Sie haben's ja wohl gehört, Freundchen? Nun her damit, doch etwas schnell!«

Während der Wirt eiligst davonging, maß Dragoch den andern prüfend mit den Augen. Da sah er dessen breite Schultern, seinen Stiernacken und eine schmale, von dichten grauen Haaren eingerahmte Stirn, kurz, einen richtigen Jahrmarktsathleten, ein wirkliches Tier, das ihm da gegenübersaß.

Sobald die Flaschen und die Gläser aufgetragen waren, knüpfte Titscha seine Worte wieder an das draußen abgebrochne Gespräch an.

»Ihr saget, ich wäre euch bekannt?«

»Zweifelt Ihr etwa daran?«

»Und Ihr kennt auch die Geschichte von Gran?«

»Natürlich. Dabei sind wir ja zusammen tätig gewesen.«

»Das ist nicht möglich!«

»Es ist aber doch so.«

»Na, das versteh' ich nicht«, murmelte Titscha, der sich zu erinnern suchte. »Wir waren doch nur unser acht!«

»O nein«, unterbrach ihn Dragoch; »nicht acht, sondern mit mir neun.«

»Ihr hättet damals mit Hand angelegt?« fragte Titscha, der noch nicht recht überzeugt war, nochmals.

»Das will ich meinen! In der Villa wie auf der Waldblöße. Ich war es ja, der den Wagen fortgebracht hat.«

»Mit Vogel?«

»Ja freilich, mit Vogel!«

Titscha sann einen Augenblick nach.

»Das kann nicht zutreffen«, wandte er gegen diese Angabe ein. »Damals ist Kaiserlick mit Vogel zusammen weggefahren.«

»Nein, ich«, wiederholte Dragoch, ohne sich beirren zu lassen. »Kaiserlick war mit euch andern zurückgeblieben.«

»Das wißt Ihr sicher?«

»Gewiß sicher«, erklärte Dragoch.

Titscha wußte nicht recht, woran er war; durch Intelligenz zeichnete sich der Bandit überhaupt nicht aus. Ohne zu merken, daß er dem angeblichen Max Raynold die beiden Genossen Kaiserlick und Vogel selbst verriet, betrachtete er es als einen Beweis, daß dieser deren Namen kannte.

»Ein Gläschen Genever?« schlug Dragoch vor.

»Das wäre nicht zu verachten«, meinte Titscha.

Er leerte das kleine Glas auf einen Zug.

»Hm, merkwürdig«, murmelte er halb bekehrt. »Das ist doch zum ersten Male, daß wir bei unsern Geschäften einen Fremden zu Hilfe gezogen haben.«

»Ja, das ist wohl möglich. Alles muß doch auch einen Anfang haben. Nun werd' ich, da ich in die Bande aufgenommen worden bin, schon kein Fremder mehr sein.«

»In welche Bande denn?«

»Na, na, Kamerad, Finten sind hier überflüssig. Ich sage Euch, die Sache ist schon abgemacht.«

»Was ist abgemacht?«

»Daß ich mich Euch anschließe.«
»Und abgemacht mit wem?«
»Nun, doch mit Ladko.«
»Den Mund halten!« unterbrach ihn Titscha streng. »Ich hab' Euch doch gesagt, daß Ihr diesen Namen nicht nennen sollt.«
»Nicht auf der Straße«, wendete Dragoch ein. »Doch hier?«
»Hier wie anderswo! Natürlich in der ganzen Stadt nicht.«
»Warum denn?« sagte Dragoch, begierig, noch mehr zu erfahren.
Titscha hegte jedoch noch immer etwas Mißtrauen.
»Wenn man Euch nach diesem Namen fragt«, antwortete er, »so sagt Ihr einfach, Ihr kenntet ihn nicht. Ihr wißt ja schon so manches, doch lange noch nicht alles, das merke ich, und einen alten Fuchs wie mich werdet Ihr nicht an der Nase herumführen können!«
Titscha täuschte sich; er war nicht der Mann dazu, mit einem Gegner wie Dragoch zu streiten. Der alte Fuchs hatte seinen Meister gefunden. Nüchternheit war nicht Titschas Haupteigenschaft, und sobald der Detektiv das bemerkt hatte, sagte er sich, daß er aus diesem Fehler am Panzer seines Gegners Nutzen ziehen müsse ... Seine wiederholten Angebote von Getränken begegneten bei dem Banditen nur einer schwächlichen Ablehnung. Auf Gläser mit Genever folgten solche mit Raki und umgekehrt. Schon machte sich die Wirkung des Alkohols bemerkbar. Titschas Augen wurden gläsern, seine Zunge schwer, sein bißchen Kugheit noch vermindert. Jedermann weiß aber, daß man in der Trunkenheit auf schiefer Ebene wandelt: Je mehr man seinen Durst stillt, desto mehr muß man trinken.
»Ihr sagtet doch«, fuhr Titscha mit etwas lallender Stimme fort, »daß die Sache mit dem Chef abgemacht wäre?«
»Natürlich ... abgemacht«, erklärte Dragoch.
»Das hat er gut gemacht, der Chef«, versicherte Titscha, der sein Gegenüber in der Trunkenheit zu duzen anfing. »Wahrlich, du siehst wie ein richtiger guter Kamerad aus!«
»Das wirst du schon noch sehen«, antwortete Dragoch, auf das vertrauliche Du eingehend.
»Ja, ja ... doch eines: Sehen wirst du ihn nicht ... den Chef.«

»Nicht sehen! Warum denn nicht?«

Statt zu antworten, griff Titscha nach der Rakiflasche und schenkte sich gleich nacheinander zweimal ein. Als er ausgetrunken hatte, stammelte er dann mit heiserer Stimme:

»Fortgereist . . . der . . . Chef.«

»Er ist nicht in Rustschuk?« fragte Dragoch etwas enttäuscht weiter.

»Nein . . . nicht mehr.«

»Nicht mehr? . . . Er war also hierhergekommen?«

»Jawohl . . . glaube . . . vor vier Tagen.«

»Und jetzt?«

»Jetzt schwimmt er . . . auf . . . der Schute . . . ja . . . hinunter . . . nach dem Meere.«

»Wann könnte er wohl wieder hier sein?«

»So . . . in vierzehn Tagen.«

»Vierzehn Tage warten! Nun ja, das ist eben mein Glück!« rief Dragoch.

»Du . . . du hast wohl . . . so große Eile . . . in die Gesellschaft . . . ein . . . zutreten?« fragte Titscha mit rohem Lachen.

»Donnerwetter!« stieß Dragoch hervor. »Ich bin Bauer, und bei der Geschichte bei Gran hab' ich in einer Nacht mehr eingeheimst, als wenn ich mich ein ganzes Jahr mit Feldarbeiten abquäle.«

»Aha . . . das hat . . . dir geschmeckt!« meinte Titscha, laut auflachend.

Dragoch tat, als ob er erst jetzt bemerkte, daß das Glas des andern leer war, und beeilte sich, es wieder zu füllen.

»Du trinkst ja aber gar nicht, Kamerad«, redete er ihm zu. »Auf deine Gesundheit!«

»Auf deine Gesundheit!« wiederholte Titscha und stürzte das volle Glas hinunter.

Die Ernte an erhaltenen Mitteilungen war für den Detektiv recht reichlich ausgefallen. Er wußte jetzt, wie viel wirkliche Mitglieder die Donaubande zählte: nach Titschas Angabe acht, er kannte ferner die Namen von drei andern, mit Einschluß des Anführers, dessen nächstes Ziel, das Meer, wo jedenfalls ein Schiff mit der Beute beladen werden sollte, und endlich den Ausgangspunkt seiner Handstreiche, nämlich Rustschuk. Wenn Ladko nach vierzehn Tagen hierher zurückkehrte, würden dann alle Maßregeln getroffen sein, ihn auf der Stelle zu verhaften, wenn es nicht etwa gelang, ihn schon an der Donaumündung dingfest zu machen.

So mancher Punkt war jedoch immer noch dunkel. Karl Dragoch glaubte, es würde ihm unter Benützung der Trunkenheit seines Gegenübers möglich sein, wenigstens einen davon aufzuhellen.

»Warum in aller Welt«, fragte er mehr hingeworfen nach kurzem Schweigen, »wolltest du vorhin nicht, daß ich den Namen Ladko ausspräche?«

Offenbar ganz benebelt, sah Titscha seinen Gefährten unsichern Blickes an und streckte ihm in einem Ausbruche plötzlicher Zärtlichkeit die Hand entgegen.

»Ich werde es dir sagen«, stammelte er, »denn du bist mein Freund . . . du . . .«

»Gewiß«, versicherte Dragoch, indem er die Hand des Trunknen ergriff.

»Bist . . . mein Bruderherz!«

»Jawohl.«

»Ein Teufelskerl, mit dem sich ein Pferd stehlen läßt.«

»Das versteht sich.«

Titscha suchte mit den Augen nach den Flaschen.

»Noch ein . . . ein Schlückchen . . . Genever?« schlug er vor.

»Es ist leider keiner mehr da«, antwortete Dragoch.

Überzeugt, daß sein Gegner genug hatte, und befürchtend, daß er hier zu schwer betrunken noch niederstürzen könnte, goß der Detektiv noch aus mehreren Flaschen den Rest ihres Inhaltes einfach aus. Das paßte Titscha aber doch nicht, der, als er hörte, daß kein Genever mehr da sei, ein ganz verzweifeltes Gesicht schnitt.

»Dann wenigstens Raki?« bettelte er.

»Hier«, gab Dragoch nach und stellte eine Flasche, die noch einige Tropfen des Likörs enthielt, auf den Tisch. »Aber Achtung, Kamerad, wir dürfen uns nicht betrinken.«

»Ich?« protestierte Titscha, während er sich, was noch in der Flasche war, zulegte, »ich . . . ich möchte, ich, daß ich . . . daß nicht . . . könnte.«

»Wir sprachen vorhin von Ladko«, ließ Dragoch fallen, indem er geduldig seinen gewundenen Weg zum Ziele wieder einschlug.

»Ladko?« wiederholte Titscha, ohne zu wissen, um was es sich handelte.

»Ja, warum soll man den nicht nennen?«

Titscha lachte trunken.

»Das geht ... dir ... wohl recht ... im Kopfe herum, mein ... Söhnchen! Weil Ladko ... eigentlich ... ja, ja ... Striga ... auszusprechen ist.«

»Striga?« wiederholte Dragoch, der die letzten Worte nicht recht verstand. »Warum denn Striga?«

»Nun, zum Teufel ... weil er so heißt ... das ... liebe Kind. Und auch du ... du heißt ... ja, sapperment, wie heißest du gleich?«

»Raynold.«

»Richtig ... Raynold. Na also: Ich nenne dich Rain ... hold, und ... und er nennt sich Striga, ... das ... ist doch ... klar.«

»Doch bei Gran«, wandte Dragoch noch ein.

»Ah ... bei Gran ... ja, bei Gran, da war er ... Ladko. In ... in ... Rustschuk ... aber ... da heißt er ... Striga.«

Dazu blinzelte er wie verschmitzt mit den Augen.

»Du ... begreifst ... wohl, so ... so sieht ... und hört keiner ... etwas Richtiges ... von ihm.«

Daß ein Verbrecher sich einen falschen Namen zulegt, wenn er seine Untaten begeht, kann einen Polizisten ja nicht wundernehmen. Warum hatte der Betreffende aber hier den Namen Ladko gewählt, denselben Namen, der unter dem in der Jolle gefundenen Bilde stand?

»Es existiert aber doch ein gewisser Ladko«, rief Dragoch, dem allerlei Gedanken durch den Kopf schossen.

»Ja freilich«, gab Titscha zu, »das ... das ist ja ... das Beste ... bei der ... Geschichte.«

»Wer und was ist denn dieser Ladko?«

»Ein richtiger Hundsfott!« polterte Titscha hervor.

»So? ... Was hat er dir denn getan?«

»Mir? ... Ach ... mir ... gar nichts ... aber ... unserem ... Striga.«

»Nun, was hat er denn Striga getan?«

»Er hat ihm die Frau ... die schöne Natscha ... vor der ... Nase wegstibitzt.«

Natscha! Das war derselbe Vorname, der auf dem Bilde stand. Dragoch wußte nun, daß er auf der richtigen Fährte war, und aufmerksam hörte er dem stammelnden Titscha zu, der, ohne aufgefordert zu sein, weitererzählte.

»Seitdem ... kannst dir's ... wohl denken ... sind die beiden ... nicht gut Freund ... miteinander. Darum hat ... Stri ... ga auch seinen Namen ... angenommen. Ja ... das ist ... ein ... ein Hauptkerl, der ... Striga!«

»Aus dem allen«, nahm Dragoch das Wort, »sehe ich nur nicht ein, warum man den Namen Ladko nicht aussprechen soll.«

»Weil ... ja ... weil sich das einfach ... nicht gehört«, stieß Titscha hervor. »In Gran und ... an andern Orten, da weißt ... du ... ja, wen er bezeichnet. Hier ist es ... der ... eines Piloten ... der sich ... gegen die Regierung ... aufgelehnt hat. Da hat er sich auch in eine Verschwörung eingelassen ... der Dummkopf. Und ... ganz Rustschuk ... steckt doch ... voller Türken.«

»Was ist denn aus ihm geworden?« fragte Dragoch.

Titscha zuckte mit den Achseln.

»Verschwunden ist er«, antwortete er. »Striga ... sagt ... er wäre ... tot.«

»Tot?«

»Muß wohl ... so sein, da ... Striga jetzt ... die Frau ... hier hat.«

»Welche Frau?«

»Eben die ... schöne Natscha ... Erst den Namen ... dann ... die Frau. Zufrieden ... ist das ... das Täubchen ... freilich nicht. Striga ... na ja ... der hält sie ... aber auf seiner Schute ... fest.«

Jetzt wurde Dragoch alles klar. Nicht mit einem gemeinen Verbrecher war er so viele Tage zusammengewesen, sondern mit einem verbannten Patrioten. Wie groß mußte jetzt der Schmerz des Unglücklichen sein, der, mit so vieler Beschwerde einmal heimlich zurückgekehrt, sein Haus leer fand! Er mußte ihm helfen; die Donaubande, über die Dragoch jetzt ja genügend unterrichtet war, würde er schon in kürzester Zeit unschädlich zu machen wissen.

»Es ist warm hier«, stöhnte er und stellte sich, als ob er ebenfalls zu viel getrunken hätte.

»Sehr warm«, stimmte Titscha ein.

»Das macht der Raki«, stotterte jetzt Dragoch.

Titscha schlug mit der Faust auf den Tisch.

»Du kannst auch nicht viel vertragen, Kind!« scherzte er mit schwerer Zunge. »Sieh ... da ... mich an, ich könnte ... gleich ... wieder von vorn ... anfangen.«

»Ich kann da nicht mittun«, gestand Dragoch.

»Zartes Püppchen!« spöttelte Titscha. »Doch meinetwegen, wir wollen gehen, wenn du denn nicht anders kannst.«

Der Wirt wurde herbeigerufen und bezahlt, dann begaben sich die beiden Männer ins Freie hinaus. Der Luftwechsel schien auf Titscha nicht günstig zu wirken; der taumelte bedenklich. Dragoch fürchtete, etwas zu weit gegangen zu sein.

»Sag einmal«, begann er und zeigte stromabwärts, »jener Ladko ...?«

»Welcher Ladko?«

»Der Pilot. Der wohnte doch wohl da unten?«

»Nein.«

Dragoch drehte sich nach der Stadtseite um.

»Aber da?«

»Auch nicht.«

»Dann aber dort?« fragte Dragoch, indem er dabei stromauf wies.

»Ja, dort«, stammelte Titscha.

Der Detektiv zog seinen Gefährten mit sich fort, der sich schwankend führen ließ und im Gehen unzusammenhängende Worte murmelte, bis er nach fünf Minuten Weges plötzlich stehenblieb und sich straff aufzurichten versuchte.

»Oho, was sagte denn da Striga, daß Ladko tot wäre?« stotterte er.

»Nun, was denn?«

»Der ist nicht tot; er hat ja jemand bei sich.«

Titscha wies in der Entfernung von wenigen Schritten auf dünne Lichtstrahlen hin, die durch den Laden eines Fensters drangen und einen Schein auf den Weg warfen. Dragoch lief auf das Fenster zu und durch einen Sprung im Laden blickten Titscha und er in das Häuschen hinein. Da sahen sie zunächst einen mäßig großen, doch recht gut möblierten Raum. Eine auffallende Unordnung der Möbel und die dicke Staubschicht, die sie bedeckte, legten die Vermutung nahe, daß das jedenfalls schon lange verlassene Zimmer der Schauplatz eines heftigen Auftritts gewesen war. In der Mitte stand ein großer Tisch, auf den sich ein Mann aufstützte, der scheinbar in tiefes Nachdenken versunken war. Die in seinen dicken, jetzt fast ungeordneten Haaren versteckten Finger verrieten deutlich die schmerzhafte Erregung seines Innern. Den Augen des Mannes entrannen große Tränen.

Wie von ihm erwartet, erkannte Karl Dragoch hier sofort seinen Reisegefährten wieder. Doch nicht er allein erkannte den verzweifelten Träumer.

»Das ist er ...!« murmelte Titscha, der sich nach Kräften bemühte, über seine Trunkenheit Herr zu werden.

»Wer?«

»Ladko!«

Titscha strich sich mit der Hand übers Gesicht, und es gelang ihm, sich etwas zu fassen.

»Er ist doch nicht tot, der Bube«, knirschte er zwischen den Zähnen. »Doch, das ist vielleicht noch besser. Die Türken werden mir für seine Haut mehr bezahlen, als sie wert ist ... Striga wird schon damit zufrieden sein. Geh nicht vom Flecke, Kamerad«, sagte er, an Karl Dragoch gewendet. »Sobald er heraustritt, schlage ihn nieder. Kannst ja nötigenfalls um Hilfe rufen; ich werde unterdessen die Polizei benachrichtigen.«

Ohne eine Antwort abzuwarten, ging Titscha eiligen Schrittes fort. Jetzt schwankte er kaum noch herüber und hinüber. Die Erregung hatte ihm das Gleichgewicht wieder verliehen.

Sobald er sich allein sah, betrat Dragoch das Haus.

Serge Ladko machte keine Bewegung. Karl Dragoch legte ihm die Hand auf die Schulter.

Der Unglückliche erhob den Kopf, doch seine Gedanken waren abwesend, und sein irrer Blick zeigte, daß er seinen Passagier nicht erkannte. Dieser sprach nur ein einziges Wort aus:

»Natscha!«

Serge Ladko schnellte empor; seine flammenden Augen waren fragend auf die Karl Dragochs gerichtet.

»Folgt mir«, sagte der Detektiv, »aber schnell, schnell!«

Siebzehntes Kapitel

Auf dem Wasser

Die Jolle flog geradezu über das Wasser. Übereifrig, wie von einer Art Wut angefeuert, legte sich Serge Ladko kräftiger als je in die Riemen. Durch die Heftigkeit seines Verlangens wie den gewöhnlichen Gesetzen gegenüber gefeit, gönnte er sich kaum jede Nacht eine kurze Zeit der Ruhe. Da fiel er erschöpft in einen bleiernen Schlaf, aus dem er zwei Stunden später plötzlich wie durch einen Glockenschlag erwachte, um sich sofort wieder seiner aufreibenden Arbeit hinzugeben.

Als Zeuge einer so ununterbrochenen Arbeit bewunderte es Karl Dragoch, daß ein menschlicher Organismus eine solche Widerstandsfähigkeit haben konnte. Und doch war es ein Mensch, der ihm dieses wunderbare Schauspiel bot, aber ein Mensch, der seine unerschöpfliche Energie einer brennenden Sehnsucht, einem glühenden Wunsche verdankte.

Um den unglücklichen Piloten davon in keiner Weise abzulenken, befleißigte sich der Detektiv, das Schweigen auf der Jolle nicht zu brechen. Was Wichtiges zu sagen gewesen war, das hatten die beiden einander schon in Rustschuk gesagt. Sobald die Jolle wieder in die Strömung hinausgetrieben war, hatte Karl Dragoch die unentbehrlichen Aufklärungen gegeben. Zuerst hatte er seine eigne Persönlichkeit und seinen Beruf enthüllt. Mit wenigen kurzen Worten hatte er dann erklärt, warum er diese Fahrt unternommen hätte, nämlich zur Verfolgung der Räuberbande der Donau, als deren Anführer die öffentliche Meinung einen gewissen Ladko aus Rustschuk bezeichnete.

Diese Mitteilung hatte der Pilot nur zerstreut und mit fieberhafter Ungeduld angehört. Was kümmerte ihn alles das? Er hatte ja nur einen Gedanken, einen Wunsch, nur eine Hoffnung: Natscha!

Aufmerksamer war er erst geworden, als Karl Dragoch angefangen hatte, von der jungen Frau zu sprechen, als er sagte, aus Titschas Munde gehört zu haben, daß diese jetzt den Strom hinunterfahre, aber als Gefangne auf einer Schute, die von dem Anführer der Bande geleitet wurde, dessen richtiger Name Striga – nicht Ladko – wäre.

Bei der Nennung dieses Namens stieß Serge Ladko einen unartikulierten Schrei aus.

»Striga!« rief er, während seine Hand den Riemen krampfhaft fest umschloß.

Jetzt hatte er weiter nichts zu fragen. Er eilte nur ohne Unterlaß, ohne sich Ruhe zu gönnen, mit gerunzelten Brauen und irre blickenden Augen seinem Ziele entgegen. Sein Herz sagte ihm, daß er das erreichen würde. Warum? Darüber hätte er keine Rechenschaft geben können. Er fühlte nur die Gewißheit . . . nichts weiter. Die Schute, worin Natscha gefangensaß, würde er auf den ersten Blick aus Tausenden heraus erkennen. Wie?... Das wußte er nicht. Er würde sie aber herausfinden, daran konnte kein Zweifel sein. Jetzt wurde ihm auch klarer, warum er glaubte, den seiner Häscher, der ihm bei seiner ersten Gefangenschaft seine Nahrung brachte, zu kennen, und warum die undeutlich vernommenen Stimmen in seinem Herzen ein Echo gefunden hatten. Dieser Kerkermeister war Titscha gewesen; die Stimmen die Strigas und Natschas. Und auch der Schrei, den er in der Nacht vernommen hatte, war von Natscha gekommen, die vergeblich um Hilfe rief. Warum war er damals nicht zurückgeblieben! Wie viele Qualen hätte er sich erspart!

Kaum hatte er ja bei seiner Flucht in der Nacht die dunkle Masse des schwimmenden Gefängnisses erkannt, worin er, ohne es zu wissen, die zurückließ, die ihm über alles teuer war. Doch gleichviel, ihm würde auch jeder flüchtige Blick darauf genügen. Es war doch unmöglich, daß er an einem solchen Fahrzeug vorüberkommen könnte, ohne daß eine geheimnisvolle Stimme in seinem Innern ihm zugerufen hätte, daß gerade dieses das richtige wäre.

Tatsächlich schwebte Serge Ladkos Hoffnung nicht so in der Luft, wie man das anzunehmen versucht wäre. Die Möglichkeit eines Irrtums wurde wesentlich durch den Umstand eingeschränkt, daß hier weit weniger Schuten auf der Donau verkehren. Schon von Orsowa an hatte sich ihre Zahl wesentlich vermindert, war hinter Rustschuk sehr unbedeutend geworden, und fast die letzten hatten in Silistria haltgemacht. Unterhalb dieser Stadt, an der die Jolle nach vierundzwanzig Stunden vorübergekommen war, blieben nur zwei Schuten auf dem Strome übrig, den hier fast ausschließlich Dampfschiffe befahren.

Von Rustschuck aus nimmt die Donau nämlich an Breite ungeheuer zu. An der linken Seite von endlosen Sümpfen begleitet, beträgt diese reichlich neun Kilometer. Weiter unten ist sie noch bedeutender, und zwischen Silistria und Braila erreicht der Strom stellenweise eine Breite von zwanzig Kilometern. Die Wasserfläche bildet hier ein wirkliches Meer, auf dem es weder an Stürmen noch an schaumgekrönten Wellen fehlt, es liegt also auf der Hand, daß flachbodige, für den Wogenschlag der offenen See wenig geeignete Schuten zögern, sich darauf hinauszuwagen.

Für Serge Ladko traf es sich sehr glücklich, daß jetzt beständig schönes Wetter herrschte. Mit einem so kleinen und so wenig seetüchtigen Fahrzeuge wäre er schon bei einigermaßen steifem Winde genötigt gewesen, in einer Bucht am Ufer Schutz zu suchen.

Karl Dragoch, der neben einer warmherzigen Teilnahme für die Sorgen seines Gefährten doch noch ein andres Ziel verfolgte, wurde etwas unruhig, wenn er diese erschreckende Wasserwüste überblickte. Titscha konnte ihm ja vielleicht falsche Angaben gemacht haben. Das Zurückbleiben aller Schuten ließ ihn befürchten, daß Striga dazu ebenfalls gezwungen gewesen sein möchte . . . Diese Unruhe konnte er nicht besiegen, und so offenbarte er sich schließlich seinem Gefährten.

»Kann eine Schute denn überhaupt bis zum Meer hinunterfahren?« fragte er.

»Oh, doch«, antwortete der Pilot. »Es kommt zwar selten vor, zuweilen sieht man's aber doch.

»Haben Sie selbst welche hinuntergelotst?«

»Ja, manchmal.«

»Wie löschen sie dann ihre Ladung?«

»Sie suchen einzelne der Buchten auf, die es jenseits der Mündungen gibt und wo dann auch die Dampfschiffe anlegen.«

»Jenseits der Mündungen sagen Sie; danach gäb' es also mehrere?«

»Vor allem zwei Hauptarme«, erklärte Serge Ladko. »Der eine, im Norden, ist die Kiliamündung, die zweite, im Süden, die Sulinamündung; diese zweite ist die bedeutendere.«

»Das kann uns doch nicht etwa zu einem Irrtum verleiten?« fragte Karl Dragoch beunruhigt.

»Nein«, versicherte der Pilot. »Leute, die sich verbergen wollen, benützen die Sulinamündung nicht. Wir werden also in die nördliche einfahren.«

Karl Dragoch fühlte sich über diese Antwort nur halb befriedigt. Während die beiden den einen Weg verfolgten, konnte ihnen die Bande auf dem andern recht gut entschlüpfen. Hierbei war aber doch nichts andres zu tun, als sich auf gutes Glück zu verlassen, da es ja unmöglich war, beide Stromläufe zu überwachen. Und als ob er seine Gedanken erraten hätte, vervollständigte Serge Ladko seine Rede noch in folgender, mehr versprechender Weise:

»Außerhalb der Kiliamündung«, fuhr er fort, »gibt es noch eine Einbuchtung, wo eine Schute die Überführung ihrer Fracht bequem bewerkstelligen kann. An der Sulinamündung müßte sie die Löschungsarbeit dagegen schon in dem unmittelbar am Meere gelegenen Hafen vornehmen. Der noch südlicher gelegene Sankt Georgsarm ist, obwohl er die größte Breite hat, doch kaum schiffbar. Es ist also kaum ein Irrtum zu befürchten.«

Am Morgen des 14. Oktober, vier Tage nach der Abfahrt von Rustschuk, erreichte die Jolle endlich das Delta der Donau und ließ hier den Sulinaarm zur Rechten, um in den Kiliaarm einzulaufen. Gegen Mittag kam sie an Ismail, der letzten etwas bedeutenderen Stadt auf der ganzen Fahrstrecke, vorbei. In den ersten Stunden des nächsten Tages sollte sie am Schwarzen Meere sein.

Daß die Schute Strigas schon vorher angetroffen würde, war kaum anzunehmen. Nach dem Verlassen des Hauptarmes war der Strom fast völlig leer. So weit der Blick auch reichte ... kein Segel, keine Rauchfahne. Karl Dragoch wurde von innrer Unruhe verzehrt.

Wenn das auch bei Serge Ladko der Fall war, so ließ er davon doch nichts merken. Immer über die Riemen gebeugt, trieb er die Jolle unermüdlich vorwärts, stets aufmerksam, dem fahrbaren Weg zu folgen, den zwischen den niedrigen, sumpfigen Ufern ihm nur seine lange Erfahrung zu erkennen erlaubte.

Sein unbeugsamer Mut sollte auch belohnt werden. Am Nachmittag desselben Tages gegen fünf Uhr wurde endlich, zwölf Kilometer unterhalb der befestigten Stadt Kilia, eine Schute sichtbar. Serge Ladko legte die Riemen ein und nahm ein Fernrohr, womit er das Fahrzeug genau besichtigte.

»Ja, das ist er!« rief er, das Instrument absetzend, mit erstickter Stimme.

»Sind Sie dessen sicher?«

»Ganz sicher«, behauptete Serge Ladko. »Ich habe dort Jakkel Simo, einen geschickten Rustschuker Lotsen, erkannt, einen Juden, der sich in den Fängen Strigas befindet und ohne Zweifel dessen Schiff leitet.

»Was werden wir nun beginnen?« fragte Karl Dragoch.

Serge Ladko antwortete nicht gleich; er sann nach. Da fuhr der Detektiv fort:

»Wir müssen wohl nach Kilia und im Notfall nach Ismail zurückkehren und uns dort Verstärkung holen.«

Der Pilot schüttelte verneinend den Kopf.

»Nach Ismail, dem Strom entgegen«, meinte er, »oder auch nur bis Kilia zurückzufahren, das erforderte zu lange Zeit. Die Schute würde da einen weiten Vorsprung gewinnen und draußen auf dem Meere nicht mehr zu finden sein. Nein, bleiben wir bis zum Abend hier. Ich habe eine Idee. Bewährt sie sich nicht, so folgen wir dem Flußarme weiter, und wenn wir den Ankerplatz der Schute kennen, holen wir Hilfe aus Sulina.«

Um acht Uhr war es völlig dunkel geworden. Serge Ladko ließ die Jolle bis auf zweihundert Meter von der Schute hinabgleiten und warf dann vorsichtig den Anker aus. Ohne ein Wort der Erklärung an Karl Dragoch, der seinem Beginnen voller Verwundrung zusah, entledigte er sich nachher der Kleidung und sprang in den Strom.

Mit kräftigem Arm zerteilte er hier das Wasser und schwamm in gerader Richtung auf die Schute zu, die er in der Dunkelheit unklar vor sich sah. Als er weit genug, um nicht bemerkt zu werden, über diese hinaus war, schwamm er zurück, kämpfte sich durch die schnelle Strömung hindurch, und es gelang ihm, sich an der breiten Hacke des Steuerruders anzuklammern. Hier lauschte er. Fast unhörbar bei dem Vorüberrauschen des Wassers an den Wänden der Schute schlug eine Tanzmelodie ihm ans Ohr, und über ihm sang einer mit gedämpfter Stimme. Serge Ladko, der sich mit Händen und Füßen an der schlüpfrigen Oberfläche des Holzes festhielt, gelang es nach und nach, bis zum Oberteile der Hacke hinaufzuklettern, von wo aus er Jackel Semo deutlich erkennen konnte.

An Bord war jetzt alles still. Aus dem Volkslogis, in das sich Iwan Striga zurückgezogen hatte, drang kein Laut hervor. Auf dem Vordeck ausgestreckt, plauderten fünf Mann von der Besatzung ruhig miteinander. Auf dem Hinterteile befand sich Jackel Semo ganz allein. Er war auch auf das Dach des Volkslogis gestiegen und hatte sich hier auf die Ruderpinne gesetzt, wo er sich, ein Lieblingslied summend, im nächtlichen Frieden sanft schaukeln ließ.

Plötzlich verstummte das Lied. Zwei Eisenfäuste klammerten sich um den Hals des Sängers, der über das Hackbord hinunterstürzend quer über das Steuer fiel. War er gar tot? Beine und Arme schlenkernd, hing sein lebloser Körper wie ein

Stück Wäsche zu beiden Seiten der schmalen Unterlage hinunter. Serge Ladko hob ihn davon ab und ergriff den Mann am Gürtel. Dann stemmte er die Knie nur schwächer an die Steuerhacke und ließ sich mit seiner Last langsam ins Wasser hinabgleiten.

Auf der Schute hatte niemand etwas von dem Überfalle bemerkt. Iwan Striga war aus dem Volkslogis nicht herausgekommen, und auf dem Vorderteile setzten die fünf Leute ihre Unterhaltung wie früher fort.

Serge Ladko schwamm inzwischen auf die Jolle zu. Der Rückweg war freilich anstrengender als der Hinweg. Außer daß er dem Strom entgegenschwimmen mußte, hatte er ja auch noch den bewußtlosen Jackel Semo zu halten. Wenn dieser nicht tot war, so fehlte wenigstens nicht viel daran. Das kühle Wasser hatte ihn nicht zum Bewußtsein gebracht, wenigstens bewegte er sich nicht. Serge Ladko fing an zu fürchten, daß er wohl etwas zu stark zugefaßt hätte.

Während fünf Minuten hingereicht hatten, bis zur Schute zu schwimmen, bedurfte es über eine halbe Stunde, denselben Weg in umgekehrter Richtung zurückzulegen. Und dabei hatte der Pilot das Glück, von diesem in der Finsternis nicht abzukommen.

»Helfen Sie mir«, rief er Karl Dragoch an, als er endlich das Boot erreicht hatte. »Hier ist noch einer.«

Mit Hilfe des Detektivs wurde Jackel Semo über den Bordrand gezogen und in der Jolle niedergelegt.

»Ist er tot?« fragte Serge Ladko.

Karl Dragoch beugte sich über den regungslosen Körper.

»Nein«, erklärte er, »er atmet noch.«

Serge Ladko seufzte erleichtert auf, ergriff sofort die Riemen und steuerte wieder den Strom hinauf.

»Binden Sie ihn nachher, aber sicher an, daß er sich nicht heimlich davonmacht, wenn ich Sie ans Land gesetzt habe.«

»Wir sollen uns also trennen?« fragte Karl Dragoch.

»Ja«, erklärte Serge Ladko. »Sobald Sie am Lande sind, werde ich in die Nähe der Schute zurückkehren und morgen versuchen, auf diese zu gelangen.«

»Am hellen, lichten Tage?«

»Allerdings. Ich habe so meine Gedanken. Doch getrost: innerhalb einer gewissen Zeit werde ich in keiner Weise Gefahr laufen. Später, wenn wir nahe am Schwarzen Meere sind, könnte es vielleicht schlimmer werden. Dann, ich werde mich bemühen so spät wie möglich, rechne ich aber sicher auf Sie.«

»Auf mich? Was könnte ich dabei tun?«

»Mir Hilfe zuführen.«

»Das werde ich besorgen, zweifeln Sie daran nicht«, versicherte Karl Dragoch mit Wärme.

»Ich zweifle nicht daran, Sie werden dabei aber einige Schwierigkeiten haben. Doch Sie werden schon Ihr Bestes tun. Vergessen Sie nur nicht, daß die Schute ihren Ankerplatz morgen mittag verlassen und daß sie, wenn sie keinen Aufenthalt erleidet, gegen vier Uhr auf dem Meere sein wird. Achten Sie ja darauf.«

»Warum aber bleiben Sie nicht bei mir?« fragte Karl Dragoch, dem es um seinen Gefährten bange wurde.

»Weil Sie eine Verzögerung erfahren könnten, was es Striga ermöglichen würde, einen Vorsprung zu erreichen und zu verschwinden. Er darf nicht bis ins Meer hinauskommen, und das wird verhindert werden, selbst wenn Sie mir erst zu spät Unterstützung bringen. Ich selbst könnte dann allerdings schon tot sein.«

Der Ton des Piloten schloß jede Einwendung aus, und da er sich bewußt war, daß nichts dessen Absichten ändern konnte, versuchte Karl Dragoch eine solche auch gar nicht. Die Jolle wurde ans Ufer gesteuert und der noch immer bewußtlose Jakkel Semo auf die Erde niedergelegt.

Serge Ladko stieß sogleich wieder ab, und bald war die Jolle in der Finsternis verschwunden.

Achtzehntes Kapitel

Der Pilot von der Donau

Als er Serge Ladko aus dem Auge verloren hatte, zögerte Karl Dragoch keinen Augenblick, zu tun, was ihm zukam. So allein zu Anfang der Nacht, an diesem Punkte der Grenze Bessarabiens, dazu noch gefesselt durch den regungslosen Körper eines Gefangnen, den sich selbst zu überlassen ihm die Menschlichkeit verbot, wurde seine Lage doch recht unbehaglich. Da er natürlich nicht auf Hilfe rechnen konnte, wenn er diese nicht aufsuchte, mußte er wohl oder übel zu einem Entschlusse kommen. Die Zeit drängte. Von einer Stunde, vielleicht von einer Minute, konnte das Heil Serge Ladkos abhängig sein. So ließ er den noch immer bewußtlosen und – um andernfalls dessen Entfliehen zu verhindern – noch gefesselten Jackel Semo vorläufig liegen und ging, so schnell es die Bodengestaltung erlaubte, am Stromufer hinauf.

Nach halbstündigem Marsche in einem völlig öden Lande begann er schon zu befürchten, daß er gezwungen sein werde, bis Kilia zu wandern, als er nahe dem Ufer ein einzeln stehendes Haus entdeckte.

Es war hier keine leichte Aufgabe, sich die Tür dieses Hauses, das zu einer größeren Farm zu gehören schien, öffnen zu lassen.

Zu dieser Stunde und an diesem Orte war ja eine gewisse Vorsicht zu entschuldigen, und die Bewohner des Hauses schienen wenig geneigt, jemand den Einlaß zu gestatten. Vermehrt wurde diese Schwierigkeit noch durch den Umstand, daß man einander kaum verstehen konnte. Die Bauern sprachen einen örtlichen Dialekt, den Karl Dragoch trotz seiner Vielsprachigkeit nicht kannte. So erfand er denn einen auf den Fall angepaßten Jargon zu je einem Drittel aus rumänischen, russischen und deutschen Wörtern, und endlich gelang es ihm, sich das Vertrauen der Leute so weit zu erwerben, daß die so hartnäckig verteidigte Tür sich vor ihm auftat.

Einmal eingetreten, mußte er eine weit ausholende Befragung aushalten, aus der er natürlich mit Ehren hervorging, und es waren kaum zwei Stunden seit seinem Betreten des Landes vergangen, als ihn ein leichter Wagen schon wieder zu Jackel Semo zurückbefördert hatte.

Der lag noch immer so da wie früher. Er gab sogar kaum ein Lebenszeichen von sich, als er vom Grase am Ufer auf den Wagen geschafft wurde, der sogleich nach Kilia abfuhr. Bis zu jener Farm ging das freilich nur im Schritt, jenseits davon gab es aber einen wenn auch herzlich schlechten Weg, auf dem man etwas schneller vorwärts kam.

Es war schon Mitternacht vorüber, als Karl Dragoch nach Überwindung aller Hindernisse in Kilia eintraf. In der Stadt schlief alles, und es war nicht leicht, den Chef der Polizei zu finden. Das gelang endlich, und er nahm es auf sich, den hohen Beamten zu wecken, der sich, ohne eine üble Laune zu zeigen, ihm bereitwilligst zur Verfügung stellte.

Karl Dragoch benützte das, Jackel Semo sicher unterbringen zu lassen, zumal da dieser die Augen zu öffnen anfing. Jetzt unbehindert in seinen Bewegungen, konnte er sich mit dem Einfangen der übrigen Bande und mit der Rettung Serge Ladkos beschäftigen, die ihm vielleicht noch mehr am Herzen lag.

Beim ersten Schritte aber begegnete er schon unübersteiglichen Schwierigkeiten. In Kilia war kein Dampfer zur Hand, und anderseits weigerte sich der Chef der Polizei, seine Leute auf den Strom hinauszuschicken. Dieser Donauarm gehörte jener Zeit noch Rumänien und der Türkei gemeinschaftlich, und es war mit Recht zu befürchten, daß deren Eingreifen jetzt, wo der Krieg schon in der Luft lag, seitens der Hohen Pforte Einsprüche hervorrufen könnte, die gegenwärtig sehr beklagenswert gewesen wären. Hätte der rumänische Polizeichef im Buche des Geschickes lesen können, würde er erkannt haben, daß dieser schon so lange drohende Krieg früher oder später, aber doch notwendig ausbrechen mußte, dann wäre er vielleicht etwas weniger zaghaft gewesen. Bei seiner Unkenntnis der Zukunft zitterte er jedoch bei dem Gedanken, irgendwie in diplomatische Auseinandersetzungen verwickelt zu werden, und folgte da der hausbacken klugen Vorschrift: »Hand von der Butter«, die, wie man weiß, bei den Beamten in allen Ländern mit Vorliebe beachtet wird.

Was er allerhöchstens zu tun wagte, bestand in dem Karl Dragoch erteilten Rate, sich nach Sulina zu begeben und ihn dort auf einen Mann hinzuweisen, der fähig sein würde, ihn die schwierige, fast fünfzig Kilometer lange Strecke quer durch das Donaudelta zu befördern.

Diesen Helfer in der Not zu wecken, ihn zu überreden, einen Wagen zu bespannen, um ihn (den Detektiv) nach dem rechten Ufer zu bringen, das erforderte alles recht viel Zeit. Es war fast drei Uhr früh, als Dragoch endlich von einem kleinen Pferde, das sich besser erwies, als es aussah, in mäßigem Trab dahin befördert wurde.

Der Polizeichef von Kilia hatte recht gehabt, als er eine Fahrt durch das Delta der Donau als äußerst schwierig hinstellte. Auf den schlammigen und zuweilen mehrere Zentimeter hoch mit Wasser bedeckten Straßen kam der Wagen nur mühsam vorwärts, und ohne die Geschicklichkeit des Führers hätte der sich wohl mehr als einmal in dieser Ebene verirrt, auf der kein Merkzeichen sichtbar war. Schnell ging's hier natürlich nicht vorwärts, und von Zeit zu Zeit mußte dem erschöpften Pferde überdies einige Ruhe gegönnt werden.

Die Mittagsstunde schlug, als Karl Dragoch in Sulina eintraf. Die von Serge Ladko angenommene Frist sollte nach einigen Stunden ablaufen. Ohne sich Zeit zur Erholung zu nehmen, eilte er deshalb, sich mit den Ortsbehörden ins Einvernehmen zu setzen.

Das seit dem Berliner Vertrage rumänische Sulina war jener Zeit noch eine türkische Stadt. Da die Beziehungen zwischen der Hohen Pforte und den Westmächten jetzt höchst gespannter Art waren, durfte Karl Dragoch als ungarischer Untertan, trotz seiner Mission von so allgemeinem Interesse, hier nicht darauf rechnen, als Persona grata empfangen zu werden. Das gestaltete sich zwar über Erwartung besser, dennoch fand er bei der einschlägigen Behörde aber nur ein recht laues Entgegenkommen.

Die Ortspolizei – so wurde ihm eröffnet – besäße selbst kein ihr zugeteiltes Fahrzeug, sie könnte da nur den Zollkutter in Rechnung ziehen, dessen Eingreifen hier ja ganz am Platze wäre, da man eine Räuberbande ja ohne Schwierigkeit mit einer Schmugglerbande gleichstellen könnte. Leider war dieser Kutter, ein kleiner, doch recht schneller Dampfer, eben nicht im Hafen. Karl Dragoch müsse daher schon eine Fischerbarke leihen, da der Zollkutter nicht weit draußen sein könnte und er ihn also sicherlich antreffen würde.

Verzweifelt ob seiner Ohnmacht, beschloß der Detektiv, diesem Rate zu folgen. Nachmittag halb zwei Uhr ging er unter Segel und umschiffte die Mole zur Aufsuchung des Zollkutters. Jetzt hatte er nur noch hundertfünfzig Minuten übrig, an dem mit Serge Ladko verabredeten Platze einzutreffen.

Und während Karl Dragoch unter wiederholtem Mißgeschick zu leiden hatte, verfolgte dieser unbeirrt die Ausführung seines Planes.

Den ganzen Morgen hatte er gespannt aufgepaßt, ob die Schute schon irgendwelche Vorbereitung zur Abfahrt träfe. Seine Jolle lag inzwischen im Schilfe des Ufers verborgen. Als er sich, vielleicht auf etwas zu brutale Weise, Jackel Semos bemächtigt hatte, hatte er gerade die Absicht im Auge, die Abfahrt der Schute zu verhindern. Wie er es vorausgesehen hatte, wagte sich Striga nicht ohne Lotsen auf so eine bedenkliche Fahrt, die sich durch zahlreiche Sandbänke von selbst für jeden verbietet, der das Fahrwasser nicht durch lange praktische Erfahrung genau kennengelernt hat. Da die Piraten außerstande waren, sich das Verschwinden ihres Lotsen zu erklären, war anzunehmen, daß sie sich bald nach einem andern umtun würden. Lotsen trifft man aber auf dem Kiliaarme nur selten, und bis elf Uhr Vormittag blieb die Wasserfläche, abgesehen von der noch immer unbeweglichen Schute, völlig leer. Erst um elf Uhr tauchten vom Meer her zwei Fahrzeuge auf. Serge Ladko hatte sie mit dem Fernrohre beobachtet und erkannt, daß das eine ein Lotsenboot war. Dann mußte Striga also wahrscheinlich die Hilfe finden, nach der er so sehnlich verlangte. Der Augenblick einzugreifen war damit gekommen.

Die Jolle glitt aus dem Schilfe hervor und näherte sich der Schute.

»Hallo! Schute!« rief Serge Ladko, als er sich in Hörweite befand.

»Hallo! Hier!« ertönte es als Antwort.

Oben auf dem Volkslogis erschien ein Mann. Es war Iwan Striga.

Wie loderte da der Ingrimm auf im Herzen Serge Ladkos, als er diesen Erzfeind seines Glücks sah, den Elenden, der Natscha in seiner Gewalt hatte.

Er hatte dieses von ihm gesuchte Zusammentreffen jedoch vorausgesehen und war darauf vorbereitet. Sich mühsam beherrschend, verbarg er seine Wut in sich selbst.

»Solltet Ihr keinen Lotsen brauchen!« fragte er mit ruhiger Stimme.

Statt zu antworten, hielt Striga eine Hand über die Augen und sah sich ziemlich lange den, der ihn angerufen hatte, an. Im Grunde war er sich über dessen Persönlichkeit nach dem ersten Blicke klar gewesen; doch daß er hier den Gatten Natschas vor sich hatte, erschien ihm so außerordentlich, man kann sagen, so unverhofft, daß er seinen Augen nicht trauen wollte.

»Seid Ihr denn nicht Serge Ladko aus Rustschuk«, fragte er nun selbst.

»Jawohl, der bin ich«, erklärte der Pilot.

»Erkennt Ihr mich gar nicht wieder?«

»Da müßte ich ja blind sein«, antwortete Serge Ladko. »Ich

hatte Euch sofort erkannt.«

»Und bietet Ihr mir Eure Dienste an?«

»Warum denn nicht? Ich bin doch einmal Pilot«, erklärte Serge Ladko trocken.

Striga zauderte einen Augenblick. Daß der, den er auf Erden am tiefsten haßte, sich so freiwillig seinem Belieben überlassen wollte, war doch gar zu schön. Doch steckte dahinter nicht eine Falle? Welche Gefahr konnte aber gegenüber einer zahlreichen und zu allem fähigen Mannschaft von einem einzelnen Mann kommen? So mochte er denn die Schute bis aufs Meer führen, da er nun einmal die Torheit beging, sich dazu anzubieten. Draußen auf dem Meere würde sich das Weitre finden.

»Kommt herauf!« schloß der Pirat, dessen Mund sich dabei zu widerwärtigem Lächeln verzerrte, das Serge Ladko aber deutlich genug sah.

Der wartete nicht erst auf eine zweite Aufforderung. Die Jolle legte an der Schute an, und er stieg auf diese hinauf. Striga kam sofort zu ihm.

»Werdet Ihr mir erlauben«, begann er, »meine Verwunderung darüber auszusprechen, daß ich Euch hier an der Donaumündung begegne?«

Der Pilot schwieg.

»Man hielt Euch allgemein für tot«, fuhr Striga fort, »seit Ihr von Rustschuk verschwunden wart.«

Diese Worte hatten nicht mehr Erfolg als die vorigen.

»Was war denn aus Euch geworden?« fragte Striga unbeirrt weiter.

»Ich . . . ich bin aus der Nähe des Meeres nicht weggekommen«, antwortete endlich Ladko.

»So weit von Rustschuk!« rief Striga.

Serge Ladko runzelte die Augenbrauen. Diese Ausfragung fing an, ihn zu reizen. Doch ohne von dem Verhalten abzuweichen, das er sich vorgeschrieben hatte, unterdrückte er seine Ungeduld und erklärte bedächtig:

»Die unruhigen Zeiten sind dem Geschäftsgange nicht günstig.«

Striga sah ihn mit etwas spöttischem Blicke an.

»Und man hielt Euch für einen so glühenden Patrioten!« rief er ironisch.

»Ich bekümmere mich nicht mehr um Politik«, erwiderte Serge Ladko trocken.

In diesem Augenblicke bemerkte Striga die Jolle, die die Strömung vom Deck der Schute etwas abgedrängt hatte. Da durchschauerte ihn ein Zittern. Er konnte sich nicht täuschen, das war dieselbe Jolle, deren er sich acht Tage lang bedient und die er am Kai von Semlin angeseilt wiedergefunden hatte. Serge Ladko log also mit der Angabe, das Delta der Donau niemals verlassen zu haben.

»Seit Ihr von Rustschuk weggegangen wart, habt Ihr Euch aus dieser Gegend niemals entfernt?« fragte Striga mit nachdrücklicher Betonung und indem er sein Gegenüber scharf ins Auge faßte.

»Nein«, antwortete Serge Ladko gelassen.

»Ihr setzt mich in Erstaunen«, rief Striga.

»Warum? Hättet Ihr erwartet, mich anderswo zu treffen?«

»Euch? Nein, Euch zwar nicht, doch das Boot da unten. Ich würde darauf schwören, es auf dem Oberlauf der Donau gesehen zu haben.«

»Das ist leicht möglich«, gab Serge Ladko gleichgültig zu. »Ich habe das Boot hier erst vor drei Tagen von einem Manne gekauft, der von Wien zu kommen angab.«

»Wie sah der Mann denn aus?« fragte Striga lebhaft, da sich sein Verdacht auf Karl Dragoch lenkte.

»Er hatte dunkle Haare und trug eine Brille.«

»Ah!« stieß Striga träumerisch hervor.

Die Antworten des Piloten hatten ihn sichtlich irregemacht. Er wußte jetzt nicht mehr, was er glauben sollte. Bald hoffte er sich jedoch aus dieser Verlegenheit zu befreien. Was kümmerte ihn das alles? Ob Serge Ladko die Wahrheit sagte oder nicht, er hatte ihn auf jeden Fall in der Hand. Der Schwachkopf, der dem Löwen selbst in den Rachen lief! Einmal hier auf der Schute, sollte er die nicht lebend wieder verlassen. Jetzt waren es zwei Monate, daß Striga lügnerischerweise Natscha versicherte, sie sei Witwe. Sobald das Meer erreicht wäre, sollte die Lüge zur Wahrheit werden.

»Nun wollen wir aber abfahren!« sagte er, als er mit sich einig war.

»Zu Mittag«, antwortete Serge Ladko gelassen, während er aus einer mitgebrachten Tasche etwas zu essen hervorholte und zu frühstücken anfing.

Der Pirat machte eine ungeduldige Bewegung; Serge Ladko gab sich den Anschein, sie nicht zu bemerken.

»Ich muß Euch aufmerksam machen«, sagte Striga, »daß mir viel daran liegt, vor Anbruch der Nacht auf dem Meere zu sein.«

»Da werden wir dann auch sein«, versicherte der Pilot, ohne die geringste Neigung zu zeigen, sich jetzt stören zu lassen.

Striga entfernte sich nach dem Vorderteile. Dem nachdenklichen Ausdruck seiner Gesichtszüge nach zu urteilen, trug er sich mit ernster Sorge. Daß gerade der Gatte sich zur Führung der Schute, worin dessen Gattin gefangensaß, anbieten mußte, war doch wirklich etwas zu auffallend. Da das jedoch nichts daran ändern konnte, daß sich Serge Ladko auf dem Schiffe gegenüber sechs entschlossenen Männern allein befand, hätte er klug daran getan, an den Lotsen nicht noch weitre Fragen zu richten. So vernünftig war er aber nicht; ihm lag viel zuviel daran, zu wissen, ob das Verschwinden Natschas dem bekannt wäre, den es am meisten anging. Seine Neugier ließ ihm keine Ruhe, er mußte sie auf jeden Fall befriedigen.

»Habt Ihr denn aus Rustschuk Nachrichten erhalten, seit Ihr die Stadt verlassen habt?« fragte er, indem er wieder auf den Piloten zutrat, der ruhig bei seinem Frühstück saß.

»Niemals«, antwortete dieser.

»Und das Ausbleiben jeder Nachricht hat Euch nicht verwundert?«

»Warum sollte es mich verwundert haben?« fragte Serge Ladko, indem er den andern aufmerksam beobachtete.

Wie kühn und vermessen er auch sonst war, hier fühlte er sich von dem festen Blick etwas geniert.

»Ich glaubte«, stammelte er, »Ihr hättet dort Eure Frau zurückgelassen.«

»Und ich, ich glaube«, erwiderte Serge Ladko kühl, »für uns würde sich ein andres Gesprächsthema besser eignen.«

Striga ließ sich das gesagt sein.

Wenige Minuten nach zwölf Uhr wurde auf Anordnung des Piloten der Anker aufgeholt, und nachdem das Segel gehißt und gerichtet war, ergriff dieser das Steuer. Da trat Striga nochmals an ihn heran.

»Ich muß Euch darauf aufmerksam machen«, sagte er, »daß die Schute ziemlich tiefes Wasser braucht.«

»Sie ist ja leer«, wendete Ladko ein. »Zwei Fuß Wasser müssen für sie genügen.«

»Nein, sie braucht sieben Fuß«, versicherte Striga.

»Sieben!« rief der Pilot, auf den dieses Wort wie eine Offenbarung wirkte.

Da war es also geklärt, warum die Bande von der Donau bisher allen Verfolgungen entgangen war. Ihr Schiff enthielt einen doppelten Boden. Was man von diesem über dem Wasser sah, war nur zum Schein, zur Täuschung da. Die wirkliche Schute befand sich unter dem Wasser, und in diesem Verstecke wurde die Ausbeute der Raubzüge untergebracht, in einem Verstecke, das, wie Serge Ladko aus Erfahrung wußte, sich auch als sichrer Kerker benützen ließ.

»Ja, sieben«, hatte Striga als Antwort auf den Ausruf des Piloten wiederholt.

»'s ist schon gut«, sagte dieser ohne eine weitere Bemerkung.

In den ersten Minuten nach der Abfahrt ließ Striga, den trotz eigenen Widerstrebens noch immer einige Sorge erfüllte, die strengste Aufmerksamkeit nicht außer acht. Das Verhalten Serge Ladkos beruhigte ihn jedoch. Der waltete nur seines Amtes; er nährte offenbar keine böse Absicht, sondern bewies, daß sein Ruf als geschickter Pilot wirklich begründet war. Unter seinen Händen wand sich die Schute folgsam zwischen den Sandbänken hin und folgte mit mathematischer Genauigkeit der schwierig fahrbaren Wasserstraße.

Allmählich verschwanden die letzten Befürchtungen des Piraten. Die Fahrt ging ohne Zwischenfälle vonstatten, und bald mußte das Meer erreicht sein.

Es war um vier, als dieses in Sicht kam. Nach einer letzten Biegung des Stromes stießen Himmel und Wasser am Horizonte zusammen.

Striga rief jetzt den Piloten an.

»Nun sind wir doch, glaub' ich, in Sicherheit?« sagte er. »Könnte man das Ruder jetzt nicht wieder unserm gewöhnlichen Steuermann überlassen?«

»Noch nicht«, erklärte Serge Ladko. »Das Schwierigste ist noch nicht überstanden.«

Je weiter das Fahrzeug nach der Mündung kam, ein desto größres Feld öffnete sich den Blicken. Auch Striga sah unablässig auf das weite Meer hinaus. Plötzlich ergriff er ein Fernrohr und richtete es auf einen kleinen, vier- bis fünfhundert Tonnen haltigen Dampfer, der eben um die im Norden vorgelagerte Landspitze herumkam, und nach dessen kurzer Besichtigung gab er Befehl, eine Flagge am Top des Mastes zu hissen. Darauf erfolgte sofort eine Antwort vom Bord des Dampfers, der sich, nach steuerbord schwenkend, der Stromesmündung näherte.

Im gleichen Augenblicke hatte Serge Ladko aber die Ruderpinne nach backbord herumgeworfen, so daß die Schute stark nach steuerbord abfiel, und indem sie die Strömung in schräger Richtung durchschnitt, nach Südosten umbog, als wollte sie das rechte Ufer anlaufen.

Erstaunt sah Striga den Piloten an, dessen Gleichmütigkeit ihn jedoch beruhigte. Jedenfalls zwang eine letzte Sandbank die Schiffe, hier diesen auffällig abweichenden Weg einzuschlagen.

Striga täuschte sich nicht gänzlich. Im Bett des Stromes lag wirklich eine Sandbank, nur nicht in der Richtung nach dem Meere zu, und gerade auf diese Untiefe zu steuerte Serge Ladko jetzt mit fester Hand.

Plötzlich erfolgte ein furchtbares Krachen. Die Schute wurde davon bis zum Grunde erschüttert. Durch den Stoß kam der Mast herunter, der dicht an seiner Spur abgebrochen war, und flatternd schlug das Segel aufs Deck nieder, wo es die Männer, die sich auf dem Vorderdeck aufhielten, mit seinen weiten Falten bedeckte. Unabänderlich fest aufgefahren, blieb die Schute unbeweglich stehen.

Auf dem Deck waren alle umgeworfen, darunter auch Striga, der sich wutschnaubend wieder aufgerafft hatte.

Sein erster Blick traf Serge Ladko. Der Pilot schien von dem Unfalle gar nicht betroffen zu sein. Er hatte das Steuer losgelassen, und, die Hände in den Taschen seines Kittels, beobachtete er seinen Feind, gespannt auf das, was nun erfolgen würde.

»Halunke!« heulte Striga, der, einen Revolver in der Hand, nach dem Hinterteile stürmte.

Bei drei Schritt Entfernung gab er Feuer.

Serge Ladko hatte sich blitzschnell gebückt; die Kugel flog über ihn hin, ohne ihn zu verletzen. Sofort wieder aufgerichtet, stürzte er sich mit einem Sprunge auf seinen Gegner, dem er sein Messer ins Herz stieß. Iwan Striga brach tot zusammen.

Das alles hatte sich so schnell abgespielt, daß die fünf Leute von der Mannschaft, die übrigens von den Falten des Segels etwas zurückgehalten wurden, keine Zeit fanden, dazwischenzutreten. Welchen Schreckensruf stießen sie aber aus, als sie ihren Führer zusammenbrechen sahen!

Serge Ladko sprang auf das Spardeck hinauf, ihnen entgegenzutreten. Von hier aus beherrschte er das Deck, über das die Leute lärmend daherstürmten.

»Zurück!« donnerte er sie an, in beiden Händen einen Revolver, deren einen er Strigas Hand entrissen hatte.

Die Männer stutzten und standen still. Sie hatten keine Waffen, und um sich solche zu holen, mußten sie ins Volkslogis eindringen, was aber nur unter dem Feuer des Feindes möglich war.

»Ein Wort, Kameraden«, rief jetzt Ladko, ohne seine drohende Haltung aufzugeben. »Ich habe hier noch elf Schuß ... mehr als genug, euch bis zum letzten in jene Welt zu jagen. Ich erkläre euch hiermit, daß ich augenblicklich schieße, wenn ihr euch nicht nach vorne zurückbegebt.«

Die Mannschaft beriet sich unentschlossen. Serge Ladko begriff sehr gut, daß er, wenn alle gleichzeitig über ihn herfielen, zwar einige unschädlich machen könnte, daß er dann selbst aber den Streichen der übrigen erliegen würde.

»Achtung! ... Ich zähle bis drei!« rief er hinunter, ohne jenen Zeit zum Überlegen zu lassen. »Eins!«

Die Leute rührten sich nicht.

»Zwei!« erscholl es vom Piloten.

Da kam etwas Bewegung in die Gruppe. Drei schienen einen schwachen Angriff wagen zu wollen; zwei wichen eingeschüchtert zurück.

»Drei!« rief Serge Ladko und drückte auch schon los.

Ein Mann sank um; das Geschoß hatte ihm die Schulter durchbohrt. Jetzt ergriffen auch die andern die Flucht.

Ohne seinen Beobachtungsposten zu verlassen, warf Serge Ladko einen Blick auf den Dampfer, der Strigas Flaggensignal beantwortet hatte. Das Fahrzeug war jetzt kaum noch eine Seemeile entfernt. Wenn es erst Bord an Bord mit der Schute lag und seine Mannschaften zu den Piraten hinzutraten, deren Spießgesellen diese doch mehr oder weniger sein mußten, würde die Lage freilich sehr ernst werden.

Der Dampfer kam immer näher heran. Er war aber kaum noch drei Kabellängen entfernt, als er plötzlich nach steuerbord wendete, einen großen Bogen beschrieb und sich nach dem hohen Meere zu entfernte. Was mochte dieses Manöver bedeuten? War ihm etwas aufgefallen, was Serge Ladko nicht hatte bemerken können?

Dieser wartete hochklopfenden Herzens einige Minuten. Da erschien vor der Südspitze des Landes noch ein andrer Dampfer. Aus seinem Schornstein wirbelten dicke Rauchwolken empor. Den Bug gerade auf die Schute zu gerichtet, kam er unter Volldampf näher. Bald konnte Serge Ladko auf dessen Vorderteil eine ihm befreundete Gestalt, die seines Passagiers – des Herrn Jäger –, die Karl Dragochs erkennen. Er war gerettet.

Einen Augenblick später sprangen schon Polizeimannschaften auf das Deck der Schute herüber, deren Besatzung sich nun ergab, ohne einen nutzlosen Widerstand zu versuchen.

Inzwischen war Serge Ladko ins Volkslogis eingedrungen. Eine nach der andern untersuchte er hier alle Kabinen. Nur zu einer war die Türe verschlossen. Durch einen Stoß mit der Schulter sprengte er sie auf und blieb, seiner Sinne kaum noch mächtig, auf der Schwelle stehen ...

Da breitete ihm die wiedergewonnene Natscha die Arme entgegen.

Neunzehntes Kapitel

Epilog

Der Prozeß der Räuberbande der Donau ging im Aufflackern des Russisch-Türkischen Krieges fast unbemerkt vorüber. Die Flußpiraten waren mit Einschluß Titschas nach Rustschuk abgeführt, hier rechtskräftig verurteilt und kurzerhand gehenkt worden, ohne die öffentliche Aufmerksamkeit zu erregen, die sonst auch bei minder tragischen Umständen eine solche Hinrichtung gefunden hätte.

Die betreffenden Verhandlungen hatten den Hauptbeteiligten aber endlich über vielerlei aufgeklärt, was für ihn bisher ganz unverständlich gewesen war. Serge Ladko wußte nun, infolge welcher Verwechslung er an Stelle Karl Dragochs auf der Schute gefangengehalten worden war und wie Striga, als er aus den Zeitungen von der Absendung einer Untersuchungskommission nach Szalka erfahren, sich in Ilia Bruschs Haus eingeschlichen hatte, um etwaige Fragen des Polizeikommissars aus Gran zu beantworten.

Ebenso wußte er jetzt, wie die von den Donauräubern entführte Natscha hatte gegen die Nachstellungen Strigas kämpfen müssen, der ihr, überzeugt, seinen Feind niedergeschossen zu haben, unaufhörlich versicherte, daß sie Witwe sei. Vorzüglich eines Abends hatte Striga zur Bekräftigung seiner Behauptung der jungen Frau ihr eignes Bild vorgezeigt, das er nach Beseitigung des rechtmäßigen Eigentümers diesem mit Gewalt entrissen zu haben vorgab. Darauf war es zu einem sehr heftigen Auftritt gekommen, bei dem Striga sich zu den schlimmsten Drohungen hinreißen ließ, und das war die Ursache des verzweifelten Aufschreies Natschas gewesen, den der Flüchtling in der Nacht gehört hatte.

Das gehörte aber jetzt der Vergangenheit an. Serge Ladko gedachte nicht mehr der schlimmen Tage, seit er das Glück gehabt hatte, seine geliebte Natscha wiederzufinden.

Da ihm das Gebiet Bulgariens zu betreten verboten war, hatte sich das glückliche Paar nach den eben geschilderten Vorkommnissen zuerst in der rumänischen Stadt Giurgiewo niedergelassen.

Hier wohnten beide, als der Zar im Mai des folgenden Jahres der Türkei den Krieg erklärte. Es versteht sich wohl von selbst, daß Serge Ladko zu den ersten gehörte, die in das russische Heer eintraten, dem er infolge seiner Kenntnisse des Operationstheaters wichtige Dienste leisten konnte.

Nach beendigtem Kriege und nach der Befreiung Bulgariens kehrte er mit Natscha in sein Haus in Rustschuk zurück und nahm seinen Beruf als Lotse wieder auf. Glücklich und geehrt leben dort beide noch am heutigen Tage.

Karl Dragoch ist ihr Freund geblieben. Lange Zeit hat er kein Jahr hingehen lassen, ohne wenigstens einmal die Donau hinunterzufahren und nach Rustschuk zu kommen. Gegenwärtig erlaubt ihm das immer weiter ausgedehnte Eisenbahnnetz, diese Fahrt in kürzerer Zeit zu machen. Serge Ladko dagegen stattet ihm seine Besuche in Budapest immer noch nach einer gelegentlichen Stromfahrt mit allen ihren Umwegen ab, wenn er als Pilot tätig zu sein hatte.

Von den drei Knaben, die Natscha ihm geschenkt hat und die jetzt zu Männern herangewachsen sind, ist der jüngste, nach einer strengen Ausbildung unter der Leitung Karl Dragochs, jetzt auf dem besten Wege, die höchsten Stufen in der

Justizverwaltung Bulgariens zu erklimmen.

Der zweitgeborne, ein würdiger Nachkomme des Preisträgers vom Donaubunde, hat sich dem Leben auf dem Wasser gewidmet. Manche Verbesserung der Methoden des Fischfangs ist ihm zu verdanken, und anderseits verdankt er seiner Störfischerei nicht nur eine weitreichende Berühmtheit, sondern auch ein Vermögen, das noch recht beträchtlich zu werden verspricht.

Der älteste Sohn endlich wird der Nachfolger seines Vaters werden, wenn das Alter ihn einst zum Rücktritt veranlaßt. Auch er wird dann Dampf- und Segelschiffe von Wien bis zum Meere durch die zahllosen Windungen und zwischen den gefährlichen Sandbänken des großen Stromes dahingeleiten, mit und durch ihn wird sich die Rasse der Piloten von der Donau forterben.

Wie verschieden die Stellung der drei Söhne Serge Ladkos aber auch ist, im Herzen stimmen sie doch alle getreulich überein. Vom Leben auf verschiedene Wege gedrängt, begegnen sie einander doch stets in dem einen: in derselben Verehrung für ihren Vater, der gleichen Zärtlichkeit gegenüber ihrer Mutter und der glühenden Liebe für ihr Vaterland Bulgarien.

COLLECTION JULES VERNE

1. Von der Erde zum Mond
   Direkte Fahrt in 97 Stunden 20 Minuten
2. Reise um den Mond
3. Reise um die Erde in 80 Tagen
4. Reise zum Mittelpunkt der Erde
5. Fünf Wochen im Ballon
6./7. Zwanzigtausend Meilen unter dem Meer
8. Abenteuer von drei Russen und drei Engländern in Süd-Afrika
9./10. Abenteuer des Kapitän Hatteras
11./12./13. Die Kinder des Kapitän Grant
14./15./16. Die geheimnisvolle Insel
17./18. Das Land der Pelze
19. Eine schwimmende Stadt
   Die Blockadebrecher
20. Eine Idee des Doktor Ox
   Meister Zacharius
   Ein Drama in den Lüften
   Eine Überwinterung im Eis
   Eine Mont-Blanc-Besteigung
21. Der Chancellor
   Tagebuch des Passagier J. R. Kazallon
22./23. Der Kurier des Zaren
   Michael Strogoff
24. Schwarz Indien
25./26. Reise durch die Sonnenwelt
27./28. Ein Kapitän von 15 Jahren
29./30./31. Die Entdeckung der Erde
32. Die fünfhundert Millionen der Begum
33. Die Leiden eines Chinesen in China
34./35. Die großen Seefahrer des 18. Jahrhunderts
36./37. Das Dampfhaus